Elisabeth Heichelbech
Chopin in Kentucky

Aus dem amerikanischen Englisch
von Lena Riebl

Schöffling & Co.

Deutsche Erstausgabe

Erste Auflage 2025

Originally published in 2023 by Bluemoose Books
under the title *Chopin in Kentucky*,

Einbandgestaltung: FAVORITBUERO, München
Satz: Fotosatz Amann, Memmingen
Druck & Bindung: Pustet, Regensburg
ISBN 978-3-89561-423-1

www.schoeffling.de

Für alle,
die schon einmal einen dubiosen Traum
geträumt haben.

Prélude

Frédéric Chopin hat mir beigebracht, dass das Leben in Préludes gelebt wird: in Anfängen, Fragmenten, in Miniaturen über Gemütslagen, manche nicht einmal eine Minute lang. In Einführungen zu umfangreicheren Werken, die gar nicht existieren. In Wiegenliedern, die von Wehklagen übertönt werden. »Warum bist du nicht ein bisschen mehr wie Mozart?«, fragte ich ihn, wenn ich ihm so richtig auf die Klaviatur gehen wollte. »Vorhersehbar und eingängig. Und voller wohlklingender Melodien.«

»Warum bist *du* denn nicht so, Marie?«, stichelte er mit seinem hauchigen französisch-polnischen Akzent zurück. Geister können wirklich leicht reizbar sein. Wobei Chopin nicht als »Geist« bezeichnet werden wollte. Und schon gar nicht als »Fantasiefreund«. Er pochte darauf, »echt« zu sein. »Und das, obwohl ich, wie du weißt, in Paris vor über hundert Jahren eines fürchterlichen Todes gestorben bin.«

Ein längst verstorbener Komponist von tragischer Klaviermusik war als bester Freund nicht wirklich zu gebrauchen. Seine höllischen Loblieder auf sein *vie artistique* im 19. Jahrhundert waren schon schlimm genug, aber seine nicht enden wollenden Kommentare zu meinem Leben in den Siebzigern, falls man das »Leben« nennen konnte, brachten mich dann wirklich zur Weißglut. Vielleicht war es der winzige Diamantkrümel an der Schallplattennadel, der da seine Magie entfaltete; vielleicht war Chopin ein zeitreisendes Phantom. Vielleicht hatte auch mein Bruder recht, und bei mir war einfach ein ganzer Werkzeugkasten locker.

Was ich aber sicher sagen kann: Wenn seine Musik aus unserem Plattenspieler quoll, dann erwachte Chopin für mich zum Leben, mitten in unserem Wohnzimmer. Für alle anderen mochte er tot und hypersensibel und unsichtbar sein, aber manchmal sucht man sich seine besten Freunde eben nicht aus. Manchmal suchen sie dich aus.

»*Mon Dieu*. Hörst du eigentlich jemals auf zu reden?«, fragte er. »Würdest du meinen Préludes ein bisschen aufmerksamer lauschen, wäre dir klar, dass Glück nicht ohne Paradoxien möglich ist, nicht mal in Kentucky.« Er seufzte. »Am allerwenigsten in Kentucky.« Solches Zeug sagte er ständig, aber seine Musik konnte dich vor dem Selbstmord bewahren. Oder dich in den Selbstmord treiben, je nachdem.

Variationen über ein Howdy

Sein Lieblings-Trickfilm mit Bugs Bunny und Elmer Fudd löste bei Chopin einen Lachkrampf aus. Nachdem er sich wieder beruhigt hatte, strich er die Wellen seiner Topf-Frisur glatt und richtete seine schwarze Seidenkrawatte.

»Lass uns gehen. Heute sind wir *flâneurs*«, sagte er.

»Klar doch«, antwortete ich und strich mit ein bisschen Spucke meine eigene Rattennest-Unfrisur glatt. »Wir sind Fla… was auch immer du gesagt hast.«

Er seufzte über meine Idiotie, wie so oft. »So nennt man desinteressierte Menschen mit künstlerischen Ambitionen, die durch die Straßen schlendern und sich die Stadt anschauen«, sagte er, als wäre das klarer als Kloßbrühe. Nachdenklich zog er die Nase kraus. »Oder sich das Örtchen anschauen, in diesem Fall.« Freitag nach der Schule war für eine Zehnjährige eine ziemlich gute Zeit, um sich aus dem Haus zu schleichen. Wir Kinder waren dann meistens im schimmligen Fernsehzimmer im Keller uns selbst überlassen, und weil wir zu sechst waren, fiel eins mehr oder weniger kaum auf.

Ich griff – vorsichtig – nach Chopins Hand, und wir spazierten durch Roanville, Kentucky, in Richtung Shopper's Plaza. Freddy, ich-bezogen, wie er nun mal war, dachte, die Frederick Street wäre nach ihm benannt, aber ich erklärte ihm, dass das nur Zufall war. Wir zuckelten bei Maxi-Wax Records vorbei, am Skatepark und am Old Smoky Barbecue. Das März-Tauwetter hatte ein paar Narzissen aus dem schlammigen Boden hervorgelockt, an den Bäumen waren kleine rote Knospen zu sehen. Das »ganze bäuerliche Volk von Groanville«, wie Chopin es nannte, war unterwegs, alle lächelten einander an und winkten einander zu. Ich hatte keine Ahnung gehabt, dass das Leben so faszinierend sein konnte, einfach nur, indem man die Welt aus einer Publikumsperspektive betrachtete. Das könnte auch in anderen Situationen nützlich sein, dachte ich, zum Beispiel wenn Dad mal wieder seine Wut an einem oder mehreren von uns Kindern ausließ. Ich nahm mir vor, das bei nächster Gelegenheit mal auszuprobieren. Hoffentlich nicht in allzu naher Zukunft.

Natürlich hatten wir kein Geld, aber wir gingen trotzdem zu Kmart und beobachteten dort in der Haushaltswarenabteilung eine außerordentlich faszinierende Artgenossin: eine sehr dicke Frau in einem elektrischen Rollstuhl. Ich war noch nie einer Person im Rollstuhl begegnet, und dieses selbstfahrende Modell, das anscheinend von Geisterhand angeschoben wurde, war mir völlig neu. Man hatte mir beigebracht, dass ich Leute nicht anstarren durfte, nur weil sie anders aussahen, aber man hatte mir auch beigebracht, dass ich Leute nicht ignorieren sollte, als wären sie unsichtbar. Ich hatte also keine Ahnung, wie ich mich in dieser Situation anständig verhalten sollte. Ich stand nur da, schaute und schaute nicht. Die Frau hatte strähniges graues Haar, aus dem längliche Ohren hervorspitzten. In einem fürchterlichen Rhythmus schob sie immer wieder mit der Zunge ihre flaumige Unterlippe nach vorn. An einer Stange hinten am Rollstuhl hing eine ausgebleichte USA-Flagge. Chopin summte abwesend das Prélude Nr. 2 vor sich hin, das sich mit dem Song vermischte, der aus ihrem Transistorradio schallte: »Dancing Queen« von Abba. Die beiden Melodien verschmolzen miteinander und untermalten die Szene mit dem passenden Soundtrack, der mir fast das Herz brach.

Die Blase unserer künstlerischen Tagträume platzte brutal, als die Frau plötzlich krächzte: »Hast du so was schon mal gesehen? Warum stellen die das Zeug so hoch, dass man nicht rankommt?« Ich zuckte zusammen. Unsere *flânerie* hatte die Welt in ein Theaterstück verwandelt, und ich hatte völlig vergessen, dass die Darsteller uns von der Bühne aus ebenfalls sehen konnten. Sie grinste mich an. Ihre Zähne sahen aus wie die Tasten eines verfallenen Klaviers. »Wie heißt du denn, Kleine?«

»Marie Higginbottom«, piepste ich. Zu spät fiel mir ein, dass Dad mir eingebläut hatte, Fremden niemals meinen Namen zu verraten. Das hätte was gesetzt, wenn er es mitbekommen hätte.

»Dolores.« Sie hob eine aufgedunsene Hand. »Howdy!«

»Brauchen Sie Hilfe?«, fragte ich mutig.

»Da wär ich dir so was von doppelt und dreifach dankbar, meine Liebe. Holste mir ne Flasche Mr. Clean Zitrone aus dem Regal? Für untenrum. Ne bessre Vaginalspülung gibt's nicht, da kann mir keiner was erzählen. Echte Turboreinigung, das sag ich dir.« Ich hatte noch nie von Vaginalspülungen gehört, war aber ziemlich sicher, dass Mr. Clean für untenrum eine ziemlich schlechte Idee war. Aber ich stellte mich trotzdem auf Zehenspitzen und war so gerade groß genug, um die Flasche vom Regalbrett zu schubsen.

Ich hob sie auf und reichte sie Dolores. »Brauchen Sie sonst noch was?«

»Also du bist ja echt ein Goldschatz. Also da sag ich nicht nein, ich könnt ungelogen noch nen bisschen Hilfe brauchen, auf der Toilette.« Auf einmal sah die Welt gar nicht mehr so künstlerisch wertvoll aus.

»Ich begleite euch zur Sicherheit«, sagte Chopin und trat endlich neben mich. Ich war zwar nicht überzeugt, dass er mir eine große Hilfe wäre, wenn auf dem Damenklo etwas Ungutes passieren würde, aber ich konnte ja auch ziemlich schnell rennen, und Dolores saß im Rollstuhl.

»Oh, ähm, okay«, sagte ich. Jetzt gab es kein Zurück mehr. Wir gingen mit Dolores zu den Toiletten. Na ja, ich ging, und Chopin ließ sich auf dem Rollstuhl mitnehmen. In der Klokabine stützte Dolores sich mit ihrem ganzen Gewicht auf mich und zog sich an mir hoch. Wie mein kleiner Bruder brauchte sie Hilfe beim Hoserunterziehen, und plötzlich verspürte ich Stolz, dass sie mir bei dieser äußerst intimen Angelegenheit vertraute. Ich wartete vor der Kabine, während sie drinnen ihr Ding machte, und Chopin machte sein eigenes Ding vor dem Spiegel. Ist ja alles halb so schlimm, dachte ich. Aber dann wurde mir klar: Was runter muss, muss auch wieder hoch. Das würde nicht leicht werden.

»Einfach zupacken und so feste ziehen, wie du kannst. Lehn dich nach hinten.« Meine Arme kragten gefährlich aus und hüpften fast aus den Gelenken, und ich sah uns schon beide auf dem schmutzigen Linoleumboden landen. Einen Moment lang hingen wir in diesem riskanten *pas de deux* in der Schwebe, dann schaffte ich es irgendwie, Dolores in eine aufrechte Position zu wuchten, und sie drehte sich und plumpste zurück in ihren Rollstuhl. Offenkundig und ärgerlicherweise amüsierte Chopin sich ganz köstlich über unsere Choreografie. »Jetz mal voll im Ernst, aus nem starken Mädchen wie dir wird mal was werden. So nen starkes Mädchen, und keine Angst, einer behinderten Dame auf die Toilette zu helfen«, sagte Dolores, als sie sich die Hände wusch. Und ich fühlte mich etwa so wertvoll wie ein Kaugummi unterm Stiefelabsatz, denn, um ganz ehrlich zu sein: Ein klitzekleines bisschen Panik verspürte ich immer noch. Dolores trocknete sich die Hände ab und gab mir einen Quarter.

»Nein, nein, das kann ich nicht annehmen«, sagte ich. »Das hab ich doch gern gemacht.«

Sie plusterte sich auf und schnaubte. »Hör auf mit so ner albernen Dummdödelei! Mein Behindertengeld ist genauso viel wert wie jedes andere. Also steck's einfach ein, und klapp die Futterluke zu.«

»Entschuldigung, okay, danke, Entschuldigung«, stotterte ich und unterstrich damit noch einmal meine alberne Dummdödelei. Sie wandte sich um, ich hielt ihr die Tür auf, und sie rollte hoch erhobenen Hauptes in Richtung Kasse davon.

Während ich der nach dem Haarspray benannten Verkäuferin Aquanetta dabei zuschaute, wie sie alle Zicken der Slushie-Maschine meisterte, verspürte ich eine bittersüße Melancholie, die Chopin als *żal* bezeichnet hätte. Stolz zückte ich meinen Quarter und bestellte einen Slushie, halb mit rotem und halb mit blauem Geschmack, was lila ergeben würde – Chopins Lieblingsfarbe –, obwohl ich in der Fastenzeit angeblich auf Süßkram verzichtete. »Das war ja eine richtig gute Tat von dir ›starkem Mädchen‹ für deine neue Freundin Dolores«, spottete Chopin und saugte blubbernd an unserem Strohhalm.

»Du bist gemein«, sagte ich und nahm ihm den Slushie wieder weg. »Sie kann ja nichts dafür, dass sie so ist. Im Gegensatz zu dir! Deine Lippen sind übrigens lila. Und das hast du Dolores und ihrem blöden Quarter zu verdanken.«

Ich warf den Becher in den Mülleimer, und wir machten uns, quer über den Parkplatz, auf den Nachhauseweg. Ich versuchte, die Strommasten durch Chopins Augen zu sehen, als käme ich selbst aus der Vergangenheit. Es war nicht einfach, etwas so Vertrautes aus einer ganz neuen Perspektive zu betrachten. Schließlich schaffte ich es, und mir fiel auf, wie strähnig und schlaff die Leitungen durchhingen. Die Telefonmasten waren ölig, abgerockt und kaugummibeklebt. Für ein Künstlertemperament wie Chopin mussten solche Schandflecke in der Landschaft die reinste Qual sein. Ich hatte Mitleid mit ihm. Oder vielleicht mit mir selbst. Manchmal war das gar nicht so leicht zu unterscheiden.

Ein leibhaftiges Arpeggio

Als wir zurück in den Garten kamen, schlüpfte ich aus meinen zwickeligen, ausgeblichenen blauen Turnschuhen. Meine bloßen Füße entzifferten die frische Beschaffenheit des Frühjahrs wie Brailleschrift: das piksende junge Gras, die sanft berstenden Kleeknospen, den lieblichen Schmerz der Sprossen unter meinen Sohlen, als ich die Leiter zum verbotenen Sendemast der Nachbarn nach oben kletterte. »Komm auch hoch«, rief ich Chopin zu.

»Klettern ist etwas für Rotzbengel, *Mademoiselle Fou.*« Er rümpfte die Nase. Ich wusste nicht, ob er sich um seine Hände sorgte oder um seine lavendelfarbenen Handschuhe in Kindergröße.

So oder so, ich konnte ihm keinen Vorwurf machen. Er hatte magische Finger. Sie rasten die Klaviatur auf und ab wie verrückte Tanzspinnen und erschufen Klanghügel, die erst anstiegen und dann wieder abfielen und die er »Arpeggios« nannte. Schon das Wort schmeckte nach purer Eleganz; ich wollte es um meine Zunge wirbeln und meine Kehle hinuntergleiten lassen, mich davon überwältigen lassen wie von dem kalten Schauer nach dem ersten Schluck Slushie. Vielleicht konnte ich dem Sog des Sendemasts deshalb nicht widerstehen: Auf dem Weg an die Spitze sah ich mich selbst als leibhaftiges Arpeggio, wie Chopins Finger auf den Tasten stieg ich empor bis zu einem wunderbaren spannungsgeladenen *trillo.* »Ich könnte in den Tod stürzen!«, sang ich voller Begeisterung, woraufhin Chopin am Boden die Augen verdrehte und seufzte.

Unter mir erstreckte sich eine ganze Veilchenstadt. Veilchen waren Chopins und meine Lieblingsblumen, glückliche Zufällchen, Miniaturen, genau wie seine berühmtesten Stücke, und sie verbreiteten einen Duft, der sich wie eine ausklingende Note verflüchtigte, bevor man sie zu fassen kriegte.

»Marie?«, tönte Dads Stimme von unten. Die Erkenntnis, dass er früher von der Arbeit heimgekommen war, schoss gepaart mit kalter Furcht durch mich hindurch. »Was habe ich dir gesagt?«, rief er und zog seinen Gürtel aus den Schlaufen. Er hatte mir eine Menge Dinge gesagt. Dass ich mich nicht von der selbstsüchtigen und sündigen Welt vereinnahmen lassen sollte, zum Beispiel. Dass ich mich nicht davonschleichen und auf der Frederick Street herumtreiben sollte. Und dass ich nicht auf den Sendemast klettern sollte. Er stand da in seinem blauen Polyesteranzug, und der Gürtel klatschte auf seine Handfläche. Chopin war verschwunden, das Publikum, von dem wir ein Teil gewesen waren, hatte sich in Luft aufgelöst.

Der Gedanke an die stolze und unerschütterliche Dolores schien mir irgendwie die Kraft zu verleihen, mich Dad zu stellen. Aber der Abstieg in seine wartenden Arme dauerte trotzdem eine Ewigkeit in Zeitlupe.

Elegie auf ein Potpourri

Mit gekrümmtem Rücken, blass und schmächtig saß Chopin auf dem Klavierhocker, sein grauer Gehrock ein scharfer Kontrast zu dem Einmachglas mit leuchtend blauem Kool-Aid und der rot karierten Tischdecke. Vollkommen in seiner Musik versunken, nahm er weder die zerbrochenen Wachskreiden zwischen den Pedalen wahr noch den Stapel Büchereibücher auf dem Klavier, deren Leihfrist längst überschritten war.

Eine melancholische Melodie breitete sich im Haus aus. Die Töne warfen ihre Widerhaken in meine Brust, glänzend und spitz wie Sternensplitter, und ich wurde plötzlich von einer winterlichen Einsamkeit erfasst. Ich tanzte und tanzte in meinem beinah-weißen Tutu, das mal ein gerüschter Unterrock aus der Kleiderkammer gewesen war. Beobachtet wurde ich dabei von einem Jesus-Samtbild, in dessen bekümmerten Augen das Mondlicht schimmerte. Ich wurde zu der Ballerina vom Cover der Schwanensee-Platte, makellos und frei von Schuld. Vergessen waren meine Beine, die von der Tracht Prügel noch schmerzten, und meine Plattfüße, die über die Falten des Flickenteppichs aus braunem Polyester stolperten.

Gerade als Chopin zum herzzerreißendsten Motiv ansetzte, wurde meine zarte Sohle von einem brutalen Spielzeugsoldaten aufgespießt. Wie die meisten romantischen Balletts endeten auch meine eigenen normalerweise tragisch. Von allen Dingen, auf die man drauftanzen kann – Hundeschwänze oder seine eigenen Füße zum Beispiel –, ist ein hocherhobenes Mini-Plastikgewehr das allerscheußlichste. Ich quietschte und ging zu Boden, erlahmt und erledigt. Chopin hörte auf zu spielen, seine Hände schwebten noch über den Tasten, ein gequälter Ausdruck lag in seinen Augen.

In diesem Moment kippte eine leere Bierdose vom Klavier in seinen Schoß. Budweiser. »Ich kann so nicht arbeiten!«, sagte er, und ich begriff in einem Moment unliebsamer Klarsicht, was er mit »so« meinte: Auf dem Herd brutzelten Würstchen, aus dem Fernsehkeller drang Präsident Fords unaufhörliches Brummeln zu uns nach oben. Matthew verlor wohl gerade ein Spiel *Rock 'Em, Sock 'Em Robots* gegen sich selbst, und Mark fuchtelte mit einer sonnengebleichten Schiene seiner Autorennbahn in der Gegend herum wie mit einem Degen. Luke krabbelte Daisy hinterher, die bellend ihre Runden um den Esstisch drehte, und Ann sägte mal wieder auf ihrer Geige herum. Im Badezimmer, weil da die Akustik angeblich so gut war.

Ruthie hämmerte derweil an die Tür. »Ich muss maaal!«

Und die Kirsche auf dieser Torte der Affronts gegen die Sinne war die Kuckucksuhr, die in diesem Moment die Uhrzeit verkündete, und kurz darauf der Einsatz von Dads Tenorstimme: »Jesus hat Frieden gepredigt, und ich will Frieden unter meinem Dach, verdammt noch eins!« Chopin stapfte schnaubend davon, und ich konnte ihn verstehen. Mein Vater und er waren beide chronisch cholerisch. In unserem Haus zu leben war, genau wie das Prélude Nr. 22, ein akustisches Potpourri und *molto agitato*.

Divertimento zu Tisch

Mom läutete das kleine Glöckchen. Das bedeutete: »Komm sofort her, und deck den Tisch, oder ich dreh dir mit dem größten Vergnügen im Nullkommanichts den Hals um.« Ich rannte also hinüber und stolperte dabei über Dads Aktentasche – er hatte sie mal wieder haargenau mitten im Weg stehen lassen. Die Brille flog mir von der Nase, und um ein Haar hätte ich sie platt getreten.

»Marie! Du bist wie ein Elefant im Porzellanladen«, schimpfte Mom. Die Tomatensoße von gestern war auf ihre Schürze gespritzt und hatte aus dem verspielten Kätzchenmuster eine handgestickte Mordszenerie gemacht.

Ich sammelte mich, schleppte einen Armvoll Teller zum Esstisch, der mal eine Tür gewesen war, und versuchte, beim Verteilen ein interessantes Gesamtkunstwerk aus ihren verschiedenen Mustern zu erschaffen. Meinen Lieblingsteller, den mit den Rosenblüten, dem Goldrand und der Macke, stellte ich an meinen Platz. Aus der kaputten Schublade des Kirschholzbuffets holte ich eine zusammengewürfelte Auswahl bestickter Stoffservietten und Besteck.

»Zünd auch die Kerzen an«, rief meine Mutter, die Wert auf einen hübsch gedeckten Tisch legte. Sie hatte unsere Stuhlsammlung gerade neu angesprüht, das war für sie ein wiederkehrendes Frühjahrsritual. Dieses Mal hatte sie ein helles Himmelblau ausgesucht. Mir gefielen die Stühle sehr gut, auch wenn sie nicht schick genug aussahen für *Harper's Bazaar* oder eins dieser anderen Magazine, über die Mom die Nase rümpfte, die sie aber trotzdem immer durchblätterte. Für meine Mutter war der Begriff »*Harper's Bazaar*« gleichbedeutend mit »wohlhabend-versnobt«. Das war nicht als Kompliment gemeint. Ich fand es schön, dass in unserem Haus nichts zusammenpasste. Man hätte unsere Einrichtung nicht einfach bei Kmart kaufen oder das Haus irgendwo genau so reproduzieren können. Der Reiz lag in der bunten Vielfalt. Man konnte davon halten, was man wollte, originell war es in jedem Fall. Genau wie die unvorhersehbaren Asymmetrien in Chopins Musik.

Die überwältigende Collage von Sinneseindrücken riss nicht ab. Aus dem knisternden Küchenradio sang John Denver »Take Me Home, Country Roads«, Mom summte mit, und im Badezimmer spielte Ann Tschaikowsky. In der Küche roch es nach Sauerkraut, Polnischer und Rosenkohl. Weniger ansprechend konnte ein Abendessen kaum sein. Chopin war erzürnt. »Diese Wurst soll polnisch sein? Eins sage ich dir: Diese *saucisse grasse* ist eine Beleidigung für Polen!« Obwohl er sein gesamtes Erwachsenenleben in Paris zugebracht hatte, betrachtete Chopin sich immer als Pole. »Du wirst ja auch für immer aus Kentucky stammen, egal, wohin du in Zukunft vielleicht gehst«, erklärte er mir.

»Setz dich doch einfach hin«, sagte ich. Aber er wollte, wie immer, wenn er aufgebracht war, lieber in der Schwebe bleiben. Dad stapfte aus dem Keller nach oben, noch immer gestresst von einem weiteren langen Tag an der Seite seiner »Schäfchen, die auf dem besten Weg zur Hölle waren«, wie er es ausdrückte. Er unterrichtete Englisch und Theologie am katholischen College. Er war Privatdozent; ich nahm an, das bedeutete, dass er ziemlich wichtig war. Dad stolperte über seine Aktentasche, was Chopins Laune schlagartig aufhellte; trotz seiner Schöngeistigkeit schätzte er guten Slapstick.

»Räum das aus dem Weg, Marie«, befahl Dad, obwohl es seine Aktentasche war, die er selbst liegen gelassen hatte. Dann trommelte er gegen die Badezimmertür, und Ann hörte auf zu spielen, faltete das Handtuch zusammen, das sie über das Waschbecken gebreitet hatte, und packte ihre Geige ein. Dad verrichtete sein Geschäft im Badezimmer und pfiff dabei den Trauermarsch aus Chopins Klaviersonate Nr. 2.

Nach dem Tischgebet verkündete Dad wie nebenbei, dass das Ballett kommen würde. Das war aus seinem Mund ein derart absurder Satz, dass Matthew seine Milch durch die Nase prustete, woraufhin Dad ihm einen Klaps auf den Hinterkopf verpasste. Ich rief: »Waaas?«

»Du meinst wohl: ›Verzeihung, wie bitte?‹«, sagte Dad. Ich seufzte. Man konnte kaum den Mund aufmachen, ohne von Dad korrigiert zu werden. Er wartete, bis ich den Satz wiederholt hatte, dann sprach er weiter: »Das Pariser Ballett kommt in zwei Wochen in die Stadt. Ann spielt im Orchester, und wir schauen uns die Aufführung alle zusammen an.« Er spießte ein Stück Wurst auf, als hätte er nicht gerade etwas derart Weltbewegendes gesagt, dass meine Ohren jede Sekunde zu bluten anfangen würden. Ruthie war so außer sich, dass sie vergaß weiterzukauen und anfing, am Daumen zu nuckeln. Als sie ihn wieder aus dem Mund nahm, war er voller Kartoffelpüree, das sie dann gleich noch einmal essen konnte.

Chopin staunte. »Was wollen Leute aus Paris denn hier? Noch dazu eine Ballettkompanie?«

»Paris, Kentucky«, präzisierte ich.

»Ah, das erklärt natürlich einiges«, entgegnete er. Ich war so gespannt, dass ich fast durchgedreht wäre. Der unendliche Abgrund zwischen diesem stinknormalen Moment und der Ankunft der Kompanie in zwei Wochen gähnte mir abgrundtief entgegen.

»Das ist wirklich ein Zufall«, sagte ich, »ich glaube nämlich, dass Gott mich zur Ballerina bestimmt hat.« Dann warf ich ein Glas Milch um und musste die Pfütze mit einer der schön bestickten Servietten aufwischen.

»Lasst euer Licht leuchten vor den Menschen«, zitierte Dad und fügte dann hinzu: »Aber nicht in zu knappen Kleidchen. Und jetzt iss deinen Rosenkohl.« Das Ballett kam, und er hatte nichts im Kopf als Sittsamkeit und Vitaminzufuhr? Ich hatte Mitleid mit ihm.

Nach dem Essen säuberte mein Vater eine seiner glänzend schwarzen Schallplatten liebevoll mit einem Taschentuch und platzierte die Nadel dann sanft in der Rille. Manchmal legte er Chopin auf, verscheuchte uns Kinder wie Moskitos und lehnte sich dann verzückt in seinem schweißigen Schaukelstuhl mit dem Klebeband um die Kufen zurück. Aber heute Abend kam er zu den aufgeladenen, abgehackten Schleifen des Prélude Nr. 8 zurück zum Esstisch. Ich nannte die Nr. 8 auch das Dad-in-Wut-Prélude. Es war so gut wie unmöglich, an das Pariser Ballett zu denken und nicht sofort aufzuspringen und durchs Wohnzimmer zu wirbeln, aber wir bewegten uns auf gefährlichem Terrain: Das war Nicht-stören-Musik, Sich-auf-die-Arbeit-konzentrieren-Musik, Brüten-über-jedem-Wort-Musik. Dad konnte nicht vorsichtig genug sein. Mit zwölf Jahren war er von einem Postauto angefahren worden, und die Ärzte hatten ihn mit einem Loch im Schädel nach Hause geschickt. Er überraschte alle, indem er einfach weiterlebte, wenn auch mit einer Delle in der Stirn und einem puren Zorn, der wie ein Tornado jederzeit über uns hereinbrechen konnte.

Die Noten des Prélude Nr. 8 nährten die Notizen meines Vaters: Die Tasten der Schreibmaschine klapperten beflügelt von den Tasten des Klaviers, während mein Vater seine Karteikarten vorbereitete. *Fürchte dich nicht, sieh her: Unauslöschlich habe ich deinen Namen in meine Handflächen geschrieben*, tippte er, angelehnt an Jesaja 49,16. Mein Vater komponierte, genau wie Chopin. Inmitten von Ketzern und Moskitos und Karteikartenstapeln suchte er nach der »höchsten Wahrheit«. Er meinte, ich würde seine Arbeit eines Tages fortführen, Zitate sammeln, Notizen machen. Als wären Wörter echte Gegenstände, auf die man klettern konnte wie auf eine Leiter. Eine Leiter in seinem Gehirn, wo das Loch für immer bleiben würde.

Walzer mit Crunch

Am Sonntagnachmittag gingen wir nach der Beichte alle zusammen zu Fuß heim. Das war auf dem Spektrum der Spaziergänge sozusagen das Gegenteil der *flânerie*. Zu Hause holten Ruthie und ich uns im Keller je einen Riesenbogen Papier von der großen Rolle. Auf der einen Seite war es voller lila Linien. Die hatte mein Großvater gezeichnet, er war Architekt gewesen. Die andere Seite war einladend weiß, perfekt, um Ballerinen in Röcken mit Volants zu zeichnen, Volant um Volant, die das Papier nach und nach ausfüllten, im Takt des Blumenwalzers, den Ann im Bad oben geigte. Mom kam mit dem Wäschekorb auf der Hüfte die Treppe herunter.

»Das erinnert mich an die Kleider aus den Zeiten von Wilders *Unsere kleine Farm*«, sinnierte sie und betrachtete meine Zeichnung. »Ich müsste hier noch irgendwo Stoffreste haben. Rosa Bauernkaro. Daraus könnte ich dir so ein Kleid nähen. Und eine Pilgerhaube.« Sie stellte den Wäschekorb auf der Sofalehne ab. Sofort kippte er um, und die Schmutzwäsche ergoss sich auf den Boden. Mom bemerkte es nicht. Sie war ihrer Liebe zu Laura Ingalls Wilder hilflos ausgeliefert.

»Eigentlich hätte ich gern ein Tutu«, sagte ich leise. Ich wollte ihr nicht die Laune verderben. Aber Mom hörte gar nicht zu.

»Ich nähe dir ein Präriekleid mit Prinzessnaht.« Prinzessnaht. Das klang ganz nach meinem Geschmack. Wenn der Rock weit genug war, würde er sich aufbauschen, wenn ich mich um mich selbst drehte. Und Dad würde ein Tutu sowieso für ungebührlich halten.

Ruthie war eifersüchtig. »Schleimscheißerin«, schimpfte sie leise in sich hinein.

»Halt die Klappe«, entgegnete ich. »Du hast die Schwesternhaube und den orangen Lolli gekriegt, als du dir die

Lippe aufgeschlagen hast. Und du hättest gar nicht auf dem Auto spielen dürfen! Und was hab ich gekriegt, als ich die ganzen Vitamine aufgegessen habe? Eine Magenspülung und eine fette Standpauke!« Ruthie konterte mit einem Daumennuckeln. Eigentlich war sie dafür zu alt, aber wir hatten ja alle mit unseren unerklärlichen Versuchungen zu kämpfen.

»Schauen wir doch mal.« Mom grub sich durch hektarweise muffigen Stoff, der in riesigen Bergen auf der Tischtennisplatte lag. Sie summte diese kleine Melodie, die sie sonst immer sang, wenn sie unsere zerlumpten Handtücher bestickte oder die Koffer bemalte und dabei die Zeit vergaß. Die Nähmaschine verströmte schon bald diesen heißen Geruch und heulte laut auf. Sie klagte immer über Moms schweren Fuß auf dem Pedal; in dieser Hinsicht war sie unserem Auto nicht unähnlich.

Ruthie zeichnete noch immer, aber ich saß einfach nur da und träumte vor mich hin. Prinzessnähte. Arpeggio. *Flâneur*. Chopin bahnte sich seinen Weg die Treppe herab, stieg behutsam über ein riesiges Exemplar von Moms peinlichen Riesenunterhosen, klopfte den Staub von einem hoffnungslos schmutzigen Kissen und setzte sich auf die alte Couch, die Mom mit Kunstzebrafell bezogen hatte. Sie war kein richtiges Möbelstück, eher ein Fitnessgerät, auf dem man akrobatische Tricks üben konnte. Chopin schlug die Beine übereinander und ließ den Blick über die Wüstenei schweifen, die unser Keller war.

»*Bricolage*«, sagte er, und ich bekam einen Lachanfall.

»Marie, geh von meinem Papier runter«, nörgelte Ruthie. »Mooom!«

»Also …«, setzte Chopin an. Ich spürte, dass da ein dicker, fetter Vortrag auf mich zurollte, aber das machte mir nichts aus. Chopin benutzte immer so außerordentliche, köstliche Wörter. Er verlor sich oft in ihnen und redete dann mit mir, als wäre ich eine Person, die dieser Wörter würdig war. Ich ließ mich neben ihn plumpsen. »Damit ist ein Werk gemeint, das aus einer Vielzahl von Dingen erschaffen oder gebaut wird, aus dem, was eben gerade zur Verfügung steht. Es bedeutet … wie soll ich sagen? Improvisation. Es bedeutet, vorhandene Materialien kreativ und findig zu nutzen, unabhängig von ihrem ursprünglichen Zweck. Ungefähr so, wie ich meine Musik komponiere.« Ich ließ meinen Blick schweifen, von der Kleiderbügel-Antenne auf dem Fernseher über die Osternester aus aufgeschnittenen Chlorbleicheflaschen bis hin zu der vergammelten Matratze, mit der wir im Treppenhaus Schlitten fuhren: Unser ganzes Leben schien eine einzige *bricolage* zu sein.

Chopin zupfte seine Manschetten zurecht. »Und du bist eine *bricoleuse*.« Das Wort schmeckte angenehm, salzig und süß.

»*Bricoleuse*«, wiederholte ich.

»Kannst du mal leise sein?«, sagte Ruthie. »Ich bin hier am Arbeiten.«

»Ich will nicht der Überbringer schlechter Nachrichten sein, aber ich würde dir dennoch raten, nach oben zu gehen und dir die *bricolage* anzuschauen, die dort vor sich geht«, fuhr Chopin fort.

»Wieso?«

»Ich sage nur: dein jüngster Bruder, die Schallplatte mit meinen Walzern, die du nicht weggeräumt hast, und ein Glas Erdnussbutter mit Crunch.«

»Danke!«, rief ich Chopin über die Schulter zu und schaffte es irgendwie, die Stufen nach oben zu fallen. Ich konnte erst mal keine Prügel mehr von Dad ertragen. Ich musste den Schaden begrenzen, bevor er den Garten fertig bewässert hatte und wieder ins Haus kam.

»Pass auf«, nuschelte Mom. Zwischen ihren zusammengekniffenen Lippen steckten Stecknadeln. Ich war nicht sicher, ob sie mich vor der Treppe warnte oder vor Dad.

Endzeit-Ensemble

Am Sonntag, dreizehn Tage vor dem B-Day (der Ankunft der Ballerinen), stellte mein Vater sich auf einen der Esszimmerstühle und breitete seine Arme über den Frühstückstisch aus. »Lasset uns beten: Lieber Vater im Himmel, wir danken dir aus vollstem Herzen, dass wir letzten Samstag im Wald nicht von Wildschweinen niedergetrampelt und gefressen wurden. Wir beten für alle halbgaren Katholiken, für alle Juden, Protestanten, Kommunisten, Homosexuellen, für diejenigen, die dem Geld, den Drogen oder der Masturbation anheimgefallen sind, wir beten für die Ketzer und Atheisten, Agnostiker und Materialisten, Geschiedenen und Mörder, Spinner und Sexbesessenen und für alle, die in Sünde gestorben sind oder sterben werden. Amen.«

Von vorn erinnerte Dad in seinem blau-roten Bademantel ein bisschen an den Papst, aber von hinten war natürlich nicht zu übersehen, dass der Stoff am Po schon ganz dünn war. Die Worte sprudelten nur so aus ihm heraus und überschwemmten das Rührei und den Speck und das Glas mit den Teelöffeln: Armageddon nahte!

Aber wann? Ich hatte mir unter Armageddon lange eine Art Tier vorgestellt, aber dann erfuhr ich, dass es um das Allerallerschlimmste überhaupt ging. Schlimmer, als wenn jemand Moms Schneiderschere für Papier benutzte. Schlimmer als geträumte oder echte Tornados. Schlimmer als der Lungenkrebs, der Opa umgebracht hatte, und viel, viel schlimmer als das eine Mal, als Ruthie im Waffenarsenal der National Guard aus Versehen die Notbremsen von einem Armeefahrzeug gelöst hatte. Und da war der ach so freundliche Fahrrad-Führerschein-Officer schon ganz schön aus der Uniform gefahren.

Die Endzeit. In der Bibel, in der Offenbarung des Johannes, steht, die Sonne wird am Ende alle verbrennen, und niemand kann sich mehr verstecken. Dad zufolge würde diese Zeit kommen, wenn die Kommunisten an der Macht wären. Soldaten mit Gewehren würden die Stufen zum Dachboden nach oben stampfen und mich vor die Wahl stellen, Gott zu verleugnen oder erschossen oder in ein Konzentrationslager gesperrt zu werden, und so weiter. Aber kein Endzeitszenario konnte so unvorstellbar sein wie das, was an diesem Sonntag passierte: Mitten in seiner Predigt fiel mein Vater vom Stuhl.

Wir anderen starrten mit zuckenden Mundwinkeln auf unsere Teller, versuchten, dem Kichern, das uns zu überwältigen drohte, zu widerstehen. Nur Chopin lachte so heftig, dass er einen Hustenanfall kriegte; er bekam kaum noch Luft, während Dad sich hochrappelte und seine Fürbitte für die Verdammten wieder aufnahm, als wäre nichts gewesen.

Ich fand es wirklich schade, dass Jesus nie lachte. Lachen schien in eine eigene Sündenkategorie zu fallen. Da waren einerseits die lässlichen Sünden, so wie lügen, und andererseits die Todsünden, zum Beispiel jemanden erwürgen oder sich selbst unkeusch berühren. Und dann war da noch Lachen im Angesicht Gottes. Im *Großen Buch der Heiligen* konnte man lange nach einem Bild von jemandem suchen, der wirklich lächelte. Vielleicht durften Heilige nicht lachen. Nur so als Beispiel: Wenn einem Heiligen in der Kirche plötzlich die Hose runterrutschen würde und ein anderer Heiliger sich nicht zusammenreißen könnte und lachen müsste – würde man ihn dann wie Luzifer aus dem Himmelreich verstoßen? Aber das ist ein blödes Beispiel, weil im *Großen Buch der Heiligen* gar niemand eine Hose trägt. Alle sind immer in Vorhänge oder Tischdecken gewickelt. Vielleicht hatten sie einfach nichts anderes: Heilige waren immer arm.

»Das ist keine Entschuldigung.« Chopin hustete sich immer noch die Seele aus dem Leib. »Ich leide an einer Auszehrung des Geldbeutels, aber trotzdem bin ich immer gut gekleidet. Zum *dîner* bevorzugt in einer grauen Seidenweste und zum Komponieren in einem weißen Dichterhemd, wie du weißt.« Aber der hatte keine Ahnung. Er meinte tatsächlich, ich würde gut aussehen in meinen ausgeblichenen blauen Turnschuhen von Kmart und meinem rosa karierten Präriekleid, dessen Prinzessnähte nicht verschleiern konnten, dass es im letzten Leben ein Bettüberwurf gewesen war. Mom war extra früh aufgestanden, um es fertigzunähen. Als ich das erste Mal hineinschlüpfte, durchfuhr mich eine bittere Erkenntnis. Blitzartig wusste ich, was mir zuvor nicht klar gewesen war, nämlich dass a) Turnschuhe nicht zu Präriekleidern getragen werden sollten und dass b) Pilgerhauben im Jahre 1977 höchstens noch als Teil eines Holly-Hobbie-Kostüms eine Daseinsberechtigung hatten.

Aber weder Chopin noch meine Eltern schienen das so zu sehen. Sie waren – an jeweils verschiedenen Punkten – hoffnungslos in der Vergangenheit verloren. Und ich war irgendwo dazwischen gefangen, wie im Leerraum zwischen zwei Noten.

Frischluft-Humoreske

Nach dem Gottesdienst fing mein Auge an zu zucken, so dringend musste ich nach draußen und tanzen. Trotz der allgegenwärtigen Gefahr, dass meine Choreografie von Hundekacke oder kleeumschwärmenden Bienen unterbrochen wurde, war die Bühne draußen einfach so viel größer und außerdem frei von Hindernissen, an denen man sich die Schienbeine blau schlagen konnte. Unglücklicherweise verdonnerte mein Vater uns auch an diesem Tag zu einer Katechismus-Doppelstunde im Wohnzimmer. Zwei Stunden Kacke-schiss-muss, wie Matthew es heimlich nannte. Wir lasen uns gegenseitig vor: aus der Bibel, aus dem Baltimore-Katechismus und über die Kadetten der Blue Army; denn würden nicht auch wir Marias Gebetssoldaten beitreten und Frieden über die Welt bringen? Ja, würden wir, aber nicht ohne eine mörderisch pulsierende Wut auf Dad, weil er schon wieder einen unserer herrlichen Sonntagnachmittage vergeudete. Doch wir hatten Glück: Die Gehirnwindung, die ihm die Interpretation von Gesichtsausdrücken ermöglicht hätte, war anscheinend mit Teflon beschichtet.

»Warum hat Gott uns erschaffen?«, bohrte mein Vater nach.

»Gott hat uns geschaffen, um ihn zu kennen, um ihn zu lieben, um ihm zu dienen«, leierten wir im Chor.

»Und wie?«

»Das weiß niemand«, wagte Ruthie zu antworten. »Wenn wir es wüssten, wären wir selbst Gott.«

»Was bist du für ein großer fetter Dummkopf?« Dad hob die Hand. »Ich meine: Wie sollen wir ihn kennen, lieben und ihm dienen?«

»Aus unserem ganzen Herzen, unserer ganzen Seele und unserem ganzen Geiste«, nuschelten wir hasserfüllt. Auf Ruthies Gesicht zeigten leuchtend rote Striemen an, wo Dads

Finger sie getroffen hatten, und ich schob meine Hand heimlich hinüber zu ihrer.

»Aus unseren ganzen Herzen und ganzen Seelen«, korrigierte er. »›Unser‹ ist hier ein Possessivpronomen im Plural!« Was korrekte Grammatik und Aussprache anging, war Dad sehr empfindlich; er hatte beinahe einen Doktortitel, und obwohl er dann doch wieder in Kentucky gelandet war, hatte er immerhin für ein paar Jahre an die Universität nach Columbus, Ohio, entkommen können, und er war fest entschlossen, dass seine Kinder nicht so klingen würden wie »die Eingeborenen von hier«.

»Ja, Sir.«

Dann hetzten wir eine Runde um den Rosenkranz und durch die fünf Schmerzhaften Geheimnisse. Und dann war ich endlich frei und ging nach draußen, um bei dem Graben hinter den Schienen meine Sprünge zu üben. Im Prélude Nr. 16, das hätte ich beschwören können, war ein Zug zu hören, wie eine eigene Art Apokalypse. Mit Gebrüll bog die Lok um die Kurve, und ihre Scheinwerfer tasteten nach mir wie das Auge Gottes. Und beim Auge Gottes konntest du dir nie sicher sein; konntest nie wissen, ob die Lok plötzlich aus dem Gleis hüpfen würde; konntest dich jederzeit verschätzen, wie nah du den Rädern eigentlich wirklich warst. Oder du spürtest vielleicht, das war der größte Nervenkitzel, den zwanghaften Wunsch, dich vor den Zug zu werfen, so wie manche Leute sich von Klippen stürzen. Kauer dich also in Todesangst in den Graben: Folge den Anweisungen der Melodie. Eine Pause, Stille. Dann, plötzlich, im letztmöglichen Moment, explodierst du in die Luft. Die Dringlichkeit in der Musik und die Angst vor dem Zug verleihen dem Sprung die nötige Energie. Du brauchst keinen Ballettunterricht; das Prélude lehrt dich, dass es beim Springen nicht so sehr darum geht, deinen Körper in die Luft abzudrücken, als darum, das Fliegen einfach zuzulassen.

»Die Landung ist … das Problematische an der Sache«, bemerkte Chopin und kratzte sich am Kinn.

Was für ein Spielverderber. Manchmal konnte ich ihn wirklich nicht ausstehen.

Kletten-Concerto

Die Ballerinen kamen, und trotzdem wurde von mir erwartet, dass ich in die Schule ging, als zählte auf der Welt nichts als die alltägliche Plackerei des Lebens. Ich war immer spät dran, selbst wenn ich in meiner Schuluniform schlief, um mir morgens die Zeit zum Anziehen zu sparen. Bei sechs Kindern war das Ringen ums Badezimmer zur morgendlichen Stoßzeit ein Wettkampfsport, aus dem nicht alle als Sieger hervorgehen konnten. Ich sprintete die ganze Strecke bis zur Mater-Dolorosa-Schule, wo ich hechelnd und zerknittert und völlig ahnungslos, welche Hausaufgaben ich eigentlich hätte erledigen sollen, ankam. Sobald mein Puls sich wieder beruhigt hatte, stellte ich mich auf einen langen Tag voll schleppender Unterrichtsstunden ein, eine Art Olympiade der Langeweile, während der ich mich irgendwie selbst beschäftigen musste. Als Erstes übte ich schreiben mit der linken Hand, dann übte ich Luftanhalten. Inzwischen schaffte ich anderthalb Minuten. Danach knabberte ich ein paar Perlen von meiner kleinen Geldbörse, in der ich Kiesel aufbewahrte und andere Notwendigkeiten, so wie den Plastikring von Burger Queen, mit dem ich im Musikunterricht im Schuljahr zuvor als Begeisterungsfähigste Sängerin ausgezeichnet worden war.

In der Morgenrunde verkündete ich, dass die Ballerinen kommen würden. Einige von den Mädchen quietschten und klatschten in die Hände, aber im Großen und Ganzen wurde die Neuigkeit meiner Meinung nach nicht angemessen gewürdigt. Deshalb war ich gezwungen, sie ein bisschen auszuschmücken, und fügte hinzu, dass ein paar der Tänzerinnen bei uns zu Hause übernachten würden. Niemand hatte den Anstand, mir zu glauben. Ich sackte in meinen Stuhl zurück und gab mich wieder meinen Tagträumen hin.

Schwester Bernadette schaffte es mit ihren Reli-Arbeitsblättern, mein Interesse wieder ein klitzekleines bisschen zu wecken – ach, dieser Duft von Spiritus. Ich wusste alle Lösungen, war aber anderer Meinung. Wenn Gott jeden Einzelnen von uns einzigartig gemacht hatte, bedeutete das nicht, dass niemand einzigartig war?

Durch all das Luftanhalten und die ganzen Dämpfe wurde mir ein bisschen schwindelig, und es gelang mir, sowohl Schwester Bernadette als auch mich selbst zu überzeugen, dass ich auf die Krankenstation gehen musste, die aus einem Gartenliegestuhl bestand, der neben dem Matrizendrucker in den Kopierraum gequetscht worden war. Ich war hier Stammgast. Ich zählte die Deckenkacheln (immer noch 144) und versuchte, Gesprächsfetzen aus Lehrerinnenmündern aufzuschnappen. Und dann vertrieb ich mir die Zeit, indem ich an all die produktiven Tätigkeiten dachte, denen ich nachgehen würde, sobald ich diesem Knast aus pastellfarbenem Betonstein, der unsere Schule war, entfliehen konnte.

In *101 Sachen zu machen* wird zum Beispiel vorgeschlagen, Pudelfiguren aus Kletten zu basteln und zu verkaufen. Der Witz an Kletten war allerdings, dass sie ausschließlich unaufgefordert auf deinen Kleidern und unter deinen Sohlen auftauchten. War es irgendjemandem je gelungen, absichtlich eine Klette zu finden? Darin bestand eins der großen Geheimnisse des Universums. Die sanften, mütterlichen Phrasen des Prélude Nr. 7 drängten sich in mein Bewusstsein und schwebten wieder davon, bis ich einschlief und von Ballerinen in gelben Kleidchen träumte. Als ich aufwachte, fuhr ich mir übers Gesicht und spürte, dass meine Wange vom Netzstoff des Gartenliegestuhls gemustert war. Tater Mitchell würde das sofort auffallen, und er würde sich über mich lustig machen, wenn ich zurück ins Klassenzimmer kam. Also zögerte ich meine Rückkehr so lang wie möglich heraus. Erst als die Pausenglocke zum Mittagessen läutete, ereignete sich – ganz plötzlich und wie durch Magie – meine Auferstehung.

Seifen-und-Sirup-Rhapsodie

»Pass auf, du wirst deinen *oreilles* nicht trauen.« Mit diesen Worten empfing mich Chopin nach der Schule. »Obwohl du eine verlogene Lügnerin bist, werden die Ballerinen tatsächlich bei euch übernachten!«

»Ach Quatsch!«

»Na ja, zumindest zwei.«

»Bei uns zu Hause?«, fragte ich.

»Die armen Dinger«, antwortete er.

»Aber warum?«

»Da deine Schwester im Symphonieorchester mitspielt, habt ihr euch freiwillig als Gastfamilie gemeldet.«

»*Mon dieu*. Da werden die anderen in der Schule aber Augen machen«, frohlockte ich.

Es war kaum zu glauben: Der Tag kam wirklich. Wie eine besoffene Bühnenhelferin hetzte ich durch die Gegend und versuchte verzweifelt, im letzten Moment noch irgendwie zu vertuschen, dass es sich bei unserem Zuhause um eine Lagerhalle voll geplatzter Träume für Arme, Kreative und Leichtgläubige handelte. »Papiertüten«, trällerte meine Mutter und zog ein paar Exemplare hervor. Dorthinein konnten wir den beliebigen Krimskrams packen, der jede Oberfläche im Haus einzunehmen drohte, und dann würden wir die Tüten hinters Sofa oder auf die Tischtennisplatte oder in eine Nische auf dem Dachboden quetschen oder an irgendein sonstiges Fleckchen, das noch nicht von Papiertüten aus alten Zeiten besetzt war. »Alle Mann antreten!«, rief Mom.

»Antreten zum Müll-und-Mist-Appell«, fügte Chopin hinzu.

Als die Ballerinen abends vor der Tür standen, war das ausziehbare Sofa im Wohnzimmer schon frisch bezogen. Ich hatte edle Minzbonbons auf die Kopfkissen legen wollen, mich aber mit einem Teller von Moms Sirupmuffins zufriedengeben müssen.

Das Haus sah zwar nicht gerade nach *Harper's Bazaar* aus, aber wir hatten das Beste rausgeholt. Dad öffnete die Tür, und da standen die Ballerinen, geschickt getarnt als ganz normale Frauen.

»Die sind für euch«, sagte ich und hielt ihnen ein paar alte Blumen vor die Nase, die Mom mal aus Papierservietten gebastelt hatte.

»Danke«, sagten sie und fingen ob des staubigen Bouquets synchron zu niesen an.

»Toll«, sagte Ruthie. »Ihr niest aber vornehm.« *Quelle idiote!*

»Das Mädchen ist der reinste *jive turkey*!« Chopin kicherte. Er schaute eindeutig zu oft *The Jeffersons*.

»Hier werdet ihr schlafen.« Wie eine Reiseführerin dirigierte ich sie gestikulierend zum Ausziehsofa. »Und hier steht ein Seifenflockenkuchen, den hab ich selbst gemacht. Aus Seifenflocken.« Den Kuchen hatte ich mit Lebensmittelfarbe gefärbt, in wilden blauen und roten und grünen Streifen, mein neuestes Projekt aus *101 Sachen zu machen*. »Wollt ihr duschen? Dann könnt ihr euch gleich damit einseifen!«

»Lassen wir die beiden erst einmal ankommen«, sagte Mom. »Sie sind nach ihren Proben bestimmt müde.« Erleichtert lächelten die Ballerinen ihr zu, und Ruthie und ich wurden genötigt, das Feld zu räumen und uns nach oben in unser Zimmer zu verziehen. Eine Schande!

Ich war zu aufgeregt, um einzuschlafen, und als ich von unten Geräusche hörte, stand ich unter dem Vorwand, zur Toilette zu müssen, auf und schlich die Treppe hinunter ins Wohnzimmer, wo die wunderschönen schlafenden Ballerinen im Mondlicht silbrig glänzten. Zumindest eine Ballerina. Die andere kam gerade aus dem Badezimmer, die Hände auf den Magen gepresst.

»Alles in Ordnung?«, fragte ich erschrocken, voller Angst, einem so zarten Geschöpf könnte etwas Fürchterliches widerfahren sein. Mit einem gequälten Ausdruck auf den engelsgleichen Zügen wandte sie sich zu mir um und übergab sich direkt auf meinen Kopf.

Auf mich! Eine Ballerina hatte mir auf den Kopf gekotzt! Ich war eine Auserwählte. Da tauchte Mom auf, abgerichtet auf den Lärm von Kindern auf Abwegen und nächtliche Kotzerei, ein Handtuch in der einen, den für solch besondere Anlässe reservierten Eimer in der anderen Hand. Ein Eimer? Für eine unpässliche Ballerina? Ich war so beschämt, dass ich am liebsten in Tränen ausgebrochen wäre. Mom geleitete das arme Mädchen wieder zum Bett und wischte mir die gröbste Ballerinakotze aus dem Haar.

Unsere Blicke fielen gleichzeitig auf den Teller mit den Muffins, der auf dem Nachttisch stand. Einer fehlte.

»Hast du zufällig die Muffinform benutzt, um deinen Seifenkuchen zu machen?«, flüsterte Mom. Die Ballerina ächzte genau wie das Sofa, als sie sich wieder darauflegte.

»Ähm, ja.« Ich brach in kalten Schweiß aus.

»Und hast du sie danach abgewaschen?«

»Ich hab doch Seife darin gemacht, ich dachte, die wäre schon sauber genug.«

Mom ging schweigend hinüber zum Tisch, nahm den Teller mit den Seifenmuffins und ließ sie in den Mülleimer plumpsen. Ich war dankbar, dass es nicht Dad gewesen war, der mein Verbrechen aufgedeckt hatte, denn er hätte mich zur Strafe bestimmt gezwungen, einen zu essen. Obwohl das vielleicht eine angemessene Buße gewesen wäre. So wie die Dinge standen, würde ich mir nämlich niemals verzeihen, dass ich eine Ballerina mit Seife vergiftet hatte. Und Chopin, dieser *jive turkey*, würde es mich auch niemals vergessen lassen.

Schlangenhaut-Ouvertüre

In der Lobby der County Highschool empfing uns der Stein-Panther wie immer mit aufgerissenem Maul und zum Angriff erhobener Pranke. Kleine Mädchen in brausefarbenen Kleidchen hatten sich schon auf seinen Rücken geschwungen, und um ihn herum verteilten sich halb geleerte Bowle-Becher und Männer mit John-Deere-Caps in den Händen. »Wie provinziell. Genau das Gegenteil des echten Paris«, kommentierte Chopin und schürzte die Lippen in sehr französischer Manier. Sein Snobismus raubte mir den letzten Nerv.

Wir kamen immer in diese Aula, um Ann im Tri-State-Symphonieorchester spielen zu hören und uns durch die alljährliche *Messias*-Aufführung zu quälen. Einmal waren wir sogar bei einem Auftritt von The Blessings gewesen, einer vom Mormon Tabernacle Choir inspirierten Gruppe. Das war ein so besonderer Anlass gewesen, dass die ganze Familie davor bei Long John's Silver Sea Food essen gegangen war. Aber dann hatte Dad gesagt: »Keine Piratenhüte während des Konzerts.« Das versetzte uns einen ganz schönen Dämpfer. Matthew machte das hinterher aber wett, indem er uns seine eigene Coverversion von »My Old Kentucky Home« in unheimlich klangvollen Rülpsern vortrug. Natürlich nicht in Dads Beisein.

Als wir den Saal betraten, stieg mir sofort dieser typische Bibliotheks-, Kirchen- und Offizielle-Gebäude-Geruch in die Nase, eine Mischung aus gespannter Erwartung, Überdruss und Bohnerwachs. Dad rümpfte die Nase über das welke »Go Panthers!«-Transparent. Ein Team anzufeuern, das keiner katholischen Schule angehörte, war für ihn eine Sünde.

Ich trat von einem ausgeblichenen Turnschuh auf den anderen, wandte mich der Vitrine mit den Pokalen der 4-H-Jugendorganisation zu und betrachtete in der Scheibe die Spiegelung von all den Kleidern hinter mir, von den Müttern in ihren pastellfarbenen Blusen und schimmernden Strumpfhosen. Meine eigene Mutter trug ein selbst genähtes, blau kariertes Kitteldings, in dem sie Luke problemlos stillen konnte. »Sich zu vergleichen macht nur unglücklich«, sagt man ja. Aber wie hätte ich mich nicht vergleichen sollen?

»Ich dachte, *Der Nussknacker* wäre ein Weihnachtsstück«, sagte Ruthie.

»Es ist kein Weihnachtsstück, es ist ein Weihnachtsballett«, wies ich sie zurecht. All die Aufregung kitzelte eine fiese Seite aus mir heraus.

»Aber wir haben April«, meinte Ruthie, »ist das nicht ein bisschen dumm?«

»Balletts sind dumm«, entgegnete ich. »In Balletts wird überhaupt nicht geredet. Verstehst du?«

»Du bist dumm!«

»Liebe deinen Nächsten wie dich selbst«, sagte Dad warnend.

»Du bist doch nur neidisch, weil die Ballerina nicht dir auf den Kopf gekotzt hat«, flüsterte ich. Meine Schamlosigkeit entsetzte mich, aber ich konnte mich nicht dagegen wehren. Ich fragte mich, ob die Ballerina heute wohl auftreten würde. Ich konnte es mir kaum vorstellen. Schon vor dem Zwischenfall war sie dünn wie ein Skelett gewesen.

Zentimeter um Zentimeter schob sich die Schlange vorwärts. Endlich drückten uns die Platzanweiser ein Programm in die Hand, und wir schlurften in den riesigen, abschüssigen Saal mit den grünen Samtvorhängen am unteren Ende. Ann saß in ihrem schwarzen Rock, der mal ein Tischtuch gewesen war, mit dem restlichen Orchester unterhalb der Bühne auf einem Klappstuhl. Ich war so stolz auf meine Schwester da vorn. Und eifersüchtig. Unter tosendem Applaus eilte der

Dirigent, Mr. Barmakian, herein. Er schwitzte jetzt schon, aber laut Ann schwitzte er ständig. Er bestehe zu zehn Prozent aus Inspiration und zu neunzig Prozent aus Transpiration, sagte sie immer, besonders bei Tschaikowski, dessen Musik Ann schnulzig fand. Sie verdrehte immer die Augen, wenn jemand Tschaikowski erwähnte, oder sagte »Gesundheit« und lachte sich dann einen Ast.

Die ersten Takte der Ouvertüre erklangen. Ich hatte so oft vor der Badezimmertür gestanden, während Ann das Stück übte, dass auch jetzt meine Blase zu drücken anfing. Hier und da waren ein paar schiefe Töne zu hören, und einige von den Geigen hinkten dem Tempo ein bisschen hinterher. Aber alles in allem klang es wirklich gut, wie eine Platte, nur ohne die Kratzer.

Vor lauter Vorfreude bekam ich fast einen Herzinfarkt. Ich wusste, in wenigen Augenblicken würde ich ein Mensch sein, der echte Ballerinen auf einer echten Bühne gesehen hatte. Ich konnte es kaum erwarten, mein erbärmliches altes Selbst abzustreifen wie eine Schlange ihre Haut. War ja auch nicht schade drum.

Krankenzimmergartenliegestuhl-Sonate

Die grünen Samtvorhänge gaben den Blick frei auf eine neue Welt. Das Licht war anders, wärmer und fröhlicher; die riesigen gemalten Zuckerstangen und glasierten Kuchen leuchteten. Die rosa Feen wirbelten umher und verrenkten sich ganz exquisit auf ihren Spitzenschuhen. Die blauen Arabischen Tänzer galoppierten in ihren durchsichtigen, wolkigen Hosen über die Bühne, und das bauchfrei, wie in der Serie *Bezaubernde Jeannie*, die wir wegen des nackten Nabels nicht schauen durften. Ich stellte mich darauf ein, dass Dads Mund sich in einen schmalen Strich verwandeln würde, wie sonst im Angesicht der Sünde, aber er lächelte, griff nach meiner Hand und freute sich, dass ich mich freute. Die Macht des Tanzes ließ wohl nicht einmal meinen Vater kalt.

Doch das alles war nichts gegen den »Blumenwalzer«. Die Musik schwang sich hinauf, schwoll an. Die gelben Kleidchen schwebten um die Ballerinen herum, die Bänder in ihren Frisuren flatterten ihnen bei jedem Sprung hinterher, bei jedem Verharren in der Luft. Schwerkraft schien in ihrer wortlosen, perfekten Welt gar nicht zu existieren. Zitronige Glückseligkeit. Hoffnung in Bewegung. *Alles war genau, wie ich es mir im Krankenzimmergartenliegestuhl ausgemalt hatte.* Mein Herz krampfte. Ich hatte einen Blick in meine Zukunft erhascht.

Dad schaute gar nicht mehr zu; er hielt die Augen geschlossen und nickte langsam mit dem Kopf. Er hatte sich an den Ort zurückgezogen, an den er auch zum Plattenhören immer verschwand. In ihm war nicht genügend Raum, um Musik und Tanz gleichzeitig zu genießen.

Ich versuchte vergeblich, den Moment festzuhalten, aber alles war so schnell vorbei, wie wenn man einen Schokoriegel in sich reinstopft, bevor jemand es bemerkt und man teilen muss. Die Ballerinen knicksten, während das Publikum pfiff und klatschte, und dann wurden wir – eine schier unvorstellbare Grausamkeit – aus dem Saal gescheucht, hinaus ins gewöhnliche Tageslicht.

Crescendo zu Scherben

»Warum muss ich der Junge sein, Marie?«, protestierte Ruthie. »Du bist die Ältere.«

»Ja, aber du bist größer wie ich. Fang mich!«, rief ich, während ich mit einer Drehung vom Sofa sprang.

»Größer als ich«, korrigierte Dad. »Und was machen wir, wenn wir am Weihwasserbecken vorbeigehen?«

»Dad, ich tanze!«, sagte ich. »Ich kann nicht jedes Mal stehen bleiben und mich bekreuzigen, wenn ich in die Nähe vom Weihwasser komme. Das macht doch die ganze Choreografie kaputt.«

»Ich mache gleich deine Choreografie kaputt«, entgegnete er. »›Ob ihr nun esst oder trinkt oder tanzt – tut alles zur Ehre Gottes!‹ 1. Korinther 10,31. Und zieh dir was an, verdammt noch mal!«

Also musste ich mich – in meinem altersschwachen Badeanzug nebst einer abgeschnittenen Latzhose – entweder mitten im Sprung bekreuzigen oder vermeiden, dem kleinen Weihwasserbecken mit der Plastikmadonna zu nahe zu kommen. Beides war so gut wie unmöglich; unsere Wohnzimmer-Bühne war klein, und wir brauchten die Weihwasser-Nische für die Auf- und Abgänge.

»Kann ich … ich meine, darf ich jetzt mal das Mädchen sein?«, fragte Ruthie.

»Gleich«, sagte ich. »Achtung, ich springe.« Ich setzte zum Fliegenden Schneebesen an, einem hoch komplizierten und brandneuen Manöver, das mit einer abstürzenden Lampe endete. Dad stürmte herein und machte die Choreografie jetzt wirklich kaputt, indem er im Takt der Musik, die noch immer lief, durch den Raum tobte und um sich drosch. Der Körper ist ein Schlaginstrument, genau wie das Klavier. Auch das ist Chopins Musik: wütende Hände, die im Rhythmus immer weiter schlagen und dann zum unvermittelten Schlussapplaus in dein Gesicht prasseln. *Brava.*

Alles ging so schnell, genau wie bei dem echten Ballett. Es war vorbei, bevor ich die Konsequenzen begreifen konnte: eine Lampe, ein Moment, zersplittert in Scherben wie ein zum Leben erwachtes Kaleidoskop. Dad, der auf uns einprügelte, völlig außer Kontrolle. Da war nichts zu machen. Er liebte uns, das wussten wir. Ein einziges Paradox.

Walzer-Schmalzer

»Nächstes Mal tanzen wir den *Nussknacker*«, jammerte ich unter Tränen und wischte mir die Nase an der Latzhose ab.

»Tschaikowski ist … wie sagt man das … schmalzig«, sagte Chopin.

»Das plapperst du doch nur Ann nach«, sagte ich. »Wenigstens erzählt seine Musik eine Geschichte, die man tanzen kann, ohne dass es Ärger gibt.«

»Also bitte, du glaubst doch nicht ernsthaft, die Lampe hätte Tschaikowskis ›Russischen Tanz‹ überlebt?«, schoss er zurück. Chopin hatte mir noch kein einziges Mal Mitleid entgegengebracht, und zu allem Überfluss hatte er natürlich auch noch recht. »Das Leben ist kein Erzählballett«, fuhr er fort. »Man kann die Handlung nicht voraussehen.«

»Etwas weniger Tröstliches ist dir wohl nicht eingefallen.«

Er nickte stolz. »Robert Schumann hat meine Werke einst als ›unter Blumen eingesenkte Kanonen‹ bezeichnet.«

Ich stöhnte. »Klingt, als hätte er mein Leben in Worte gefasst.«

»Och, du armes Ding.«

Mir blieb nichts anderes übrig, als die Scherben einzusammeln und zu versuchen, mich nicht daran zu schneiden.

Dehnungsstreifen-Largo

»Tut mir wirklich leid, das mit der Lampe.« Ich schniefte. »Aber hast du unseren spektakulären Fliegenden Schneebesen gesehen?« Mom rieb gerade alte Kaffeedosen mit ausgelassenem Fett ein, damit das Brot beim Backen nicht festklebte.

»Ich habe ein bisschen was mitbekommen von eurem ... Auftritt, ja«, sagte sie. Ihre Brille war mit einer feinen Mehlschicht bestäubt.

»Findest du, dass ich eine gute Tänzerin bin?«

»Du tanzt wunderschön, Marie«, bestätigte sie. »Wie ich damals.«

»Du hast früher getanzt?« Auf diese Idee wäre ich nie gekommen.

»Klar«, sagte sie. Als wäre diese Enthüllung nicht ebenso verrückt wie die von Dad, als er am Esstisch plötzlich wie ein schwuler Paul Revere verkündet hatte: »Die Ballerinen kommen!«

»Warum hast du aufgehört? Was ist passiert?«

»Eine ganze Menge.« Sie seufzte. »Ihr Kinder zum Beispiel.« Da war was dran. Mütter tanzten nicht. Obwohl ich einmal gesehen hatte, wie Mom, als sie sich unbeobachtet fühlte, zu John Denvers »Thank God I'm a Country Boy« etwas aufs Parkett gelegt hatte, was ich nur als Zitter-Jig bezeichnen konnte. Mütter, zumindest meine, schienen sich eher über das zu definieren, was sie nicht taten. Ein Nichts sagt mehr als tausend Worte, sagte Mom immer. Wie das Loch in Dads Kopf.

»Aber es ist nie zu spät«, meinte ich. »Wir könnten vielleicht zusammen Tanzstunden nehmen, hast du da schon mal drüber nachgedacht?« Ich bereute den Satz, sobald er mir über die Lippen gekommen war. Manchmal vergaß ich, dass die Antwort auf alles, was Geld kostete, automatisch »Nein« lautete.

Ann konnte nur Geigenunterricht nehmen, weil sie schwer begabt war und ein Stipendium bekam. Und wenn man Chopin Glauben schenkte, war ich in etwa so begabt wie ein rostiger Spaten.

Mom schwieg. Sie schlug auf den Brotteig ein, der als getreidefarbener Berg auf der Arbeitsfläche lag, durchzogen von Dehnungsstreifen, die mich an die Landkarte aus Dehnungsstreifen auf Moms Bauch erinnerten. Auf ihren Lippen lag ein ganz bestimmter Ausdruck, der mich zum Fettglas greifen und eine Kaffeedose einrieben ließ, ohne dass sie mich dazu aufgefordert hatte.

Jede Bewegung konnte Choreografie sein, erkannte ich, je nachdem, welche Musik man im Kopf darüberlegte. Ich verteilte das Fett in kleinen kreisförmigen Bewegungen, die mich an das Prélude Nr. 10 erinnerten, die Melodie, die Moms Schmuckschatulle spielte. Hohle hohe Tönchen erklangen, wenn man den Deckel hochklappte und die Ballerina in ihrem goldenen Tutu erwachte.

Man stelle sich dieses Leben vor: in völliger Einsamkeit, umgeben von blauem Samt, zwischen verborgenen Schätzen – himmlisch. Ganz abgesehen von der verblassten Seidenrose und den Glitzersteinchen. Und dem Siegelwachsstäbchen und Stempel, in den Moms Initialen eingraviert waren, für wichtige Post. Sie verschickte nie wichtige Post, aber das Wachs war da, für den Fall der Fälle. Die Kette aus Olivenholzperlen, die Nana ihr aus Jerusalem mitgebracht hatte, nachdem die Kirche der Vierten Dimension bankrottgegangen war. Die Blumenbrosche, die Dad ihr zum Muttertag bei Kmart gekauft hatte. Ein ägyptischer Skarabäus-Ring, in dem sich nicht das Gift versteckte, für das er entworfen worden war, sondern ein enttäuschender Fetzen Baumwollstoff. Und mehrere kleine Zähne.

»Marie, wie lang brauchst du noch, um eine einzige Dose einzufetten?« Mom schnaubte. »Das zieht sich wie Zuckersirup im Januar.«

Die Schmuckschatulle durften wir nie, niemals, unter keinen Umständen öffnen.

Der Marsch der halbgaren Katholikinnen

Wir waren spät dran, und Dad ließ uns alle durch den Mittelgang bis ganz nach vorn marschieren, vorbei an den hinteren Bankreihen, wo die Halbgaren Katholikinnen, wie Dad sie nannte, saßen. In unserer Kirche wimmelte es nur so von ihnen, sie waren nicht zu übersehen: Frauen in farbenfrohen Sommerkleidern, die sich keine Tücher um die Schultern legten und die Choräle nur mitnuschelten. Sie verbargen ihre Gesichter nicht wie Mom hinter einem weißen Spitzenschleier aus alten Vorhängen, den sie über den Ohren mit einem Kreuz aus schwarzen Haarnadeln feststeckte.

Ich fragte mich, wie ich jemals wieder einen Gottesdienst überstehen sollte, nachdem ich das Ballett erlebt hatte. Also machte ich mich daran, die Kirche in ein Opernhaus zu verwandeln. Der Altarraum mit dem gelben Teppich wurde zur Bühne. Den Altar und die Kanzel warf ich raus, die Marienfigur schob ich ganz nach hinten an die Wand, wo sie nicht so ablenken würde. Ich platzierte die Kerzen rechts und links am Rand der Bühne, zur Beleuchtung und für eine gewisse feierliche Stimmung, die dem Ballett meiner Meinung nach gebührte. Ich zerschnitt die Gewänder von Pater Thomas und den Ministranten und setzte sie zu Tutus und Engelsroben wieder zusammen. Ich beschloss, dass der Tabernakel mit seinem goldenen Kelch, so beeindruckend er auch sein mochte, einfach zu viel Platz einnahm und aussortiert werden musste, genau wie das Schiffchen mit dem Weihrauch, der sowieso nur alle wie verrückt zum Niesen brachte.

Die Tafeln, auf denen der Kreuzweg dargestellt war, mussten weg: Wie sollte das Ballett gegen die Kreuzigung Jesu anstinken? Aber die Buntglasfenster in ihrer bruchstückhaften, leuchtenden Schönheit konnten bleiben. Die Sitzbänke waren in Ordnung für das Publikum, die Kniebänke würden nicht mehr gebraucht. Unsere Kirche war weder besonders groß noch besonders hübsch, aber alles in allem, fand ich, war da Potenzial. Sogar Chopin, der auch katholisch erzogen worden war, stimmte mir zu: »Ich bevorzuge ebenfalls intimere Spielstätten.« Mir wurde klar: Raum war etwas Heiliges. Ein Ort, an dem alles passieren konnte – ora et labora et spielora, alles miteinander vermengt. Mir war nicht klar gewesen, dass man Sehnsucht nach Raum empfinden konnte.

Arie der Allesfresser

Als ich in der Schule erzählte, ich würde Ballerina werden, lachte Tater Mitchell mich aus und hob meinen Uniformrock mit einem Stock hoch, als ich gerade oben auf der Wippe saß. »He, guckt mal alle her«, rief er. »So sieht also die Unterhose von einer Ballerina aus, harharhar.« Nachdem ich ihn verdroschen hatte, rannte er zu Schwester Bernadette und petzte. Aber ich erzählte ihr, was passiert war, und letztlich war er derjenige, der Ärger bekam, ha HA!

»Ich dachte, du wirst Komikerin, wenn du groß bist, so wie Carol Burnett«, sagte Valerie Winters. Das machte mich nachdenklich. Ich wollte wirklich immer noch meine eigene Fernsehsendung. Vielleicht konnte ich ja eine Comedy-Varieté-Show à la Burnett mit Ballett kombinieren?

»Und was ist aus der Clownsschule geworden?«, fragte Livvy Tinker. Die Sache wurde immer unüberschaubarer.

Während der Stillarbeit rief Schwester Bernadette mich nach vorn zum Lehrerinnenpult. Sie schaute enttäuscht drein. »Ich dachte, du folgst dem Ruf Gottes und wirst Nonne«, sagte sie.

»Aber Nonnen tanzen nicht«, erklärte ich. Dann erinnerte ich mich an Moms Enthüllung neulich. Ich musterte Schwester Bernadette genauer und fragte: »Oder etwa doch?«

»Ich verrate dir mal was«, flüsterte sie und beugte sich zu mir. Ich konnte jedes Haar auf ihrem Kinn erkennen. Tanzte sie vielleicht heimlich? Vor meinem geistigen Auge sah ich, wie sie die stämmigen Waden anspannte und ihre Fersen sich aus den orthopädischen Schuhen hoben. »Ich höre nachts Gottes Stimme. Er ruft meinen Namen.«

»Oh«, sagte ich. Damit hatte ich nicht gerechnet. Ich stellte sie mir in ihrem Zimmer vor, einer kleineren Version unseres Klassenzimmers. Rosafarbener Zement. Oder grüner vielleicht. Trugen Nonnen Pyjamas? Ihre Unterwäsche musste gigantisch sein. Ich schluckte. »Was sagt er denn?«

»Nur ›Bernadette‹, sonst nichts«, erwiderte sie traurig.

»Oh. Und woher wissen Sie, dass es Gottes Stimme ist?« Ich war ehrlich interessiert, aber sie fühlte sich angegriffen.

»Ich weiß es eben. So wie du weißt, dass du Ballerina wirst, obwohl du noch nie eine einzige Tanzstunde hattest.« Sie schnaubte und lehnte sich in ihrem Stuhl zurück. »Hast du für die Blumengarde bei der Fronleichnamsprozession ein langes Kleid?«

»Ja, Schwester.«

»Und du meinst nicht zufällig das rosa Präriekleid, das deine Mutter dir genäht hat?«

»Doch.«

»Ein anderes hast du nicht?«

Ich versuchte ihr zu erklären, dass mein anderes langes Kleid, dem man gar nicht angesehen hatte, dass es aus einem alten Laken bestand, zerfetzt worden war, als die Wildschweine uns durch den Wald gejagt hatten. Aber sie fiel mir ins Wort. »Also kein anderes Kleid?« Die Flammen der Scham schlugen über mir zusammen. Als wäre es kein offenes Geheimnis, dass wir uns Überlegungen zum Thema Mode im Hause Higginbottom nicht leisten konnten. Sie ließ den Blick über meine Klassenkameradinnen schweifen, die dem Gespräch mit selbstgefälliger Neugier lauschten. »Will von den anderen Mädchen eins bei der Fronleichnamsprozession mitmachen?«

Mürrisch zeichnete ich mit meinen zerbrochenen Buntstiften die Abbildung einer Brücke ab, die vorn an der Tafel hing. Das war der Kunstunterricht. Dann Gemeinschaftskunde: Kohle wird zu Diamanten, Aborigines essen Maden. Ich bohnerte den Boden mit meinen Schuhsohlen. Meine Haut fühlte sich zu eng an und mein Schreibtisch zu klein. Die Luft roch nach heißen Bleistiften. In mir war dasselbe

Gefühl wie damals, als ich herausgefunden hatte, dass die Heckmans ihre Schweine mit dem überschüssigen Leib Christi fütterten. Wirklich wahr. Ich war in ihren Stall gegangen, und der ganze Lehmboden war übersät von den kleinen Oblaten, die doch heilig sein sollten. Das sei die Ausschussware und Überproduktion, die kauften sie dem Kloster billig ab, erklärte mir einer der Heckman-Söhne.

Ich knüllte mich auf meinem Stuhl so klein wie möglich zusammen und zog Bilanz über mein Leben: 1. Ich durfte nicht bei der Blumengarde in der Fronleichnamsprozession mitmachen, und etwas Ballettähnlicheres würde sich an unserer Schule niemals ereignen; 2. Ich hatte noch nie Ballettunterricht genommen und würde wahrscheinlich auch nie die Gelegenheit dazu haben; 3. Die Existenz meines besten Freunds war fragwürdig; 4. Gott hatte noch nie nachts meinen Namen gerufen. Aber sollte er es je tun, würde ich das nicht so groß herumtratschen. Würde Gott jemanden mit einer so großen Klappe wirklich anrufen?

Ich runzelte die Stirn und nahm mir wieder einmal vor, mir ein Künstlerinnentemperament nach dem Vorbild Chopins zuzulegen: tiefgründig, still, leidensfähig. Aber Chopin lachte nur und bewies damit einmal mehr, dass er alles andere als ein Heiliger war.

Opéra de la Merde

Eigentlich waren Bücher über Waisenkinder mein Spezialgebiet, aber jetzt hielt ich, frisch aus der Bibliothek, *Die Lebensgeschichten der Großen Tänzerinnen* fest umklammert. Die spätnachmittägliche Sonne fiel durch die Hartriegelblätter, besprenkelte die Narzissen und ließ sie auf diese Weise einen echten Blumenwalzer tanzen. Die Brise kitzelte die Härchen auf meinem Arm, ein Apfel erwartete mich appetitlich. Nichts war süßer als gestohlene Zeit, besonders an einem Aprilnachmittag wie dem, als mir Marie Taglioni zum ersten Mal unterkam.

»Marie hat eine ganze Weile in derselben Straße gewohnt wie ich, wusstest du das? Am Square d'Orléans«, sagte Chopin, während er träge ein Blütenblatt nach dem anderen von einem Gänseblümchen zupfte. »Ich habe sie auch einmal tanzen gesehen, aber ich mache mir nicht viel aus Ballett. Ich bevorzuge die Oper.« Meine einzige Verbindung zur Oper war das schimmernd goldene Opernglas, das mal Nana gehört hatte. Und die Arien, die ich meine Mutter durch die verriegelte Badezimmertür singen hörte, wenn ihre Wut zu groß zum Schreien war, wie damals, als wir das Opernglas genommen hatten, ohne zu fragen, um die Nachbarn auszuspionieren, und es dann im Sandkasten liegen ließen.

»Du siehst Marie Taglioni auch ein bisschen ähnlich«, sagte Chopin.

»Wirklich? Was meinst du genau?«

Er dachte darüber nach. »Nun ja … ihr habt beide von Natur aus strähniges Haar und seid auf dem gleichen Auge blind. Schlupflider, schlechte Körperhaltung, fliehendes Kinn … ach ja, und ihr habt beide abnormal lange Nasen.« Ich wünschte, ich hätte nicht nachgefragt.

»Okay, okay, hab schon verstanden«, sagte ich. »*Merci,*

Monsieur Merde.« Das war sein heimlicher Spitzname für meinen Vater. Was für ein Heuchler Chopin war; er war selbst nicht gerade eine Augenweide und kaum größer als ich, aber ich wollte ihn nicht provozieren und verkniff mir eine Bemerkung.

Zu Maries Zeiten hatte man die Fotografie noch nicht erfunden, deshalb war sie in dem Buch nur auf wunderschönen, sanft colorierten Zeichnungen zu sehen. Ich las den faszinierenden Beschreibungstext, und die Parallelen zwischen uns gingen mir durch Mark und Bein. Auch ich hatte mit Chopin diniert, auch ich wurde als »alles andere als schön« erachtet. Und auch mein Vater war ein Tyrann, der darauf bestand, dass ich mir einen Namen als »Christliche Tänzerin« machte.

»Zu Maries Zeiten«, sagte Chopin verschwörerisch, »mussten die meisten Tänzerinnen nach ihren Auftritten noch privat Gäste empfangen, sagen wir mal … Männer, die um sie warben.« Er grinste dreckig.

»Du lügst«, protestierte ich. »Darüber steht überhaupt nichts in dem Buch.«

»*C'est vrai.* Aber Bücher erzählen oft nicht die ganze Wahrheit«, erwiderte Chopin. »Abgesehen davon musst du dir deswegen wirklich keine Gedanken machen. Die einzige Tanzschule weit und breit ist BJ's Dance Grooves, und ich glaube kaum, dass dein Vater dich einen Fuß dorthin setzen lassen würde, selbst wenn er es sich leisten könnte.« Er hatte recht. Bei BJ studierte die Polynesische Seniorentanzgruppe ihre empörenden Hula-Choreografien ein; es war ein Wunder, dass Dad die noch nicht auf seine ständig länger werdende Warteliste fürs Höllenfeuer und in unsere Gebete aufgenommen hatte. Und trotzdem passte alles zusammen, wie das Schicksal, wie ein Stern in meiner Handfläche. Ich war hoffnungslos hoffnungsfroh.

Flickenrock-Rock

»He, Matthew, was ist mit dir passiert?«, hatten die Mobber in seiner Klasse meinen Bruder aufgezogen. »Hast du dir die Ohren tiefer legen lassen?« Beim Abendessen – es gab Brathähnchen – erzählte Matthew von seinem Martyrium, aber Dad verordnete ihm immer wieder den gleichen verhassten Haarschnitt. Die Brille mit dem dicken schwarzen Rahmen und die Beinschienen waren auch nicht gerade hilfreich. Als ich an der Reihe war, erzählte ich, dass ich auch diesmal an Fronleichnam nicht bei der Blumengarde mitmachen durfte.

»Ich flicke das Wildschweinkleid, das hab ich dir doch gesagt.« Mom sah mich an. »Flicken sind in Mode, das sieht dann aus wie ein Maxirock. Warum hast du ihr das nicht erklärt?«

»Hab ich ja versucht.« Ich fing an zu heulen. Um ehrlich zu sein: Wenn es ums Kleiderflicken ging, fiel meine Mutter regelmäßig ihrem Künstlertemperament zum Opfer. Wir besaßen alle noch immer unsere uralten Pyjamas mit Füßen, dank der Stoffstreifen, die sie in Ringen um die Knöchel herum einsetzte, um die Hosenbeine zu verlängern. Aber sie achtete nie auf die Farben; Ruthie und ich hatten beide rosa Schlafanzüge mit lila und braunen und blauen Streifen um die Waden. Wie übergroße Sportsocken sah das aus. Nicht gerade *Harper's Bazaar*.

Nach dem Abendessen bescherte Dad uns allen eine Überraschung: Er verkündete, dass er mit Mom hinunter zum Kunstflohmarkt spazieren würde, um ein Los für die Einen-Monat-Essen-für-die-ganze-Familie-Tombola zu kaufen. »Ann passt auf euch auf«, sagte er. Wir konnten unser Glück kaum fassen. Ich spülte, Ruthie trocknete ab, und Ann spielte die Geigenstimme des ergreifendsten Songs aus dem gesamten Rockmusik-Kanon der Siebziger: Kansas' »Dust in the Wind«. Matthew sang den Tenor, und Ruthie und ich wechselten uns mit der Melodie in Sopran und Alt ab. Am Ende spielte Mark mit zwei Topfdeckeln das langsam verklingende Becken. Luke saß ganz gebannt da, so gut klang das, und wir sangen alles noch mal von vorn und bescherten uns selbst eine Gänsehaut.

Rockmusik war uns natürlich verboten, weil sie immer von Sex oder Drogen handelte. Aber irgendwie machten wir es möglich. Chopin hob die behandschuhten Hände und applaudierte dezent neben seinem linken Ohr, als würde er einer Operndiva Anerkennung zollen. »Glaub mir«, sagte er und beugte sich nach vorn, »für das Verbotene und das Unmögliche findet man immer einen Weg.«

Klänge aus dem Schwanensee-Trailerpark

Chopins Préludes fangen oft mit wundervollen Klangkaskaden an, so üppig süß, dass sie dich glauben machen, das Klavier wäre ein atmendes Lebewesen mit Bewusstsein, das dich um etwas bittet. Dann verwandeln sich alle Akkorde in Moll, und im Hintergrund summen und lauern die tiefen Töne, versuchen, dich vor etwas Gefährlichem, vor etwas Fürchterlichem zu warnen. Wie wenn Dad einen Prügelanfall bekommt, weil er einen unvermittelten Schluckauf mit einem absichtlichen Rülpser verwechselt. Oder wie wenn an einem klaren sonnigen Tag plötzlich die Sirenen losheulen und man nicht so recht weiß, ob man darüber lachen oder in Deckung gehen soll. Wahrscheinlich ist es nur ein Probealarm, aber es könnte auch eine Bombendrohung vonseiten der Russen sein oder ein Tornado, der immer näher kommt und mit seinem zornigen Finger auf dein Städtchen zeigt, auf deine Straße, auf dein Versteck unter dem roten Stuhl.

Der Himmel kann sich innerhalb eines Herzschlags verändern. Tornados haben schon ganze Stadtviertel auf den Kopf gestellt, bevor die Leute überhaupt begriffen hatten, dass dieses schrille Pfeifen, das die Luft durchschnitt, nicht von einem Zug kam. Nicht nur ein berühmtes Konzert von Johann Sebastian Bach ist nach Brandenburg benannt, sondern auch ein Dorf ganz bei uns in der Nähe, das ein berüchtigter Wirbelsturm innerhalb von fünf Minuten dem Erdboden gleichgemacht hat. Die Préludes warnen: Der Tag ist herrlich, aber fühl dich nicht zu sicher. Sie rufen: Hör mal, vielleicht schaffst du es nicht rechtzeitig in Deckung. Sie erklären: Manchmal ist der Unterschied zwischen Schönheit und Gefahr nicht zu erkennen. Also los, tanz unter dem

Trailerpark-Schwanensee-Schild, auch wenn es weit und breit keinen See gibt. Wer weiß, ob du je wieder die Gelegenheit dazu haben wirst.

Chaos-Choral

Während die übrigen Kentuckianer das Derby-Wochenende einläuteten, rutschten wir Mater Dolorosianer auf unseren Bänken hin und her und warteten ungeduldig auf den Fronleichnamszug. Als die ersten Akkorde der Prozessionsmusik erklangen, wandten wir uns alle zum Kircheneingang um, als stünde dort eine Braut. Aber das hier war besser als jede Braut: die Blumengarde. Alle verstummten in Ehrfurcht, auch wenn Matthew später Witze riss wie: »Was soll eigentlich der Name ›Blumen-*Garde*‹? Wovor soll die uns beschützen, vor Körpergeruch?« Daraufhin schmiss er sich weg vor Lachen und erstickte fast an seiner eigenen Spucke, wie immer, wenn die Fröhlichkeit ihn übermannte. In den Gläsern seiner großen schwarzen Streberbrille brach sich das Licht.

Die Mädchen schritten jeweils zu zweit den Mittelgang entlang, genau wie Noahs Tiere auf dem Weg zur Arche – wie hatte man sie nur alle dazu bewegen können, so brav zu sein? –, in bodenlangen pastellfarbenen Kleidern, die geflochtenen und hochgesteckten Haare mit Federn geschmückt und mit nervösem, lipgeglosstem Lächeln. Jedes Mädchen trug einen mit Blumen und Bändern dekorierten Stab, der einst ein Besenstiel gewesen war.

Der Altarraum der Kirche hatte sich für unsere alljährliche Fronleichnamsprozession wie durch ein Wunder in eine Art Gartentheater verwandelt, und es roch wie in einer Werbung für Kräutershampoo. Der Duft ließ einen an den Himmel glauben und an Babyengel und an die Bilder auf Hallmark-Grußkarten. Aber nach einer Weile bekam man auch Kopfschmerzen davon. Die Kirche fühlte sich jetzt schon an, als wäre sie mit heißem Atem gefüllt, und bei der ganzen Aufregung wurde eigentlich jedes Jahr mindestens einer oder eine von uns ohnmächtig. Ich hoffte natürlich, ich würde diesmal diejenige sein, denn um die Ohnmächtigen wurde immer viel Wirbel gemacht, wenn sie aus der Kirche getragen wurden. Ich war aber leider, wie Mom es ausdrückte, »robust und kernig«.

Die Garde-Mädchen tippten die Enden ihrer Stäbe über den Köpfen zusammen und bildeten so eine herrliche Blumenarkade. »*En garde!* – Aufgepasst!«, sagte Tater Mitchell und kicherte, was zur Folge hatte, dass er danach neben Schwester Bernadette sitzen musste – die ultimative Demütigung. In diesem Moment tat mir Tater fast ein bisschen leid. Er hatte Zähne wie ein Maultier und konnte Schönheit nicht ertragen, nicht einmal eine Minute lang.

Das Krönungskommando schritt herein, ganz zuletzt die glückliche Auserwählte, die auf einem Samtkissen die Krone der Heiligen Jungfrau Maria tragen durfte. Ich stellte mir vor, wie ich als Marie Taglioni auf Spitzenschuhen den Mittelgang entlangtanzte, in einem langen weißen Kleid, das wie eine Wolke um mich herum schwebte. Nichts im Vergleich zu meiner schlecht sitzenden marineblauen Uniform, meiner falschen Bluse mit dem Rundkragen und meinen drei Tage alten Kniestrümpfen. Und meinen nicht mehr heilen und noch nie heilig gewesenen Turnschuhen.

Nachdem das Krönungskommando vorbeigezogen war, senkte jedes Blumengarde-Paar perfekt synchron seine Stöcke, drehte sich um und ging durch den Torbogen ab, eine schlichte, aber elegante Choreografie. Es war so schmerzlich schön, dass mir Tränen in die Augen stiegen.

Dann veränderte sich die Musik, die ersten Töne der Hymne, die wir alle tief verinnerlicht hatten, erklang, und wir erhoben uns. Das Mädchen mit dem Kissen stieg auf die mit einem weißen Laken verhüllte Leiter, um die Krone auf den Kopf der Heiligen Jungfrau zu setzen, und wir sangen alle:

Heilige Maria, wir krönen dich,
Verehrte Königin der Menschheit,
Edle Jungfrau, halte für unser Opfer
Liebe und Gnade für uns bereit.

Alle außer der Neuen, Misty McPherson, die den Text umgedichtet hatte zu »Krautige Königin, wir krönen dich, zur Kohl-Heiligen der Menschheit!«, woraufhin wir beide in völlig entfesseltes Lachen ausbrachen, obwohl ich das gar nicht wollte. Wenn man zum richtigen Zeitpunkt in einen unangebrachten Witz verwickelt wird, ist das wie eine Einladung zu einer exklusiven Party. Man kann gar nicht Nein sagen.

»Psssst«, zischte Chopin. Er begriff die schlichte Schönheit von Hymnen und gekrönten Statuen und Männern in Spitze. Selbst 1977 in einer schlichten gelben Kirche in Kentucky. Tränen glitzerten auf seinen Wangen. »Könnt ihr Schönheit nicht einmal eine Minute lang ertragen?«

Konnten wir offenbar nicht.

Maria, die für diesen besonderen Anlass auf einen improvisierten Altar, einen mit Stoff verhüllten Spieltisch, gestellt worden war, fing bedenklich an zu schwanken. Ich hörte sofort auf zu kichern, aber es war zu spät. Unser Gegröle hatte das Kronenmädchen irritiert, und es rutschte auf der Lakenleiter aus und ließ das Kissen fallen. Beim Versuch, es aufzufangen, lehnte es sich zu weit zur Seite und stürzte kopfüber hinunter, und wir konnten alle die Wonderwoman-Unterhose unserer Mitschülerin sehen. Vasen, Blumen und Wasser rauschten zusammen mit ihr hinab. »Achtung, Baum fällt!«, schrie Tater, bevor Schwester Bernadette ihn am Schopf packen konnte. Das Krönungskommando kreischte. Und dann kippte auch die Heilige Maria nach vorne, direkt auf die erste Kirchenbank, und wurde geköpft. Der Kopf landete im Schoß eines der Blumenmädchen, und einer anderen Schülerin flog ein Gipssplitter ins Auge.

»Mein Auge!«, brüllte sie. »Ich bin BLIND!« Angst und Schuldgefühle ließen mich erstarren: Dieses Debakel hatten wir zu verantworten, wir mit unserer frevelhaften Missetat. Die Organistin spielte währenddessen einfach weiter. Sie gaffte ungläubig auf das sich entfaltende Chaos, aber ihre Finger konnten einfach nicht stillstehen.

»Ach, du heiliger Scheißhaufen!«, sagte Misty, und dieser kreative Fluch lenkte mich für einen kurzen Moment von meiner aufsteigenden Panik ab – eines von Mistys Talenten, die sich im Laufe unserer Freundschaft noch oft als nützlich erweisen würden. Eine der Erstklässlerinnen, die zu schnell aufgesprungen war, um einen Blick auf die sterblichen Überreste der Jungfrau zu erhaschen, fiel in Ohnmacht. Pater Thomas, der keine Lust zu haben schien, die Sache in die Hand zu nehmen, war offensichtlich erleichtert darüber, denn er sprang sofort auf und trug die Bewusstlose nach draußen. Schwester Mary Gustavo, die Schulleiterin, war es schließlich, die sich erhob und Anweisungen gab, doch sie konnte sich kein Gehör verschaffen. Sie bahnte sich einen Weg nach vorn zum Pult, aber gerade als sie beim Mikrofon ankam, fing dieses an, zu fauchen und zu knistern, und gab dann den Geist auf. Später erfuhren wir, dass Wasser aus einer umgekippten Blumenvase in die Steckdose gesickert war, und die Fünftklässler spekulierten, dass der Stromschlag die Nonne hätte umbringen können.

»Da brat mir doch einer nen Storch!« Misty klatschte in die Hände. »Hier drehen ja alle völlig am Riesenrad.«

»Wie das Ende der Welt«, stimmte ich zu und staunte darüber, dass diese öffentliche, von angeblich kompetenten Erwachsenen beaufsichtigte Veranstaltung voll und ganz aus dem Ruder lief. Das Prélude Nr. 14 wäre die perfekte musikalische Untermalung für die Situation gewesen; sie schlug so verrückte Haken über die Tonleitern, als hätte man ein wildes Tier auf die Klaviatur losgelassen. Es war kaum zu ertragen: Die Fronleichnamsprozession war der Höhepunkt des ganzen Schuljahrs, und jetzt war sie ruiniert, und ich würde mich direkt in die Hölle begeben, gehe nicht über Los, ziehe nicht zweihundert Dollar ein.

Aber Misty McPherson wandte sich mir völlig ungerührt zu und sagte: »Das erinnert mich an die Little-Miss-Wahl, bei der ich mitgemacht habe. Irgendwie hat ein Eichhörnchen es auf den Laufsteg geschafft, und alle haben sich aufgeführt wie vom Hahn beflattert!« Ich malte mir die Szene aus und musste wieder lachen. Misty McPherson meinte es nicht böse, sie war einfach nur … chronisch heiter, wie ich feststellte. Plötzlich mochte ich sie sehr, eine schnelle, aus der Tragödie geborene Freundschaft, die noch weiter gefestigt wurde, als wir uns später gemeinsam weiteren Widrigkeiten stellen mussten: hinter Schwester Maria Gustavos geschlossener Bürotür.

Das Blatt deines Schicksals kann sich in Sekundenschnelle wenden.

Sünden-Symphonie

»Also, was sollte das mit der Krautigen Königin?«, fragte Schwester Mary Gustavo. Wir standen lange schweigend da, während sie uns mit Blicken durchbohrte, die ihrem Spitznamen Schwester Mary Gestapo alle Ehre machten. Es war unvorstellbar, dass wir in ihr Büro zitiert worden waren. So etwas passierte eigentlich nur notorisch Gesetzlosen wie Tater. Die Schulleiterin hatte die Lizenz zum Prügeln, zum Verstümmeln, zum Töten, oder – was noch schlimmer war – sie konnte uns vom Unterricht freistellen. Ich war nervöser als eine Katze in einem Zimmer voller Schaukelstühle.

Mistys Augen waren so groß wie die der gruseligen Big Eyed Kids in den Malen-nach-Zahlen-Büchern von Kmart. Die Anspannung war kaum auszuhalten, und plötzlich packte mich ein kolossaler Lachanfall. »Du findest es also lustig, die Fronleichnamsprozession zu verhöhnen? Glaubst du, Jesus amüsiert sich auch darüber?«, fragte die Gestapo. Misty saß einfach nur da und starrte mich an, als wüchsen auf meinem Kopf Aale statt Haaren.

»Nein, glaube ich nicht«, sagte ich. »Ich weiß, es ist nicht lustig. Ich weiß nicht, warum ich lachen muss, irgendwas stimmt nicht mit mir.« Ich biss mir auf die Lippe und zwickte mich und verstand plötzlich, was Misty gemeint hatte, als sie sagte, sie könne religiöse Zeremonien nicht ausstehen, weil sie nicht garantieren könne, sich im Zaum zu halten. Es gelang mir, mich für ein paar Augenblicke zusammenzureißen, dann schaute ich wieder Schwester Mary Gestapo mit ihren colaflaschendicken Brillengläsern und der gerunzelten Stirn an. Ihr Schleier saß schief, und etwas Grünes klebte ihr zwischen den Zähnen. In ihrem Blick erkannte ich, dass sie kurz davor war, die Irren-Polizei zu rufen. Beinahe hoffte ich darauf. Stattdessen tat sie etwas viel Schlimmeres.

»Ich werde diese Angelegenheit euren Eltern überlassen«, sagte sie müde und griff zum Telefon.

Dad schrieb meine Strafe auf ein Stück Papier und heftete es an meine Zimmerwand, sodass ich den lieben langen Tag über die zwanzig Hiebe nachdenken konnte, die sein Gürtel mir verpassen würde, sobald ich hundertmal »Ich werde Gott, meinen Herrn, lieben von ganzem Herzen, von ganzer Seele, von ganzem Gemüte und von allen meinen Kräften. Amen« geschrieben hatte. Mein Vater konnte im Bruchteil einer Sekunde einen so mächtigen Zorn in sich heraufbeschwören wie *Der unglaubliche Hulk*, den wir wegen der Gewalt nicht schauen durften.

Chopin tröstete mich damit, dass Schmerz sich mit der Zeit in Humor verwandele. Vor mir liege also ein ausgelassenes Leben. »Ha, ha«, sagte ich in meinem monotonsten Ton. Aber trotz allem verspürte ich einen winzigen innerlichen Triumph. Misty hatte allen in der Schule erzählt, ich hätte Schwester Mary Gestapo ins Gesicht gelacht! Als wäre ich mutig und nicht einfach nur bescheuerter als eine Schmeißfliege auf dem Plumpsklo. Und dann hatte sie mich gefragt, ob ich ihre beste Freundin sein wollte. Mich! Ich konnte es gar nicht fassen.

»Misty McPherson benimmt sich … unziemlich«, verkündete Chopin.

»Du bist doch nur eifersüchtig.«

»Pfff! Worauf denn eifersüchtig?«, schoss er zurück.

»Dass sie lebendig ist. Und normal.«

»Ganz genau. Sie ist so was von normal. Viel zu normal für jemanden wie dich.«

»Sei kein Ekelpaket.« Ich befürchtete, er könnte recht behalten. »Ich darf auch eine echte beste Freundin haben, okay?«

»Nur weil ich tot bin, heißt das noch lange nicht, dass ich nicht echt bin«, erinnerte er mich ungefähr zum tausendsten Mal.

»Hörst du dir eigentlich mal selber zu?«, konterte ich. Wie jemand, dessen Existenz so zweifelhaft war, einem so unfassbar auf die Nerven gehen konnte, war mir ein Rätsel.

Hymne auf die Heilige Misty

»Dad, kann ich Misty McPherson besuchen?«

»Ich weiß nicht, kannst du das?«

»Darf ich?«

»›Darf ich bitte?‹, meinst du wohl.«

»Darf ich bitte zu Misty McPherson gehen?«, wiederholte ich und unterdrückte ein Schnauben.

»Nein, darfst du nicht«, sagte er. »Die McPhersons sind halbgare Katholiken. Wahrscheinlich gehen die zum Nachmittagsgottesdienst mit den Gitarren und Hippies und der Folkmusik. Wenn sie überhaupt hingehen! Außerdem, was soll Misty eigentlich für ein Name sein? Hast du je von einer Heiligen Misty gehört?«

»Es gibt immer ein erstes Mal«, sagte ich. »Vielleicht wird sie ja die erste Heilige Misty.«

Dad warf mir einen nachdenklichen Blick zu. »Unter einer Bedingung darfst du gehen«, sagte er schließlich. »Du nimmst Misty heute Nachmittag mit zur Beichte. Wenn sie wirklich die erste Heilige ihres Namens werden sollte, dann kannst du ihr in die Startlöcher helfen.«

»Okay, Dad, mach ich.«

»Und lade sie zu unserer Familien-Katechismus-Stunde morgen ein«, rief er mir hinterher, während ich zur Tür hinausstürmte. »Auf gar keinen Fall«, sagte ich nicht. Lieber würde ich mich von Babyenten zu Tode picken lassen, als meine Freundin solchen Qualen auszusetzen.

Miss-Wahl-Madrigal

Freiheit! Ich hüpfte die Belknap Street entlang, überquerte den Spielplatz und wirbelte in einer Reihe gesprungener Pirouetten über das Kickball-Feld. Dann balancierte ich mit gestreckten Zehen und wild rudernden Armen auf einer Bahnschiene entlang bis zur 19th Street. Misty McPherson wohnte im Obergeschoss eines kleinen Gebäudes, das mal eine Autowerkstatt gewesen war. »Komm rein«, sang sie. Meine Augen brauchten ein paar Sekunden, um sich an das abgedunkelte Wohnzimmer zu gewöhnen. Ihre winzige Mom, Cindy, saß auf der braun karierten Couch.

»Ach, hallöchen, na«, sagte sie leise.

»Schläft Darrell?«, fragte ich. Darrell war Cindys Mann, glaube ich. Misty hatte mir erzählt, dass er in der Keramikfabrik auf der anderen Flussseite arbeitete, die, wie sich herausstellte, kein hübsches tönernes Geschirr herstellte, sondern Kloschüsseln.

»Nee, der hat Spät«, sagte Cindy und toupierte sich das Haar geistesabwesend mit einem riesigen grobzinkigen Kamm. »Ist schon los.« Ob sie sich über diese Tatsache freute oder traurig war, blieb unklar, wir waren jedenfalls froh, nicht wie auf Eierschalen durch die Wohnung schleichen zu müssen. Cindy ließ den Deckel von einer Aquanet-Dose springen und verschwand in einer Haarspray-Wolke. Sie wedelte mit den Händen um ihren Kopf herum, als wollte sie einen Heiligenschein vertreiben. »Zündet euch nie ne Kippe an, bevor eure Frisur durchgetrocknet ist«, erinnerte sie uns. »Also, helft mir beim Zählen.« Wir zählten alle zusammen bis sechzig, und dann durfte ich ihr mit dem Elvis-Feuerzeug eine Virginia Slim Ultra Light 100 anzünden. Sie seufzte den Rauch aus und schenkte mir dann eine alte Halskette, die sie nicht mehr trug, wie sie sagte. Daran baumelte ein Aries-Anhänger, ein Widder. Ich durfte nicht vergessen, die Kette auf dem Heimweg zu verstecken. Wenn man Dad fragte, waren Astrologie und Satanismus ein und dasselbe.

»Nehmt euch, was ihr braucht: Doritos? Twinkies? Cola ist auch im Kühlschrank.« Und dann schaute sie weiter *Soul Train*, die groovige Tanzsendung, die bei uns zu Hause verboten war. Bei Misty schienen der Farbfernseher und die Klimaanlage pausenlos zu laufen. Und sie hatten Kabel.

Wir setzten uns auf die Gartenstühle in der Küche und feierten eine Junk-Food-Orgie, tranken Big Red durch verrückte Strohhalme und wetteten, wer den höchsten Turm aus Cheddar-Ziegeln und Senf-Zement bauen konnte. Ich hatte so viele Fragen an meine erste echte Menschenfreundin. »Schmeckst du manchmal Farben oder hörst Formen?«, wollte ich wissen.

»Hä?«

»Na ja, zum Beispiel so wie das Wort ›Schatztruhe‹ nach süßem Haferbrei schmeckt?«

»Das ist volle Kanne nicht normal«, antwortete sie, und ich lachte und erklärte, das sei sowieso nur ein Witz gewesen.

Genau genommen hatten Misty und ich nicht viel gemeinsam. Wo in unserem Wohnzimmer ein schwarzes Samtbild von Jesus hing, hing bei ihr ein schwarzer Samt-Elvis. Sie hatte noch nie von Chopin gehört, und Chopin verachtete Elvis. »Er ist ein noch größerer Dandy als ich«, zischte er und rückte seine Spitzen-Manschetten zurecht.

Wenn man ihr jedoch eine Geschichte erzählte, sagte Misty in dezenter Wut an genau den richtigen Stellen »Boah!«. Und sie hatte ein tolles Lachen, bei dem sie von Stühlen purzelte und Softdrinks aus ihrer Nase sprudelten. Und so brachte sie auch andere zum Lachen.

»Wie machst du das eigentlich?«, fragte ich.

»Bin ein Naturtalent, schätz ich mal«, sagte sie. Das erinnerte mich an einen Ratschlag, den Chopin mir in Bezug auf das Tanzen gegeben hatte: Normalerweise ermutige er seine Schüler immer, ihre Kreativität ganz natürlich aus sich herausfließen zu lassen, aber in meinem Fall …

»Glaubst du, das wird dich bei deinen Miss-Wahlen weiterbringen?«

Misty zuckte mit den Schultern und legte den Kopf schief. »Nee«, sagte sie, schob die Hand unter ihr T-Shirt mit der Aufschrift *Foxy Lady* und kratzte sich den Bauch in Kreisbewegungen. »Keine Ahnung, warum, aber bei Schönheitswettbewerben wird nicht viel gelacht. Die Leute sind zu nervös oder so.«

»Verdammt, da könntest du ja wirklich gleich eine Heilige werden. Die lachen auch nie.«

»Ich glaub kaum, dass sich ne Ballerina auf der Bühne vor Lachen kringelt«, gab sie zurück.

»Woher willst du das wissen? Hast du schon mal eine gesehen?«, fragte ich herausfordernd.

»Jep. Ich hab ne Ballerina-Barbie.« Mom und Dad würden mich nie mit Barbies spielen lassen, wofür es, wie sie sagten, zwei stichhaltige Argumente gab.

»Hast du bald wieder einen Wettbewerb?«, wechselte ich das Thema.

»Aber sicheridu. Little Miss Dodge County. Willst du meine Outfits sehen? Meemaw hat mir alles neu gekauft.« Wir gingen über den pinken Wollteppich in ihr Zimmer und zu dem holzverkleideten Schrank. Als Erstes holte sie ihre roten Sandalen mit den Knöchelriemchen und den Hang-Ten-Badeanzug heraus, gefolgt von einem türkisen Partykleidchen aus Samt und den Klamotten für die Kategorie Sportlich-Leger. »Das ist ein Sport-Zweiteiler«, erklärte sie mir und hob die roten Leggings und das gestreifte Frotteetop in die Luft.

»Ah«, sagte ich. Eine Welle von Neid überrollte mich.

Meine Garderobe setzte sich üblicherweise aus der von anderen Leuten aussortierten Kleidung zusammen, die wir in Mülltüten in unserem Keller horteten. »Ich hab auch einen Zweiteiler. Nur ist meiner nicht rot, sondern hat eine herrliche kuhfladenbraune Schattierung.« Das Wort »kuhfladenbraun« ließ Misty halb durchdrehen, und sie wälzte sich wild wiehernd quer übers Bett.

Als sie wieder zu Atem gekommen war, sagte sie: »Hey, ich hab einen geheimen Plan.« Sie senkte die Stimme zu einem Flüstern. »Was Verbotenes machen.«

»Wo denn?«

»Die Straße runter ist so ein kleines Spielhäuschen, hinten im Garten von so ner alten Omi. Ich hab mich gestern reingeschlichen, und sie hat's nicht mal gemerkt.«

»Bist du auf den Kopf gefallen?«, fragte ich. »Was ist, wenn wir Ärger kriegen? Mein Dad bringt mich um.«

»Hab doch mal ein bisschen Vertrauen«, sagte Misty. »Komm schon, das ist der volle Nervenkitzel. Hab niemals Angst vor Nervenkitzel.«

»Aber ich hab meinem Dad versprochen, dass wir zur Beichte gehen.«

»Zur Beichte?«, sagte sie. »Jesus Christus im Himmel! Ich dachte, da muss man nur ein Mal vor der Erstkommunion hin.«

»Spinnst du? Du kommst in die Hölle, wenn du jemals zur Kommunion gehst, ohne vorher zu beichten.« Die McPhersons waren keine halbgaren Katholiken, wie Dad befürchtet hatte. Sie waren komplett roh. Ich hoffte innigst, Cindy würde sich in nächster Zeit keine Zigarette anzünden, bevor ihr Haarspray durchgetrocknet war.

»Kein Problem«, sagte Misty. »Du kannst mir beichten, und ich geb dir ne Strafe und alles. In dem Spielhäuschen. Das ist klein und privat, wie ein echter Beichtstuhl.« Das Häuschen war tatsächlich ungefähr so groß wie ein Beichtstuhl, aber das war auch schon die einzige Gemeinsamkeit. Es roch weder nach Wachs noch nach Möbelpolitur oder Kerzen, sondern nur nach Moder. Es war stickig und voller Fliegen. Nachdem wir uns erst einmal hineingeschlichen hatten, war es nicht einmal mehr aufregend. Misty meinte, wir sollten das Beichten schnell hinter uns bringen, also legte ich meine Bekenntnisse ab. Ich erzählte ihr, dass ich Ruthie eine Schleimscheißerin genannt hatte.

»Und, ist sie eine Schleimscheißerin?«

»Nicht wirklich.«

»Okay«, sagte Misty. »Was noch?«

»Also, das ist echt peinlich, aber ich habe Susie Hayden in dem Glauben gelassen, sie hätte mich wirklich hypnotisiert.«

»Nein, hast du nicht. Sie hat gemerkt, dass du nur so getan hast. Hat sie mir erzählt. Also: peinlich, ja; Sünde, nein. Was noch?«

»Manchmal hasse ich meinen Dad.«

»Ich hasse deinen Dad auch manchmal. Er geht mir wirklich auf den Keks.«

»Manchmal glaube ich nicht an GOTT.« Diese Information schien Misty völlig kaltzulassen. »Ich bin gierig«, fuhr ich fort. »Ich will alles. Sagt meine Mom. Ich will beliebt und reich sein und Ballettstunden nehmen, und ich will, dass alle mich toll finden …«

»Bist du auf den Kopf gefallen?«, unterbrach Misty mich. »Das wollen doch alle.«

»Ruthie nicht«, sagte ich. Langsam stieg Ärger in mir hoch. Misty schaute nicht einmal von ihrer Nagelhaut auf, an der sie die ganze Zeit herumzupfte; die Tragweite meiner Sünden schien ihr ganz und gar nicht bewusst zu sein. »Außerdem bin ich *wild*«, flüsterte ich mit weit aufgerissenen Augen. Dass ich so hart arbeiten musste, um Misty von meiner verkommenen Natur zu überzeugen, ließ mich fast die Spielhäuschenwände hochgehen. Eine echte beste Freundin würde sich doch wohl Gedanken darüber machen, dass ich wahrscheinlich direkt in die Hölle fahren würde? Chopin musste ich jedenfalls nie von meinen Makeln überzeugen. »Ich habe beim Schaukeln den Blitz herausgefordert, mich zu treffen«, setzte ich noch einen drauf. »Ich sage ›Verdammt‹ und ›Hölle‹, wenn niemand in der Nähe ist. In meinen Träumen springe ich manchmal durch die Nacht oder fliege mit Dämonen und …«

»Okay, okay, hab schon verstanden«, sagte Misty.

»… und jetzt bin ich hier, obwohl es verboten ist, einfach so auf ein Privatgrundstück zu gehen«, schloss ich.

Misty trug mir auf, dreimal das »Ave Maria« aufzusagen.

»Ähm, du meinst wohl ›Gegrüßet seist du, Maria‹«, korrigierte ich sie. »Ave Maria« hieß eine von Moms Badezimmer-Arien.

»Nein, ich meine ›Ave Maria‹«, beharrte Misty. Also sagte ich dreimal »Ave Maria«, und war mir dabei mehr als bewusst, dass diese Strafe für meine Vergehen alles andere als angemessen war.

»Und jetzt dreh dich dreimal im Kreis«, forderte sie mich auf, was, gebückt und in der Hocke, in dem kleinen Spielhäuschen alles andere als einfach war. Ich stieß mir den Kopf.

»Du bist dran«, sagte ich.

»Womit?«

»Beichten.«

»Ach, ich halt nix vom Beichten.« Sie winkte ab. »Ich bin lieber glücklich.«

»Und was ist mit der Hölle?«

»Ach, puh. Ein bisschen Hitze macht mir nichts aus.« Sie zuckte mit den Schultern. »Heißer als in Kentucky kann's ja kaum werden.« Und dann stieß Misty McPherson einen Schrei aus, der mir das Blut in den Adern gefrieren ließ. Draußen stand plötzlich die alte Oma und starrte uns durchs Häuschenfenster überrascht an; ihre milchig blauen Augen waren weit aufgerissen, ihre Hände umklammerten die weißen Träger einer vorsintflutlichen Schürze. Ich sprang auf und raste hinter Misty her, die zwar keine Angst vor der ewigen Verdammnis hatte, sehr wohl aber vor einer kleinen alten Dame mit Gartenhut.

Panne, Panne prima volta

Am Morgen, nachdem Misty das erste Mal bei uns übernachtet hatte, spülten Ruthie und ich in unseren Schlafanzügen das Frühstücksgeschirr ab und grölten Weihnachtslieder, als Dad im neuen Auto nach Hause kam. Der alte schwarzweiße Chevy hatte den Geist aufgegeben, endgültig diesmal; wie es schien, war er einmal zu oft überhitzt und überfüllt und überkotzt worden, dank Ruthies zuverlässiger Reisekrankheit. Als Dad mit dem Kombi vorfuhr – weiß und mit Längsstreifen in Holzoptik; nicht gerade neu, aber neu für uns –, ließen wir alles stehen und liegen und rannten nach draußen. Er öffnete schwungvoll die Fahrertür und stand, ein Bein in der Einfahrt und eins im Auto, lässig und männlich da wie der *Sechs-Millionen-Dollar-Mann*, den wir nicht gucken durften.

»Na, worauf wartet ihr?«, rief er. »Steigt ein. Wir machen eine Spritztour.«

»Aber wir haben noch unsere Schlafanzüge an«, protestierte Misty.

»Macht nichts, wir drehen nur eine Runde um den Ort«, sagte er.

Mom stieg mit Luke auf den Beifahrersitz, Matthew, Mark und Ann quetschten sich auf die Rückbank, und Ruthie, Misty und ich durften zu unserer Begeisterung ganz hinten in der extra Bank mit dem Rücken zur Fahrtrichtung sitzen. Das überstieg wirklich unsere kühnsten Träume. In letzter Minute sprang schwanzwedelnd auch noch Daisy ins Auto, und Ann knallte die Tür zu.

»And away we go«, sang Dad und ließ den Motor aufheulen. Wenn Dad fröhlich war, konnten wir alle fröhlich sein. Ruthie nuckelte nicht am Daumen, Ann hatte ihr ironisches Grinsen abgesetzt, und Matthew pfiff wie so oft »Do You

Think I'm Sexy?«, dessen Text Dad offensichtlich nicht bekannt war.

Wir ließen den Ort hinter uns und fuhren auf den Highway. »Nicht so schnell, Donald Higginbottom«, warnte Mom. Seinen vollständigen Namen benutzte sie – genau wie unsere – nur, wenn es ihr ernst war. Ruthie, Misty und ich spielten taub, plauderten auf Gebärdensprache und unterhielten so auch die Autofahrer hinter uns.

Mitten auf der Umgehungsstraße fragte Mom: »Was riecht hier denn so?«

»Oh, oh«, gebärdete Ruthie panisch.

»Ach du Scheiße«, gebärdete ich zurück.

»Es riecht nach neuem Auto«, sagte Dad.

»Das meine ich nicht«, sagte Mom. Weiße Rauchfäden wanden sich unter der Motorhaube hervor. »Ich meine diesen heißen Geruch.«

»Seit wann haben Gerüche eine Temperatur?«, sagte Dad.

Schon immer, dachte ich, genau wie Farben einen Klang und Wörter einen Geschmack haben können. Das Auto wurde langsamer.

»Gott verdammt«, brüllte er. Er lenkte den Wagen auf den Seitenstreifen und würgte den Motor ab.

Ann seufzte. »Heilige Scheiße«, nuschelte sie, aber Dad hörte es trotzdem.

»Halt dein fettes Drecksmaul«, sagte er und stieg aus. Als er die Motorhaube hochklappte, quollen ihm dicke, übel riechende Rauchschwaden entgegen.

»Schnell, kurbelt die Fenster hoch«, quietschte Mom und hustete. Aber es war ein sonniger Apriltag, und bald schmorten wir in dem geschlossenen Auto vor uns hin. Schließlich wuchtete Dad sich wieder hinters Steuer.

»Sie hat eine Panne«, verkündete er für alle, die es noch nicht mitbekommen hatten. »Uns bleibt nichts anderes übrig, als zu beten, dass jemand anhält und uns hilft.«

»Aber wir sind noch im Schlafanzug«, jammerte Ruthie. Ich trug, was noch bitterer war, ein gelbes Nylonnachthemd, das Misty Albträume bescherte. Ich hatte es selbst gemacht und es beinahe geschafft, das lustige Puppengesicht aufzubügeln, ohne es zu verschmieren.

»Wir können jetzt keine Panne haben. Keine Zwischenstopps, hast du gesagt.« Ich hätte ahnen sollen, dass eine Fahrt, die bei anderen Familien eine entspannte Spritztour gewesen wäre, bei uns zur Clownsnummer mutierte. Warum war ich wieder darauf reingefallen? Warum fiel ich immer darauf rein?

»Ich weiß nicht, ob ich frustriert oder fasziniert sein soll«, sagte Misty.

»Im Namen des Vaters und des Sohnes und des Heiligen Geistes …«, setzte Dad an. Aber wir schafften es kaum durch das erste schmerzhafte Geheimnis, bevor Ruthie das neue Auto mit Kotze einweihte und Luke zu brüllen begann.

»Donald, es ist zu heiß hier drin«, fuhr meine Mutter ihn an. Sie wedelte sich vehement Luft zu.

»Heilige Scheiße«, unterbrach Dad sein »Gegrüßet seist du, Maria«. »Alle raus hier!«

Ich war ganz schwach vor Scham, aber Misty schien das Ganze wie immer mit Fassung zu tragen. Der Morgen zog sich in die Länge; die Langeweile und die Absurdität unserer Notlage nagten an uns. Unglaublich, wie mutig es einen macht, in der Hitze im Schlafanzug am Straßenrand zu stehen. Bald schrien wir den vorbeibrausenden Autos »Hey, Koolaid!« hinterher, wie die Kinder aus der Werbung, wie man es eben macht, wenn es keinen guten Grund gibt, es nicht zu tun. So zogen wir die Aufmerksamkeit eines Mannes in einem kleinen blauen Gremlin auf uns, und als er rechts ranfuhr, jubelten wir ihm zu.

»Howdy. Seid ihr liegen geblieben?«, fragte der Mann.

»Sie ist nur ein bisschen heiß gelaufen«, antwortete Dad.

»Meinst du dein Auto oder deine Frau?«

»Beide«, keuchte Mom. Das fand Misty zum Schießen.

»Soll ich euch mitnehmen?«

Und so quetschten der Mann, der sich Wavy Gravy nannte, Mom, Dad, Matthew, Ann, Mark, Ruthie, Luke, ich, Misty und Daisy uns alle in das winzige Auto; jeder saß mit mindestens einer anderen Person auf dem Schoß da. Wavy Gravy trug eine Angeber-Sonnenbrille, sagte ganz fabelhaft »Panne, Panne auf der Route 19« in sein Walkie-Talkie, leerte eine Dose Bier und bemerkte gar nicht, dass die Hündin ihm die ganze Zeit auf den Hut sabberte.

»Ihr habt es echt drauf, Abenteuer zu erleben«, johlte Misty. »So was passiert bei mir daheim nie.« Ein ungewohntes Gefühl von Stolz schwoll in mir an.

»Tja, so ist das, wenn man in einem Haus wohnt, in dem alles möglich ist«, sagte ich. Genau wie bei Chopins Musik. Das Gute, das Schlechte, das Furchterregende: alles zusammen und hinter jeder Ecke eine Überraschung.

Radschlagen con rep. con rep.

»Mom, hast du mein Bücherei-Buch gesehen?« Ich konnte es nirgends finden, was meine Auswahl, wieder einmal, auf *Die Zuflucht* beschränkte. Dad hielt Lektüre über Konzentrationslager für gut geeignet, um uns auf die Zeit unter der Herrschaft der Kommunisten vorzubereiten.

»Hast du mal im Trockner nachgeschaut?« Mom drehte die Kurbel am Butterfass. Wir holten unsere Milch immer von einem Bauernhof, direkt von den Kühen. Das sei gesünder und außerdem billiger, sagte Mom. Soweit ich wusste, waren wir die einzige Familie im Ort, die immer noch selbst zum Bauernhof fuhr. Außer den Heckmans kauften alle ihre Milch bei Winn Dixie. Mir waren die riesigen Schraubgläser im Kühlschrank peinlich, mit der dicken Rahmschicht, die sich darauf absetzte, und genauso peinlich fand ich die kaffeedosenrunden Brotscheiben, die meine Mutter fabrizierte. Ihr Brot war köstlich, aber schwer herunterzubekommen, wenn man dabei die Blicke von anderen Leuten auf sich spürte. Für einen Schluck Milch aus einer Supermarkt-Plastikflasche und eine fröhliche Packung Wonder Bread, wie Mistys Mutter es kaufte, hätte ich alles gegeben.

»Im *Trockner*?«

»Na ja, da hab ich es das letzte Mal gefunden.«

»Luke schon wieder!«, beschwerte ich mich.

»Dann räum deine Sachen eben so auf, dass er nicht rankommt«, sagte Mom. Aber der Trockner war leer, abgesehen von Luke selbst. Und einem Spielzeugauto ohne Räder. Ich war derart verzweifelt, dass ich sogar in den alten Papiertüten nachschaute. Dieses Bücherei-Buch war meine einzige Verbindung zu meiner wahren Berufung. Außerdem war es längst überfällig, selbst für meine Verhältnisse. Ich hatte keine Ahnung, wie ich die Strafgebühr bezahlen, geschweige denn das Buch ersetzen sollte. Nur ein Wunder konnte mir noch helfen.

Das galt auch für Misty McPherson. »Ich bin bei der Little-Miss-Dodge-County-Wahl nicht mal auf dem Treppchen gelandet. Was für ein fetter Flop.«

Ruthie beschloss, dass Gott sie zur Turnerin vorherbestimmt hatte und sie auf keinen Fall überleben würde, wenn sie nicht sofort in einen Verein eintreten durfte. In der Zwischenzeit übte sie Saltos auf der alten Matratze, die wir in den Garten gezerrt hatten, und Matthew zog sie als »Matratzensportlerin« auf, woraufhin wir uns in unserem gemeinsamen Hass gegen ihn verbündeten. Dad verurteilte die Turnerinnen im Fernsehen natürlich für ihre »unmoralischen und unziemlichen« Outfits und verdonnerte Ruthie dazu, Shorts über ihren Badeanzug zu ziehen.

Misty lernte, auf dem Klavier »The Young and the Restless« zu klimpern, mehr oder weniger zumindest, die Musik zu Nadia Comănecis goldgekrönter Bodenturnnummer. Chopin stöhnte, aber uns war noch nie etwas Bewegenderes zu Ohren gekommen. »Das ist ja fast so schlimm wie damals, als Barry Manilow mein Prélude in C für seinen sogenannten Riesenhit ›Could It Be Magic‹ gestohlen hat. Wo wir gerade von ›unmoralisch und unziemlich‹ sprechen«, ereiferte er sich.

»Hast du diese ganzen Mazurkas und Polonaisen nicht auch geklaut und in deiner Musik verwurstet?«, fragte ich.

»Nicht geklaut. Geliehen«, stellte er klar.

Ruthie – »Nennt mich Nadia« – verkalkulierte sich bei einem Sprung auf die Schaukel, fiel mit dem Gesicht voraus in den Dreck und schlug sich die Stirn auf. Sie lächelte und hob den Arm für die Olympischen Kampfrichterinnen, obwohl ihr Blut übers Gesicht lief, und Misty und ich bewerteten sie beide mit einer perfekten Zehn. Die Bank, die eigentlich zum Picknicktisch gehörte, benutzte sie als behelfsmäßigen Schwebebalken, auf dem sie tagtäglich versuchte, sich selbst in diese umgekrempelte Position zu manövrieren, für die Nadia so berühmt war, und dabei regelmäßig in Hundehaufen landete.

Auf dem Grundstück der alten Mrs. Fox die Straße runter schlugen Misty und ich je hundert Räder, und die verschlungenen Trompetenbäume wirbelten rundherum und rundherum. »Da wird einem schon vom Zuschauen übel!«, rief Mrs. Fox besorgt. Sie drohte, unsere Mütter anzurufen, wenn wir nicht aufhörten. Aber wir konnten nicht aufhören. Wir waren ehrgeizig, entschlossen. Außerdem machte uns das Durch-die-Gegend-Wirbeln ganz schwindelig und berauscht. So stellten wir uns Betrunkensein vor. Wir wünschten uns so sehr, irgendetwas gut zu können, so wie Ann das Geigespielen, so wie mein Vater das Befehleerteilen, und diese Sehnsucht konnte erdrückend sein wie eine Bleidecke.

»Ihr sollt also vollkommen sein, wie es auch euer himmlischer Vater ist«, zitierte Dad oft und erhob dabei die Hand mit elegant gebogenen Fingern in die Luft wie ein Märtyrer. »Matthäus 5,48.«

Wenn wir nicht vollkommen sein konnten, mussten wir uns eben mit extrem zufriedengeben.

Eiswagen-Kadenz

»Willst du Hunde-im-Dunkeln spielen?«, fragte Misty. Das war unsere Version von Verstecken, zu der jede Menge Gebell auf allen vieren und ausgeschaltete Lichter gehörten.

»Nein«, sagte ich. »Matthew ist bei den Pfadfindern, und er ist der beste Hundemeister.« Ich schwang mich immer und immer wieder um die Metallstange herum.

»Wobei ich sagen muss«, antwortete Misty – sie hüpfte von einem Fuß auf den anderen und trommelte zwanghaft auf ihre Oberschenkel wie eine Cheerleaderin mit Koffeinüberdosis, sie konnte nie stillhalten –, »dass er mich beim letzten Mal gezwungen hat, Hundefutter zu fressen, als er mich erwischt hat, bevor ich's zurück zum Hundezwinger geschafft hab.«

»Na klar, das sind die Regeln.«

»Eins A Qualität, das Futter«, ergänzte Misty und kaute auf einer ihrer Lockensträhnen herum. »War eigentlich gar nicht mal so übel.«

Die Sommerferien hatten angefangen, ein Ereignis, das anfänglich unglaubliche Freude mit sich brachte, die dann aber rasch von einer Langeweile abgelöst wurde, die uns jedes Jahr aufs Neue überraschte: Was sollten wir den lieben langen Tag mit uns anfangen? Die Streichholzblumen verblühten in der Hitze, und unser feuchter Keller war der einzige Ort, an dem es noch kühl genug zum Atmen war. Wir blätterten durch stapelweise von Moms alten *Woman's Days* und zerschnitten uns die Finger, als wir mit dem rostigen Alu-Bäumchen, das wir schon unzählige Male aus den Müllbergen am Straßenrand gerettet hatten, Weihnachten spielten.

Wir versuchten es mit Socken-Skaten auf dem Linoleumboden, aber es war zu feucht und unsere Socken klebrig. Wir konnten nicht weit genug schlittern, um mit einem Überschlag auf dem Sofa zu landen. »Ist das echtes Zebrafell?«, fragte Misty, und ich erstickte fast an meinem Lachen.

Völlig unbeeindruckt sagte Misty: »Komm, spielen wir Tischtennis.«

»NEIN!«, riefen Ruthie und ich im Chor. Wenn wir die Berge aus Moms Sonderangebots-Stoffen von der Tischtennisplatte räumten, kämen darunter vielleicht die verloren gegangenen Tischtennisschläger zum Vorschein, die dann wieder zu unserer Züchtigung eingesetzt werden würden. Aktuell versohlte meine Mutter uns mit der Haarbürste, was, obwohl es schmerzhafter war, irgendwie weniger bedrohlich wirkte. Wahrscheinlich weil der Griff immer abbrach. Früher oder später.

Wir hatten unter der Treppe Vater-Mutter-Kind gespielt und im Spielzeugofen Wachsmalkreiden und ein paar andere Sachen geschmolzen. Der Fernseher war mal wieder kaputt, und in den Heizungskeller konnten wir nicht, weil der von bösen Geistern bewohnt wurde.

»Böse Geister? Mann, habt ihr ein Glück. Gehen wir mal nachgucken!«

»Auf gar keinen Fall«, sagte ich. »Da suche ich doch lieber die Tischtennisschläger.«

»Ach komm«, bettelte Misty. »Das würde euch guttun. Danach habt ihr bestimmt keine Angst mehr.«

»Ich trau mich nicht«, rief Ruthie und trampelte wie ein Bernhardiner auf allen vieren die Treppe hoch.

Ich schluckte und streckte die Hand, genau wie in meinen Albträumen, nach dem gläsernen Türknauf aus. Hinter der Tür herrschte vollkommene Dunkelheit. Im Traum wusste ich immer, dass ich den großen Knauf, der wie ein Diamant aussah, auf keinen Fall drehen durfte, auch wenn die bösen Geister mir im Gegenzug für was-auch-immer die Fähigkeit zu fliegen versprachen. Misty lief gegen die Lampenschnur und hielt sie für eine Spinne. Sie kreischte, und wir rannten schwer atmend wieder hinaus. »Jetzt können wir aber nicht aufgeben, komm schon«, sagte sie. Also tasteten wir uns wieder in den Heizungskeller hinein und knipsten das Licht an. Misty konnte es nicht fassen. »Das ist ja wie so ein Tatort im Film … Ist das Höllenloch da etwa ne Dusche? Sind die Wäscheberge da sauber oder schmutzig? Und was zum Teufel ist denn mit der Puppe passiert?« Sie schaute sich gründlich um und wandte sich dann wieder mir zu. »Du hast recht. Hier wimmelt's von dunklen Mächten. Hauen wir schnell ab.« Und wir sausten schreiend und lachend hinaus und die Treppe hoch.

Der Jingle des Eiswagens erklang und vermischte sich mit dem Prélude Nr. 3 aus der Stereoanlage. Wie bekloppt sprinteten wir nach draußen und führten mit den anderen Kindern aus der Nachbarschaft den rituellen Eiswagentanz auf, obwohl wir gar kein Geld hatten. Chopin blieb in der Haustür stehen und schaute uns sehnsüchtig zu.

Eine Kleine Kuhfladenmusik

»Schau dir diesen Vincent Van Gog an«, befahl Misty, die von Chopin inzwischen nur noch »Teufelchen im Tanktop« genannt wurde. Nachdrücklich zeigte sie auf *Sternennacht* in *1001 große Kunstwerke*, das aufgeschlagen auf unseren Knien lag.

Normalerweise schauten Ruthie und ich uns die Kunstbücher an, wenn wir Ärger wegen irgendetwas bekommen hatten und auf dem samtigen grauen-ehemals-weißen Sofa sitzen mussten, bis Dad uns wieder erlaubte aufzustehen. Aber heute hatten wir noch keinen Ärger bekommen, und der schwere Bucheinband lag fest und beruhigend auf meinen Schenkeln. Im Wohnzimmerfenster brummte ein Ventilator vor sich hin, und über uns lockte sich wie eine grausame, klebrige Ranke ein Fliegenfänger von der Decke.

»Van Go heißt er. Das ›g‹ am Ende spricht man nicht mit.« Ich schaute sie über meine Brille hinweg an.

»Okee, tausend Dank, Frau Professor«, sagte Misty. Und dann: »Jesusmaria, stell dir vor, was wir für ein Ärger kriegen, wenn wir mal so viel Farbe verschwenden würden wie der gute Vinnie. Guck doch mal. Wahrscheinlich hat er auf diese Sonnenblumen so viel Farbe geschmiert, dass ich mein Leben lang damit malen könnte.«

Ich nickte. »Kein Wunder, dass er so arm war.«

»Aber überleg doch mal: Warum soll der eigentlich so arm gewesen sein?« Misty tippte sich mit dem Zeigefinger an die Schläfe, wie unsere Lehrerinnen es oft taten, wenn sie uns mit einer Frage zum Nachdenken anregen wollten. »Hat er nicht die ganzen Kalender und Poster und Kaffeetassen bemalt? Diese *Sternennacht* da sieht man ja an jeder verdammten Ecke.«

»Und dann gibt's noch dieses Lied, dieses ›Starry-Starry-

Night‹-Lied. Voll traurig, Misty. Da muss ich immer weinen, weil niemand seine Kunst verstanden hat und er sich umgebracht hat.«

Daumennuckelnd schlenderte Ruthie ins Wohnzimmer und ließ sich zu uns aufs Sofa plumpsen. Sie roch nach Milch. »Was spielt ihr?«

»Wir spielen Kunstgalerie.« Mit spitzen Fingern hob ich meine gelben Shorts an beiden Seiten an, als wären sie ein eleganter ausgestellter Rock, wie ihn eine Südstaatenschönheit tragen könnte.

»Ich mag traurige Lieder nicht«, sagte Misty. »Und überhaupt, ist Vincent Van Go nicht der mit den ganzen Go-go-Tänzerinnen.«

»Go-go-Tänzerinnen? Du meinst wohl Vincent Van-Gogo?« Ich kriegte mich kaum ein über meinen eigenen Witz.

»Das ist nicht lustig«, sagte Misty. »Reiß dich zusammen. Ich mein diese ganzen gekräuselten Ballerinas und die Tanzmädchen mit den Beinen daaa oben.« Sie führte uns den Tanzschritt vor und kickte dabei mit ihrem nackten, schmutzigen Fuß fast das Gemälde mit der herbstlichen Brücke von der Wohnzimmerwand.

»Das ist Deh-ga«, sagte Ruthie und blätterte zurück zum Abschnitt D. »Siehst du, hier: Degas.«

»Nee, so wird das nicht ausgesprochen. Er heißt De-GAS«, korrigierte Misty.

»Nein, *vous idiote*.« Ich war stolz auf mein Französisch. »Man schreibt es nur so wie Vegas.«

»Wenn du noch mal Idiot zu mir sagst, geh ich nach Hause.«

»Oh-kee, tut mir leid. Jedenfalls steht hier, dass Degas ein romantischer Maler war.« Ich schaute sie von unten her an und klimperte mit den Wimpern.

»Heißt das, er hat sich ständig verliebt, bis er irgendwann nicht mehr aufhören konnte zu schielen? Und sind die Bilder von ihm deshalb auch immer so ein bisschen wobbelig?

Knutschi-Knutschi.« Misty spitzte die Lippen und schmatzte Küsse in die Luft.

»Das sag ich, dass du Knutschi-Knutschi machst«, rief Ruthie.

»Nee, du hältst die Klappe.« Ich zog ihr das Sonnenhütchen, das mal eine Schürze gewesen war, übers Gesicht. »Und außerdem heißt das was ganz anderes.«

»Wer ist verdammt noch mal gestorben und hat dich zur Oberlehrerin von der Welt ernannt, Frau Professor?«, fragte Misty und ließ eine Kaugummiblase platzen. Ich mochte es gar nicht, wenn sie sich so aufplusterte, aber das war eben Misty, und Misty war meine beste Freundin. Mit Chopin musste ich weitaus Schlimmeres ertragen. »Ich kann auch lesen, hättest du nicht gedacht, oder?«, fuhr sie fort. »Guck, da auf Seite 233: ›Die Romantik war eine künstlerische und intelle...lektuelle Strömung, die im späten achtzehnten Jahrhundert entstand und starke Emo...ti...onen, Vorstellungskraft, die Freiheit von klassischen Normen in allen Kunstformen und Rebel...bellion gegen gesellschaftliche Konven...ti...onen in den Mittelpunkt rückte.‹«

»Was sind gesellschaftliche Konvertionen?«, fragte Ruthie. Ihr grünes Nylonnachthemd sah verdächtig aus wie ein altes Negligé. Sie kratzte sich mit der Nase ihres blauen Kuschelhundes am Hals, wo der Rüschenkragen juckte. Dann steckte sie wieder den Daumen in den Mund.

»Das ist so was Ähnliches wie die Gesellschaftsabende in der Kirche, da sind die Maler zusammenkommen und haben Konversationen geführt.« Ich wippte das Buch auf meinem Knie.

»Hä?«, machte Misty.

»Du weißt schon, diese Treffen in der Gemeinde, wo alle hinkommen können. Mit einem großen Eintopf und Eis und einer hässlichen Patchwork-Decke, die bei der Tombola verlost wird?«, erklärte ich. Ruthie nickte.

»Bei so was war ich noch nie«, sagte Misty und wickelte sich eine Haarsträhne um den Finger.

»Weil ihr nie in die Kirche geht.«

»Weil eure Monsterfamilie immer die ganze gottverdammte Kirche belegt, wie wenn ihr kein eigenes Zuhause hättet.« Sie stemmte die Hände in die Hüften.

»Boah!« Ruthie richtete ihren schrumplig-feuchten Daumen bedrohlich in Mistys Richtung. »Das sag ich, dass du ›gottverdammte Kirche‹ gesagt hast.«

»Ach, halt doch die Klappe!« Misty blätterte um. »Und jetzt kommen wir zu De...La...Kroigs und seinem berühmten Gemälde *Jüdische Hochzeit in Marokko*.« Sie hielt inne. »He, eure Meemaw ist doch Künstlerin?«

»Sie heißt nicht Meemaw, sie heißt Nana.«

»Ist doch egal. Habt ihr ein Gemälde von ihr?«

»Ja, das da drüben. Mit den Blütenblättern in den Fluten.« Ich zeigte auf das Bild in der hintersten Zimmerecke. Misty sprang vom Sofa auf, musterte das Gemälde für ein paar Augenblicke mit schief gelegtem Kopf und strich sich dabei übers Kinn.

»Hmmm«, sagte sie, »interessant.« Sie wandte sich um. »Ich würd diese Nana gern mal kennlernen. Kommt, wir rufen sie an und laden sie ein.«

»Dürfen wir nicht«, sagte Ruthie gewichtig. »Mom und Dad mögen nicht, wenn sie herkommt.«

»Wieso das?«

»Sie behauptet, dass sie Geister sehen kann und Stimmen hört«, erklärte ich.

»Und, stimmt das?« Misty rannte auf uns zu und ließ sich mit einer Pirouette zurück aufs Sofa fallen.

»Weiß nicht«, sagte ich. »Einmal hat sie uns unsere Weihnachtsgeschenke per Telepathie geschickt.« Wir waren uns damals allerdings nicht sicher gewesen, ob die Geschenke tatsächlich angekommen waren.

»Was is Tele-Party?«, fragte Misty.

»So was wie Gedankenübertragung.«

»Oh! Dann lasst uns das auch mal bei ihr probieren mit der Gedankenübertragung«, sagte Misty.

»Nein!«, riefen Ruthie und ich im Chor.

»Also ich mach's.« Sie schloss die Augen und stimmte einen Sprechgesang an: »Nana-Nana-Nana …«

»Das ist Astrologie«, sagte Ruthie. Sie steckte den Kopf unter ein Kissen und zog ihn nur kurz wieder hervor, um »La la la, ich höre nichts« zu rufen.

Misty ließ ihren Kopf kreisen wie eine Besessene. »Nana, Banana, wir beschwören dich, komm her zu uns!«, wiederholte sie immer wieder. Ihre dunklen, drahtigen Locken schienen in diesem Moment besonders aufgeladen zu sein, und ich fragte mich, ob die spirituelle Elektrizität, von der Nana mir immer erzählt hatte, in sie gefahren war. Prickelschauder liefen mir über den Nacken.

Ich schüttelte den Kopf und die Schultern. »Das funktioniert sowieso nicht. Sie ist zu weit weg. Ich glaube, sie ist in … Marokko«, sagte ich.

Misty öffnete die Augen. »Ist das nicht so ein Dorf ganz in der Nähe von Horse Branch?«

»Woher zur Hölle soll ich das wissen?«

»Boah, das sag ich, dass du ›Hölle‹ gesagt hast«, rief Ruthie.

»Ach du heiliger Kuhfladen!«, kreischte ich und schoss vom Sofa hoch, und Misty wurde von einem überwältigenden, lebensbedrohlichen Kopf-bis-Fuß-Lachanfall geschüttelt.

Tanktop vivace

»Delacroix. Man spricht es Dö-la-kroa aus«, erklärte mir Chopin später. Er saß an dem durchhängenden Picknicktisch im Garten und schwitzte vor sich hin. Seinen grauen Gehrock legte er nie ab, nicht mal in der Sommerhitze. Mit einem Marmeladenglas voller Eiswasser kühlte er sich die Stirn. »Er war ein Genie und ein Freund von mir. Apropos Freund … wo ist deine Freundin eigentlich hin?«

»Dad hat sie nach Hause geschickt, wegen dem Tanktop.«

Chopin verzog die Lippen zu einem geringschätzigen kleinen Lächeln. »Erinnerst du dich an das Porträt von mir, das hinten auf dem Album mit den Polonaisen abgebildet ist?«

Ich nickte und schaute kurz von der Löwenzahnkette auf, die ich gerade flocht. Seine Eiswürfel machten leise glitzernde Geräusche. »Das hat Delacroix gemalt. George war eigentlich auch drauf, aber nach meinem Tod wurde das Bild entzweigeschnitten.«

»Ach du Scheiße! Warum das denn? Ich dachte, es wäre eine Sünde, Bücher oder Flaggen oder Bilder zu zerschneiden.«

»*Oui*, da hast du völlig recht«, sagte er. Ich gab ihm einen Löwenzahn, und er steckte ihn sich an den Rockaufschlag. »Aber manchmal ist es auch eine Sünde, sie nicht zu zerschneiden. George und ich … wie soll ich das sagen … wir hatten eine, na ja, eine ziemlich gestörte Beziehung.« Er vergrub das Gesicht in den Händen.

»Dö-la-kro-ha«, wiederholte ich. »Der Name gefällt mir. Macht Spaß, ihn auszusprechen.«

»*Quoi?*«, fragte er und hob wieder den Kopf. Seine Augen waren noch immer ganz weit weg.

»Ach nichts. War George dein Bruder?«

»Nein, *vous idiote*. George Sand, die Schriftstellerin. Sie war eine Sie. George war nur ihr *nom de plume*.«

»Was bedeutet das?«

»Du weißt schon, ihr Pseudonym.«

»Hä?«

Chopin schüttelte konsterniert den Kopf. »Weniger Tiefgang als eine Pfütze. Bringen die euch in der Schule eigentlich gar nichts bei? Ein Pseudonym ist ein Künstlername. Ein neuer Name, den kann man sich selbst ausdenken, wenn man etwas anonym veröffentlichen will.« Darüber musste ich einen Moment nachdenken. Was für eine wundersame Angelegenheit: eine Schriftstellerin zu sein und sich einen neuen Namen auszusuchen. Candy oder Roxy könnten mir gefallen.

»Und wie hieß George wirklich?«

»Aurora.« Vorsichtig betastete er den Löwenzahn. »George und ich und Delacroix waren gemeinsam bei den wundervollsten *salons*.«

»Moment. Du warst mit einem Er, der eigentlich eine Sie war, zusammen mit Delacroix im Schönheitssalon?« Ich runzelte die Stirn.

»Nein, nein, *salon* im Sinne von: ein Abend der Kunst und der Unterhaltung in der eigenen Residenz, mit ausschließlich geladenen Gästen.« Chopin seufzte. »Damals haben wir, wenn wir Inspiration brauchten, unsere Bekannten um uns versammelt, um gemeinsam Musik, Poesie und manchmal auch Tanz oder Theater zu genießen. Wir haben verschiedene Kunstformen miteinander geteilt und diskutiert. In Paris haben wir ständig *salons* abgehalten. Franz Liszt kam vorbei, und ich habe ihn auf dem Klavier imitiert. Ich bin ein begnadeter Imitator, musst du wissen.«

Ein *salon*, das war's. In unserem Garten. Wir würden Bettlaken auf die Wäscheleine hängen und so eine Bühne erschaffen, wo jetzt nur ein einsames Paar von Dads Boxershorts flatterte. Es würde Tanz geben und Musik und … in diesem Moment heulte die Sirene los. Mark kam ums Haus herum angerannt.

»Tornadoalarm«, rief er, als hätte irgendwer den Lärm überhören können. Dann raste er nach drinnen und ließ die Fliegengittertür hinter sich zuknallen.

»Tomatenalaaaarm«, äffte Chopin ihn nach. Er zog seine Hose hoch, sprang auf die Füße und verdrückte sich ebenfalls nach drinnen. Sein dünnes Haar flatterte ihm hinterher.

»*Quoi?*«, schrie ich. »*Quoi! Quoi!*« Dann rannte ich selbst ins Haus und, erblindet von der plötzlich hereinbrechenden Dunkelheit, treppab in den sicheren Keller.

Hump-ta-ta

»Du willst einen *saloon* veranstalten?« Misty beeumelte sich mal wieder.

»Nein, einen *salon*. Im Sinne von: ein Abend der Kunst und der Unterhaltung in der eigenen Residenz mit ausschließlich geladenen Gästen«, erklärte ich entnervt.

»Von so nem Quark hab ich ja noch nie gehört«, rief sie. Ihre Augen waren so groß und rund wie Billardkugeln. Sie leckte ihren roten Koolaid-Schnurrbart ab und spreizte den kleinen Finger ab wie eine Dame von Welt.

»Das waren praktisch die einzigen Auftritte, zu denen Chopin sich je bereit erklärt hat. Er hat so leise gespielt, dass das Publikum ihn nur in einem ganz kleinen Raum richtig gut hören konnte.«

»Wer ist denn jetzt schon wieder Schoh-pä?« Misty glotzte mich an, als wäre ihr gerade aufgegangen, dass ich von einem fremden Planeten stammen musste.

»Er war damals, also vor hundertvierzig Jahren, so was wie Elvis heute.«

Misty verdrehte die Augen und sagte, ich hätte wohl zu lang im Ofen geschmort. Außerdem: »Welche Kunst und Unterhaltung hätten wir denn schon zu bieten?«

»Du könntest zum Beispiel vorführen, was du auch bei deinen Misswahlen vorführst«, schlug ich vor.

Misty lachte. »Ich hab keine Talente, du Nudelsalat«, sagte sie und boxte mich.

»Autsch! Du könntest mit einem Elvis-Song auftreten«, beharrte ich. »Was ist mit ›You Ain't Nothin' But a Hound Dog‹?« Das war das Lieblingslied von Misty und ihrer Mom. »Und du könntest dabei deinen sportlichen Zweiteiler präsentieren.«

»Vielleicht.« Misty schaute noch immer zweifelnd.

»Und was ist mit mir? Was kann ich machen?«, fragte Ruthie.

»Wir könnten zusammen tanzen«, sagte ich. »Du könntest der Junge sein.«

»Nein. Ich will einen Soloauftritt. Vielleicht eine Sterbeszene. Im Sterben bin ich richtig gut.« Sie stand auf und gab uns eine Kostprobe. Ruthie hatte ein Talent fürs Fallen. Sie konnte stocksteif geradeaus nach vorne umkippen, oder sie konnte stundenlang straucheln und schwächer und schwächer werden, bevor sie am Ende in einer eleganten, aber leichenstarren Position liegen blieb. »Entweder sterben oder turnen«, sagte sie und schnellte wieder auf die Füße wie Matthews nervtötender Aufblas-Clown, den man nie-nie endgültig umboxen konnte. »Auf der Schaukel. Ich könnte eine Turnnummer auf der Schaukel vorführen und am Schluss sterben.«

»Und ich frage Mom, ob sie mir ein Paar Flügel nähen kann, und dann tanze ich zu Chopin.«

Ann sollte beim Salon Geige spielen. Als ich ihr davon erzählte, legte sie den Kopf schief, schielte mich an und tippte sich mit dem Zeigefinger gegen die Stirn. »Träum weiter.« Aber letzten Endes ließ sie sich damit erpressen, dass ich drei ihrer Spüldienste übernehmen würde.

»Wir könnten Eintritt verlangen. Einen Quarter«, schlug Misty vor.

»Wir könnten Popcorn verkaufen«, rief Ruthie.

»Wir können unsere Einnahmen aufteilen«, sagte ich. Vielleicht könnte ich dann endlich die Strafgebühr für *Die Lebensgeschichten der Großen Tänzerinnen* bezahlen.

Mom wollte ein Puppentheater aufführen. Sie rettete unsere alte Puppenbühne, einen ehemaligen Kühlschrankkarton, aus dem Keller, stabilisierte die seit einer Überschwemmung labberigen Seitenteile mit Zollstöcken und malte auf einer Rolle Butterbrotpapier ganz neue Kulissen. Die Bestandteile eines alten Mousetrap-Brettspiels wurden zu Requisiten. Und kurze Zeit später erwachten die Marionetten selbst zum Leben: aus Eierkartons, Styroporkügelchen, alten Socken, Garn und Faden und Puppenteilen.

»Nun ja«, bemerkte Chopin. »Was dir an Talent fehlt, machst du durch Enthusiasmus wieder wett.« Diese Wahrheit würde mich mein Leben lang verfolgen. Dad beschloss unglücklicherweise, Lyrik vorzutragen. »Dunkle Schatten liegen / Unter hohen Linden«, setzte er mit unerträglichem Selbstbewusstsein an. Außerdem verfügte er, dass wir den Zehnten unseres Gewinns an die Kirche abgeben würden.

Matthew bezeichnete die ganze Sache als »hohle Hump-ta-ta-Veranstaltung«. Er wollte nichts damit zu tun haben. Schließlich war er nur ein Pfadfinder und hatte, bis auf seinen Rülps-Gesang, keinerlei Bühnentalente.

Moskito a capriccio

Der Tag unseres Salons war heißer als eine Knarre vom Schwarzmarkt. Im Garten roch es nach grünen Walnüssen und klebrigem Holz, und wegen der Luftfeuchtigkeit fühlte ich mich wie im Dampfbad. »Das liegt nicht an der Hitze, das liegt an deiner hohlen Birne«, sagte Matthew wiehernd. Aber dann zwang Dad ihn, die Hundehaufen aus dem Gras zu sammeln, und jetzt waren wir mit dem Wiehern dran. Die Heuschrecken zirpten ohne Unterlass, und die Drosselbeersträucher ließen matt die Zweige hängen.

Dad hatte für den besonderen Anlass ein Schild aus Sperrholz gebaut, und Mom hatte in schönster Schönschrift *Samstagssalon* darauf gepinselt und es mit Herzen und Vögelchen verziert. Mit Dads fast zwei Meter breitem *Tut-Buße-Das-Himmelreich-naht!*-Schild im Vorgarten konnte es zwar nicht recht mithalten, aber Mom stellte es näher an der Straße auf, sodass es wenigstens zuerst ins Auge fiel.

Misty kam als Erste, um bei den Vorbereitungen zu helfen. Wir reihten die Esszimmerstühle und die Gartenstühle vor unserer »Bühne« auf, die aus einer strategischen Anordnung von Laken und Decken auf den drei Wäscheleinen bestand. Dad klemmte zwei seiner Arbeitsleuchten als Scheinwerfer an den Picknicktisch. Wir waren uns noch nicht darüber im Klaren, welche Anziehungskraft das für die Motten und Moskitos haben würde. Misty stellte ihren kleinen tragbaren Plattenspieler links der Bühne auf die Hintertreppe. Beim Picknicktisch lauerte in den Weintraubenranken ein Bataillon von kleinen weißen Spinnen; rechts an die Bühne grenzten die Garage und das kleine, verfallene Klubhaus, das Dad vor Jahren mal aus Paletten gezimmert hatte.

Vicki Smith, die Nachbars-Nichte, lehnte sich gegen den Zaun. »Was macht ihr denn da?«, fragte sie.

»Nichts«, antwortete ich. Ich wollte sie nicht dabeihaben. Wenn Vicki zu Besuch war, hangelte sie sich immer nur stundenlang an einer kaputten Kette an unserer Schaukel herum wie an einer Liane und brüllte dabei: »Romeo, Romeo, lass dein Haar herunter.«

»Ich hab das Schild in eurem Vorgarten gesehen. Spielt ihr Schönheitssalon?«

»Ja, genau«, antwortete Ruthie. »Aber du bist schon zu schön, du kannst nicht mitspielen.« Mit dieser Information konnte Vicki nichts anfangen. Sie glotzte noch ein paar Minuten zu uns herüber, dann wandte sie sich um und rannte zurück ins Haus.

Ich befürchtete, dass wir sie nicht zum letzten Mal für heute gesehen hatten.

In der Küche wogte die Hitze. »Wie in Luzifers Achselhöhle«, bemerkte Misty. Ich schaltete die Elektropfanne an, gab ein bisschen Öl hinein und stellte den Mais daneben. Dann klingelte Vicki Sturm, und Ruthie und ich rannten zur Tür, um sie zu stoppen, bevor Dad die Hutschnur platzte. Das Geräusch der Türklingel konnte er nur ertragen, wenn es Mormonen waren, die er dann bekehren konnte. Als wir zurück in die Küche kamen, lag überall gepopptes Popcorn herum. »Ich hab geholfen«, erklärte Misty schlicht.

»Aber warum in Gottes Namen hast du nicht den Deckel draufgemacht?«, fragte ich.

Misty zuckte mit den Schultern. »Bei mir zu Hause kochen wir nie.«

»Wir kehren es einfach auf und werfen es in die Schüssel. Schnell! Das merkt sowieso niemand.« Ich schnappte mir den Besen. Mom und Dad regten sich über jede Art von Verschwendung tierisch auf, und ich wollte Matthew und Ann keine weiteren Gründe liefern, sich über uns lustig zu machen. In meinem Kopf und in meinem Bauch grummelte es. Kein Wunder, dass Chopin nicht gerne öffentlich aufgetreten war.

»Big-Red-Limo habt ihr, oder?«, fragte Misty.

»Nee, wollte Mom nicht«, antwortete ich. »Wir haben Wasser und selbst gemachtes Rootbeer und den Holunderwein von meiner Mom.«

»Selbst gemachtes Rootbeer?«, staunte Misty. »Kann ich mal probieren?«

»Würd ich dir nicht empfehlen.«

Wir hatten gerade das Popcorn und die Getränke auf den Picknicktisch gestellt, als Grandpa, Moms Vater, in den Garten torkelte. Er hatte schon ordentlich einen im Tee. Und dann schob sich Vicki an ihm vorbei und setzte sich auf einen der Gartenstühle.

»Willkommen, hier gibt's Popcorn«, trällerte Misty. Sie hatte darauf bestanden, sich um den Imbissstand zu kümmern, und spielte jetzt mit dem Popcorn, schöpfte große Kellen davon aus der Schüssel und ließ sie dann wieder zurückrieseln. Und dann kam, zu unserer großen Verblüffung, Nana die Einfahrt hinauf.

Ihr Haar war diesmal rot, ihr erdfarbener Kaftan wogte, ihr Hals war mit Ketten und Bändern mehrfach umzingelt. Die größte Überraschung aber waren ihre Schuhe: Nicht nur bogen sich die Spitzen nach oben wie bei den Arabischen Tänzern im *Nussknacker*, sie waren zudem über und über mit goldenem Glitzer bedeckt.

Mom schnappte nach Luft. »Mutter!«

Dad deutete eine steife Verbeugung an. »Virginia.«

»Oh, oh!«, sagten Ruthie und ich im Chor. Grandpa und Nana passten so gut zusammen wie Waffeln und Essiggurken, aber um das zu begreifen, hatten sie einander erst zweimal heiraten müssen.

»Ich dachte, du wärst in Jerusalem«, sagte Dad mit gerunzelter Stirn. Er stufte Nana als noch unheilvoller ein als jeden halbgaren Katholiken, das war nicht zu übersehen. »2. Buch Mose, 20,3: ›Du sollst keine anderen komischen Götter neben mir haben‹«, sagte er immer. »Und ihre Götter sind mehr als komisch.«

»Ich dachte, du wärst in einer Kommune in Kansas«, sagte Grandpa.

»Morocco, Indiana«, korrigierte sie. »Aber eine Stimme hat zu mir gesprochen und mir von dem Salon berichtet.« Sie sagte das ganz neutral, als wäre daran nichts Außergewöhnlicheres als an Speck auf dem Flammkuchen.

Misty starrte sie ungläubig an. »Es hat funktioniert«, flüsterte sie. »Ich habe eure Meemaw durch Gedankenübertragung heraufbeschworen.«

»Glaubt ihr kein Wort«, empfahl Grandpa und wandte sich ohne Umschweife wieder dem Holunderwein zu. Das war zwar ein solider Ratschlag, aber wir wussten alle, dass Nana chronisch unwiderstehlich war.

»Marie«, sagte sie zu mir, »findest du nicht auch, dass seine Stimme nach Zwiebelsuppe klingt?«

»Nein, eher nach Chili«, antwortete ich, ohne nachzudenken. Und dann lief es mir kalt den Rücken hinunter, obwohl auf meiner Haut eigentlich ein Schweißfilm vor sich hin köchelte. Waren Nanas Sinne etwa auch vermischt? Der Gedanke war beunruhigend, denn ich ahnte: Jede Gemeinsamkeit mit Nana machte mich zu etwas Besonderem, besonderer, als ich eigentlich sein wollte. Ich nahm mir vor, das Thema demnächst in der Bibliothek zu recherchieren.

Cindy kam in den Garten, eine Zigarette in der Hand, Meemaw und Darrell im Schlepptau. Darrell war blond und schlaksig, hatte Tattoos, und seine Jeans saß um die Hüften herum ziemlich eng. »Wie geht's, wie steht's?«, rief Cindy. »Ich kann's gar nicht erwarten, eure kleine Aufführung zu sehen.«

»Hallihallo, kleine Ballerina«, sagte Meemaw viel zu laut und tätschelte mir den Kopf, als wäre ich ein Hündchen. Dann wandte sie sich Cindy zu und sagte, als stünde ich nicht direkt neben ihr: »Die Kleine hat ne Figur wie ein Scheißhaus, findest du nicht?« Ich war bestürzt. Womöglich hatte ich unser Publikum ein winziges bisschen überschätzt. Pater Thomas tauchte nicht auf, dafür aber ein Reporter des *Daily Register*, sogar mit Kamera und Presseausweis. Ich war unschlüssig, ob ich mich dadurch ermutigt oder schon im Voraus gedemütigt fühlen sollte. In jedem Fall war es Grund zur Panik. Inzwischen verfluchte ich Chopin für seine dumme Idee.

»So was würde sich doch kein Mensch mit ein bisschen Verstand freiwillig antun«, stöhnte ich.

»Sag ich doch«, antwortete Chopin.

Klagelied der Stärlinge

Mit den ersten Tönen von »You Ain't Nothin But a Hound Dog« wogte und stakste Misty in ihrem schwitzigen Sport-Zweiteiler in den als Bühne vorgesehenen Bereich. Schnell wurde schmerzlich offensichtlich, dass ihr das Material ausgegangen war. Ich versuchte, sie von meiner Position backstage aus telepathisch zu inspirieren. Hilf- und planlos fing sie schließlich an, die Lippen stumm mitzubewegen und im Elvis-Stil die Hüften zu schwingen. Als die Plattennadel holperte und zurücksprang, vollführte sie eine lustige Rückwärtsdrehung und fing die Zeile noch einmal von vorn an, wie ein tanzender Roboter.

»Himmel noch eins!«, rief Grandpa. »Das erste weibliche Kinder-Elvis-Double der Geschichte. Wir erleben hier hautnah ein historisches Ereignis!«

»Eine Stimme prophezeit mir, dass ein besoffener Vollidiot die Aufführung ruinieren wird«, sagte Nana und musterte ihren Ex-Mann mit gespitzten Lippen von der Seite. Dann kippte Grandpa samt Gartenstuhl nach hinten um, und sein wildes Krächzen übertönte die Musik.

Doch Misty ließ sich von all dem nicht aus der Ruhe bringen. Ganz im Gegenteil: Von ihren Schönheitswettbewerben war sie ein Publikum aus mütterlichen Zombies gewöhnt, und so stachelte das aufgewiegelte Salonpublikum sie regelrecht an. Der Moment, in dem sich ihre verschüchterte Unsicherheit in einen tiefen Glauben an ihre eigene Rolle verwandelte, war, ganz im Ernst, mitreißend zu erleben. Sie schlang die Finger um ihr unsichtbares Mikrofon, bewegte den Kopf im Rhythmus der Musik und schwang ihr Becken. Sie schmunzelte fast spöttisch, den klassischen Elvis-Ausdruck auf den Lippen, und ein Blitz erhellte die Bühne, als der Zeitungsmann auf dem Boden knieend ein Foto von ihr schoss. Daraufhin ließ sie die Hüften nur noch wilder kreisen, auf eine Art, die ich dem menschlichen Körper gar nicht zugetraut hätte. Dad, um dessen Glatze Stechmücken schwirrten, schaute angeekelt drein. Cindy, Darrell und Meemaw jubelten begeistert. Und Vicki kreischte laut, da sei ein riesiger Staubflusen in ihrem Popcorn. Aber sie war ganz offensichtlich nur eifersüchtig.

Nachdem Misty sich verbeugt hatte und von der Bühne stolziert war, kam Ruthies Turn-/Sterbenummer. Sie trug einen rot-weiß-blauen Overall mit abgeschnittenen Hosenbeinen und ein Paar geriatrischer Frotteeshorts, die mal weiß gewesen waren. Sie nickte, wie sie es sich von den olympischen Athletinnen abgeschaut hatte. Dann setzte die Musik von Nadias Bodenturnnummer ein, vorgetragen von Misty und mir, die laut »Dun dun dun dun« sangen. Die Platte hatten wir uns nicht leisten können. Ich sang die Melodie und Misty den Bass, aber sie war noch außer Atem, und so geriet der Rhythmus ein bisschen krumm. Dem Originalsong, der eigentlich so anrührend war, wurden wir nicht ganz gerecht, aber Ruthie zog ihren Auftritt tapfer durch.

Sie stieg auf die Schaukel und präsentierte verschiedenste Posen, Drehungen und Verrenkungen. Dann ging sie auf der einen Seite über die rostige Stange ab, die die beiden A-förmigen Streben miteinander verband und prompt entzweibrach. Ruthie landete der Länge nach auf dem Boden. Matthew lachte, aber Ruthie nutzte die Gelegenheit, um direkt zur Sterbeszene überzugehen, und war dabei sehr überzeugend. Sie wälzte und wand sich eindrucksvoll im Dreck, und alle sprangen von ihren Stühlen auf, um nach ihr zu sehen. »Alles gut, ich bin nur am Sterben!«, zischte sie und scheuchte sie zurück auf ihre Plätze. Der Zeitungsmann war sitzen geblieben. Er schaute drein, als hätte er gerade einen Schluck von Moms Rootbeer genommen.

Das Puppentheater von meiner Mutter war eine alte Geschichte mit einem innovativen Twist. Rotkäppchen fragte nicht mit süßlicher Stimme, ob sie ihre Großmutter besuchen dürfe. Stattdessen sprach sie das Publikum in zickigem Tonfall direkt an.

»Hallo, ich bin Little Red, und ich habe mich vor zwanzig Jahren hier im Wald verlaufen. Hat jemand von euch eine alte, gefährliche Wölfin hier draußen gesehen?«

Vicki sprang mit weit aufgerissenen Augen von ihrem Stuhl auf und rief: »Nein!« Sie schien die Puppe für echt zu halten.

»Ich will euch eine Geschichte erzählen«, fing Little Red an. »Es war einmal eine große, böse Wölfin. Sie war eine echte Spinnerin und trug ganz komische Schuhe.« Bei diesem Stichwort tauchte auch die Wölfinnen-Puppe auf.

»Der Wolf ist genau hinter dir«, quietschte Vicki.

»Wo?« Little Red fuhr herum, aber die Wölfin war schon wieder verschwunden. »Hm«, meinte Little Red. »Wahrscheinlich ist sie in die vierte Dimension zurückgekehrt.«

»Ich komm nicht mit. Worum geht's eigentlich?«, murmelte Meemaw, aber damit ging die große Verwirrung erst los. Später sang Little Red noch die Joan-Baez-Ballade »Wagoner's Lad« über das schwere Schicksal von Frauen überall, und zum Schluss verschlang es die böse Wölfin, und Vicki kreischte. Darrell und Cindy saßen da wie versteinert, und Grandpa kringelte sich vor Lachen.

Nana sagte nur: »Das war ja vorhersehbar.« Und der Zeitungsmann hatte nicht einmal bemerkt, dass ihm sein Notizblock ins Gras geplumpst war.

Dann spielte Ann eine Geigenversion von Queens »Bohemian Rhapsody«, und zwar so virtuos und klassisch, dass Dad nicht einmal bemerkte, dass es sich um Rockmusik handelte. Er bemerkte aber sehr wohl, dass Darrell eine gehörnte Faust in die Luft reckte. Wir wussten, dass die Geste nicht mehr bedeutete, als dass der Song rockte, aber Dad hielt sie für ein Symbol des Teufels und runzelte finster die Stirn. Und dann raste Ann in einen superschnellen Abschnitt des Songs hinein, der klang, als würde sie alle Teile gleichzeitig spielen, getrieben von einem beinahe athletischen Rhythmus. Wieder blitzte die Kamera, und alle sprangen jubelnd von ihren Stühlen.

»Das wird nicht leicht zu übertreffen sein«, sagte Chopin, während ich meine Flügel richtete und nervös meinen Unterrock zurechtzupfte. »Vergiss nicht, dass die Pausen zwischen den Tönen genauso wichtig sind wie die Töne selbst.«

Misty senkte die Nadel auf die Platte – das Prélude Nr. 16 –, und ich schwebte auf die Bühne. Mein allererster Auftritt als autodidaktische Tänzerin. Die Dämmerung brach herein. Die Töne leuchteten wie ein Schwarm spätsommerlicher Glühwürmchen. Weiße Laken bauschten und wogten sanft in der Brise. Ein Flirren und Huschen: Die Musik lehrt deinen Körper die richtigen Bewegungen. Eine Pause, ein Moment auf der Kippe; du lässt zu, dass du in der Melodie verschwindest, in der Nacht; fürchte dich nicht. Verschwindest du, nimmt dein Geist die ganze Welt ein.

Ich fühlte das beste Gefühl, das ich in meinem Leben je gefühlt hatte, wurde von der Magie davongetragen und nahm sie alle mit. Ich war gut, und jede Zelle meines Körpers wusste es. Der Applaus war leise; und ich erkannte, dass alle ganz verzaubert waren. Ich machte einen langsamen Knicks und schwebte von der Bühne hinab zurück zu Misty am Picknicktisch. Sie gab mir eine Ohrfeige und rief: »Moskito!« Dann griff sie nach meiner Hand und drückte sie fest. Mein Herz war in diesem Moment so prall gefüllt, dass mich nicht einmal der Moskitomatsch zwischen unseren Fingern störte.

Als Letztes kam Dads Gedichtvortrag: »Zugvögel« von Henry Wadsworth Longfellow. Er war in seinem Element, rotgesichtig, eifrig, verschwitzt unter seinem kurzärmeligen

Hemd. Er gestikulierte wild wie ein Hausierer, der mit seiner Poesie von Tür zu Tür zieht. Er legte eine Menge Ausdruck in seine Stimme, schüttelte den Kopf und schwenkte die Arme im Takt. Das Publikum schien ziemlich gefesselt. Zumindest bis zu dem Moment, als ein Stärling in eine von Dads Vogelfallen flatterte und wie wild zu zucken begann. Vicki kreischte. Köpfe fuhren herum. Dad versuchte, die Aufmerksamkeit wieder auf sich zu lenken, aber Longfellow konnte nicht mit dem gefangenen Vogel mithalten, der immer wieder verzweifelt gegen das Metallgitter flog. Dad geriet ins Rudern. Kalte Übelkeit breitete sich in meinem Bauch aus, und ich konzentrierte mich mit aller Kraft aufs Ein- und Ausatmen. Das würde nicht gut enden.

Versich're mir
Dass dies fließende Klänge
Dies erhabene, dies kummervolle Murmeln
Nicht von Vogelschwingen stammt …

»Ähm, Kumpel, willst du nicht mal den Vogel befreien, der dir da in die Falle gegangen ist«, unterbrach ihn Darrell. Dad sah unschlüssig aus. Seine Stimme wurde immer leiser, und er schielte in Richtung des Käfigs.

»O nein«, flüsterte Ruthie. »Dad-zilla kommt raus.«

Mit ruhiger Kraft und geschwellter Brust ging mein Vater schließlich zu dem eingesperrten Übeltäter hinüber, wie ein Mann, der weiß, dass er das Richtige tut. Er packte den Vogel in der Falle und drehte ihm in einer raschen Bewegung den Hals um, brach seine Knöchelchen mit präziser Eleganz. Dann legte er die Vogelleiche sanft auf den Boden, wo die Katzen aus der Nachbarschaft sie auf ganz natürliche Weise beseitigen würden, und schloss die Tür der Falle mit einem kompakten kleinen Klicken. Vicki begann zu heulen.

»Was zum …?«, entfuhr es Darrell.

Dad wandte sich dem Publikum zu. »Stärlinge sind eine invasive Art«, erklärte er. »Die Loblieder der Singvögel ehren unseren Herrn Jesus Christus, aber diese Vögel sind Tyrannen, sie nehmen den guten Arten das Futter weg. Ich habe dieses Wesen von seinen Qualen befreit, so barmherzig wie irgend möglich.« Seine Stimme klang geduldig und autoritär, als spräche er in der Sonntagsschule zur Kleinkindergruppe. Dann ging er zurück auf die Bühne und trug den Rest des Gedichts vor. Das Publikum war in entsetztem Schweigen erstarrt.

Von ihren fernen Flügen
Durch lichte Sphären fällt
Er hinein in uns're nächtlich' Welt
Mit des Rhythmus' murmelndem Klang.

Er machte eine dramatische Pause und verbeugte sich dann. Man hätte meinen können, das Publikum applaudierte, aber es war kein Applaus. Es war Regen.

Der Zeitungsmann ergriff die Flucht.

»Die Stärlinge stehen für nicht aufgearbeitete emotionale Probleme!«, schrie Nana durch das Prasseln des Regens. »Die Seelen dieser toten Vögel werden dich für immer verfolgen. Komm, Henry.« Sie hakte sich bei Grandpa ein, und die beiden schwankten die Einfahrt hinunter. Darrell packte Misty und den Plattenspieler, und sie machten sich gemeinsam mit Cindy und Meemaw von dannen. Die versehentliche Komödie der Fronleichnamsprozession hatte Misty und mich zu Freundinnen gemacht, und die Tragödie des Samstagssalons belegte unsere Freundschaft mit einem Fluch.

»Hier kommst du nie wieder her, kapiert«, verkündete Darrell. »Diese Leute sind Heiden, ganz miserable Heiden!«

»Und das aus dem Mund eines Tätowierten«, entgegnete Dad. »Römer 14,23: ›Alles, was nicht aus Glauben geschieht, ist Sünde.‹« Vor meinen Augen verschwamm alles. Die Befürchtung, dass schlimme Dinge passierten, wann immer ich tanzte, wurde zur Gewissheit, als Dad mir verbot, mich mit Misty zu treffen. Jetzt und in alle Ewigkeit und für immer, Amen.

Requiem für den Rock 'n' Roll

Lausche den langen, geduldigen Tönen des Prélude Nr. 9, und du wirst den Wasserbogen aus dem Gartenschlauch vor dir sehen, mit dem Dad, in vergilbtem T-Shirt und abgeschnittener Anzughose, liebevoll den Durst jeder einzelnen Pflanze stillt. Er band die Tomaten an ihre Käfige und die Trauben an den Laubengang. Er mulchte die Azaleen und beschnitt die Rosen, und der Hartriegel sträubte sich gegen den Draht, der ihm Halt bot, als sehnte er sich nach Freiheit. Bei der Arbeit summte er Bruchstücke einer Mazurka, jenen polnischen Volkstänzen, die wohl zu Chopins bekanntesten Werken gehören. Lauschet und lernet: Man kann Menschen und ihrem Verhalten nur insoweit trauen, wie man Chopins Musik vorhersagen kann. Und diese Musik kann dich, wie alles, was du liebst, mehr verletzen als der Teufel höchstselbst.

»Ich habe meine Schwester Emilia verloren, als sie erst fünfzehn Jahre alt war. Sie starb an Schwindsucht«, erzählte Chopin. »Seither ist mein Herz gebrochen.« Er fuhr über das gesteppte Muster auf der Tagesdecke meiner Eltern. Wir Kinder durften das Schlafzimmer nur zu besonderen oder traurigen Anlässen betreten, und meine Mutter hatte begriffen, dass der heutige Tag in beide Kategorien fiel.

»Das tut mir leid«, sagte ich, »aber es tröstet mich auch nicht darüber hinweg, dass ich Misty verloren habe.«

Er schnaubte. »Du solltest dankbar sein. Die meisten Kinder heutzutage haben keine Ahnung, was Leiden bedeutet.«

»Geh weg«, sagte ich. Aber er blieb. Er drehte sich vor dem ächzenden Ventilator auf den Bauch und hechelte in der trägen und elenden Hitze wie ein Hund.

Am nächsten Tag stöberte Mom nicht nur mein Bücherei-Buch auf, sondern auch meine satanische Aries-Kette. Meine

Angst vor sofortiger Vernichtung durch Haarbürste wurde jedoch von meinem aktuellen Unglück völlig in den Hintergrund gedrängt. Es stellte sich heraus, dass das Buch gar nicht richtig registriert worden war, als ich es ausgeliehen hatte, und so musste ich keine Schulden begleichen. Die Halskette schmuggelte Mom in ihr Schmuckkästchen. »Für später, wenn du älter bist«, flüsterte sie und legte den Finger an die Lippen. Aber nichts davon machte wett, dass meine einzige echte beste Freundin in die Verbannung geschickt worden war. Natürlich würde ich sie wiedersehen, wenn das neue Schuljahr losging, aber daran dachte ich in diesem Moment nicht. Wenn etwas Unvorstellbares passiert, scheint das Leid unendlich.

Am Dienstag erschien ein Foto von mir mit der Bildunterschrift »Ballett im Garten« in der Zeitung. Ich sah albern aus. Die Flügel, die Mom mir aus einem alten Schmetterlingsnetz gebastelt hatte, saßen schief. Der Unterrock war ganz offensichtlich als solcher zu erkennen, und im Hintergrund hingen, ebenfalls unverkennbar, alte Bettlaken. Ich war erschüttert bis ins Mark. Das Ganze erinnerte an ein Bauernhof-Spektakel, hätte eins zu eins einer Folge der *Kleinen Superstrolche* entnommen sein können.

Mein Gesicht wurde heiß und rot, immer wieder wandte ich den Blick ab, um dann erneut hinzuschauen, in der Hoffnung, irgendwann würde mir von der Zeitungsseite etwas Tröstliches entgegenspringen. Aber nichts dergleichen passierte. Es war, wie wenn man die eigene Stimme auf Band hört und sich dabei windet und in Grund und Boden schämt, während man sich fragt, wieso einem denn nie jemand gesagt hat, dass man *so* klingt.

Chopin versuchte mich zu trösten. »Ich habe mich nach meinem ersten Auftritt in Wien ganz genauso gefühlt. Wie eine unbedarfte Landpomeranze. Ich wurde nicht mal bezahlt.«

Das Telefon klingelte, und ich hoffte, Misty wäre dran, aber es war eine gewisse Mrs. Sylvia Swan. Sie hatte das Foto von mir in der Zeitung gesehen und rief an, um meine Eltern zu fragen, ob sie mich nicht in der nagelneuen Ballettschule anmelden wollten, die sie im Ort eröffnete. Dad sagte, das könnten wir uns nicht leisten, woraufhin sie ihm einen Spezialsonderpreis anbot, und unglaublicherweise willigte er ein. Mitten in der Trauer um meine beste Freundin wäre ich beinahe einem seelenerschütternden Glückskoller erlegen. Wie war es möglich, gleichzeitig eine so jämmerliche Verzweiflung und eine so glühende Hoffnung zu empfinden? Genau wie in Chopins Musik. Jetzt stand ich vor dem Problem, dass Misty diejenige war, der ich die Neuigkeiten als Erstes erzählen musste.

Ich wählte ihre Nummer, ließ es ein Mal klingeln und legte dann wieder auf. Ein paar Sekunden später klingelte unser Telefon ein Mal und verstummte dann wieder. Sie wusste also, dass ich es war. Ohne um Erlaubnis zu fragen, schlich ich mich davon und rannte zum Spielhäuschen bei der alten Dame. Und ich hatte richtiggelegen: Misty war schon da und wartete auf mich.

Ich platzte mit meinen Neuigkeiten heraus.

»Das ist ja toll«, sagte Misty. Sie schaute mich nicht einmal an. Ihr Gesicht war blass und schlaff, und sie ließ die Schultern hängen. Sie sah aus wie eine alte Luftmatratze. So mutlos hatte ich sie noch nie gesehen, und das machte mir Angst.

»Mach dir keinen Kopf«, sagte ich. »Wir finden schon einen Weg, wie wir Freundinnen bleiben können. Wir kommen wahrscheinlich in die gleiche Klasse. Oder, he, du könntest mit mir zum Ballett gehen, wie wär's?«

»Hast du's nicht mitgekriegt?«

»Was denn?«

»Lebst du hinterm scheiß Mond, oder was? Elvis ist tot, du Hohlbirne.«

»O nein!« Mir war völlig klar, dass ich eine Hohlbirne war, das machte mir nichts aus. Aber dass Misty wusste, dass ich eine Hohlbirne war, machte mir sehr wohl etwas aus, und ich war unschlüssig, wen von uns beiden ich mehr bedauern sollte.

Diamanten doloroso

Lieber Chopin, heute habe ich ein Bild von deiner Totenmaske gesehen, und ich wollte einfach sagen: Es tut mir leid. Ich kann in deinem Gesicht ablesen, wie dein Tod gewesen sein muss, dass dein Körper nicht loslassen wollte, obwohl du traurig und einsam warst und dachtest, du wärst nie für irgendjemanden zu irgendwas zu gebrauchen gewesen. Aber du warst zu etwas zu gebrauchen. Du bist für mich zu gebrauchen, Chopin, und obwohl ich dich nie darum gebeten habe, so in unserem Haus und in meinem Herzen herumzuspuken, würde mein Leben ohne dich keinen Sinn ergeben. Elvis' Tod treibt mich um, und ich würde dir gern ein paar Fragen stellen: Warum sind das Gute und das Schlechte so eng miteinander verwoben? Weißt du, wie ich mal sterben werde? Kann man sich vor Gott verstecken? Könnte ich nicht genauso gut du sein? Wenn jemand von einer Brücke springt und kurz vor dem Aufprall »Es tut mir leid« sagt, kann die Person dann noch in den Himmel kommen? Existiert die Welt wirklich? Warum bringt Schönheit die Menschen zum Weinen? Warum bin ich am Leben?

Chopin?

Er trauerte, gemeinsam mit dem Rest der Welt. Elvis' Tod erinnerte ihn an seinen eigenen, daran, wie er stundenlang um Atem gerungen hatte, während die Tuberkulose ihn langsam erstickte. Mittellos hatte er in einem fremden Bett gelegen und sich davor gefürchtet, lebendig begraben zu werden. »Deshalb habe ich meiner Schwester das Versprechen abgenommen, mein Herz nach Polen zurückzubringen, damit sie mich nicht lebendig auf dem Père-Lachaise begraben würden.« Leise begann er zu weinen und verbarg das Gesicht in den Händen. »Ich kann deine Fragen nicht beantworten, lausche meiner Musik.«

Ich polierte die Platte mit einem von Dads Stofftaschentüchern, legte sie auf und platzierte die diamantene Nadelspitze in der Rille. Ein Knistern, dann fluteten die chaotischen Akkorde des Prélude Nr. 5 aus dem Lautsprecher. Ich lauschte, aber die Musik warf mehr Fragen auf, als sie je beantwortete.

Briefwechsel

Roanville, Kentucky, 17. August 1977
Von M. McPherson an M. Higginbottom

Liebe Marie,

tut mir leid, das ich so ein Hornoxe war. Wir fahren nach Memfis zur Berdigung, sind bald wieder da.

Ich drük dich

Misty

Kirsch-Cola-Promenade

Während Misty, Darrell und Cindy mit schweren Herzen den Bluegrass Parkway Richtung Süden fuhren, gingen Mom, Ruthie und ich die Frederick Street in Richtung Norden hinauf zu Sylvia Swans neuer Tanzschule.

»Jetzt trödelt doch nicht so«, ermahnte Mom uns. Mit der linken Hand umklammerte sie den Riemen ihrer Ledertasche, die rechte schwang im Takt ihrer Schritte vor und zurück. Meine Mutter hatte die starken, wohlgeformten Beine und die feste Wadenmuskulatur einer schnellen Geherin, obwohl ihr Bauch nach sechs Babys so ausgeleiert war, dass sie jetzt dauerhaft schwanger aussah. Auf ihren Hochzeitsfotos war sie zum Sterben schön gewesen, wie ein Model, die Taille wespenschmal und alles an ihr graziös.

Ihre Handtasche war ein Souvenir von unserem unglückseligen Ausflug zum Laura-Ingalls-Wilder-Haus auf dem Ozark-Plateau in Missouri zwei Sommer zuvor. Einige Nähte lösten sich inzwischen, und ein loser, sich kringelnder Nylonfaden weckte in mir all die Erinnerungen an damals: der liegen gebliebene Chevy, die Bieneninvasion im Zelt, Ruthies vollgekotzte Klamotten. Meine Mutter hielt den Kopf hoch erhoben und presste die Lippen zusammen.

Dass mein erster Gang zu einem Tanzstudio so völlig ohne Trara ablaufen sollte – ohne Fanfare oder Bekanntgabe im Radio –, fand ich überaus ärgerlich. Wir gingen am Pfandleiher vorbei und an der Rexall-Drogerie, dem einzigen Geschäft auf der Welt, wo es noch einen altmodischen Limonadenspender gab, an dem man sich, wenn man ein paar Cent im Rinnstein fand, eine echte Kirsch-Cola holen konnte. Ich hielt den Kopf gesenkt, blinzelte wegen der Sonne und hoffte auf das magische Glimmen einer kupfernen Münze.

Nichts.

In Sylvia Swans Tanzschule, vormals bekannt unter dem Namen Trödel & Allerlei Antiquitäten & Unverhoffte Schätze, war es segensreich kühl und dämmrig, es roch nach neuer Holzvertäfelung und Glasreiniger. Sylvia Swan empfing uns höchstpersönlich an der Tür, wo sie gerade mit einer schwanenförmigen Gießkanne einen Farn gegossen hatte, der in einer Macramee-Blumenampel mit Troddeln hing. Sie hatte perfekte Zähne, trug Sandalen mit Keilabsätzen, roch nach Charlie!-Parfüm und nannte sowohl Ruthie als auch mich »Schätzchen«.

Von diesem ersten Moment an war ich verliebt in sie.

Wir durften uns den Umkleideraum anschauen, der voll gehängt war mit Schwarz-Weiß-Fotografien von Sylvia Swan in Steppschuhen, wie sie die Beine hoch in die Luft warf, in Fransenkleid und schwarzen Netzstrumpfhosen. Dann zeigte sie uns das Studio selbst mit glänzendem Linoleumboden und blank polierten Spiegeln. Was so ein Raum fürs Socken-Skaten bedeuten würde, mit all dem Platz und dem Glanz und den Möglichkeiten! Ich beschloss, dass ich eines Tages hier leben würde.

»Hallo, Marie«, sprach Sylvia Swan mich direkt an, wie es Erwachsene nur selten taten. Auf ihren Lippen lag ein pfirsichfarben glitzernder Gloss, von dem ich den Blick nicht wenden konnte. Ich starrte sie an wie hypnotisiert.

»Freut mich, Sie kennenzulernen. Ich bin auch Ballerina. Ich habe mir alles selbst beigebracht.«

»Sie braucht eine Strumpfhose, ein Tanztrikot und Ballettschläppchen«, erklärte Sylvia Swan meiner Mutter, die nicht aussah, als hätte sie solche zusätzlichen Ausgaben schon in Erwägung gezogen.

»Ich habe Nachtschlappen«, hörte ich eine Stimme sagen. Während sie fortfuhr, schwante mir, dass diese krankhaft idiotische Stimme aus meinem eigenen Mund kam. »Die gehen ja vielleicht auch. Sie sind sehr hübsch. Babyblau mit

Fell um die Knöchel und Glitter auf den Zehen. Von Kmart.« Chopin schlug sich bestürzt gegen die Stirn. Warum musste er eigentlich immer dann zuhören, wenn ich etwas Bescheuertes sagte?

»Ui«, antwortete Sylvia Swan. »Das klingt wirklich hübsch. Da könnten die anderen Schülerinnen neidisch werden. Am besten bleiben wir bei einem ganz schlichten rosa Paar mit Gummibändern.« Dann zwinkerte sie mir zu, als wäre ich erwachsen und in einen geheimen Witz eingeweiht.

»Mit dem Spezialrabatt macht das dann bitte neun Dollar, plus fünf Dollar Anmeldegebühr«, sagte Sylvia Swan. Meine Mutter stellte ihr einen Scheck aus, die Finger schmerzhaft um den Stift verkrampft. Das Papier wollte, als sie es langsam aus dem Scheckheft löste, störrisch kleben bleiben.

»Bis bald, die Damen!«, rief Sylvia Swan uns nach und brachte Ruthie und mich damit, warum auch immer, zum Kichern.

Meine Mutter schnaubte, sobald wir draußen waren. »Sie ist so was von *Harper's Bazaar*.«

»Mensch, hast du ein Glück«, sagte Ruthie. »Du Arschgeige.« Sie seufzte und steckte sich den Daumen in den Mund.

»Mom, Ruthie nuckelt wieder am Daumen«, petzte ich.

»Himmel, Arsch und Wolkenbruch!«, sagte Mom. Und dann passierte etwas völlig Rätselhaftes. Sie nahm uns mit zu Rexall, direkt zur Limo-Theke. Dort setzte sie sich auf einen der Barhocker, die Beine erotisch verschlungen, den einen vernünftig flachen Schnürschuh hinter den anderen geklemmt, und blätterte nicht etwa durch die neuste *Family Circle*, sondern durch die *Vogue*, während Ruthie und ich uns eine Kirsch-Cola teilten und nicht stritten.

Die *Vogue*!

Impromp-Tutu

Gott erschuf den Himmel und die Erde, und am siebten Tag ruhte Er. Meine Mutter dagegen portionierte montags handgemachte Butter und modellierte daraus dekorative Formen. Dienstags verzierte sie Kuchen mit bunter Glasur, sodass sie aussahen wie richtige Pizzen. Und mittwochs bastelte sie Blumen aus Seidenpapier und arrangierte sie in Vasen, die sie im ganzen Haus verteilte. Donnerstags peppte sie jesusförmige Kerzen auf, indem sie sie in ein dickflüssiges silbriges Gelwachs tunkte, und freitags bemalte sie unseren Kühlschrank mit Silhouetten von Bäumen. Am Samstag machte sie ihre Bauchmuskelübungen mit Gewichten um die Knöchel, die sie aus einer alten Jeans gebastelt hatte. Und danach staubsaugte sie das Wohnzimmer mit unserem antiken Staubsauger, weil aus den Gewichten immer Sand herausrieselte.

Am Nachmittag meiner ersten Ballettstunde erwartete ich, sie Schürzen nähend zu Hause vorzufinden. Um ein bisschen Geld zu verdienen, wollte sie von *Unsere kleine Farm* inspirierte Kleider verkaufen. Einige Schürzen und Sonnenhütchen hatte sie schon zugeschnitten, und der Stoff wartete in Stapeln auf der Tischtennisplatte im Keller. Aber statt an der Nähmaschine saß sie am Esszimmertisch und erweiterte ihre Puppenarmee. Gerade bezog sie einen Styroporball mit hautfarbenem Strumpfhosenstoff, und über einer Stuhllehne hing, zu einem langen gelben Wollzopf geflochten, das zukünftige Haar. Sie war von einer zauberhaften Auswahl an Farben und Stoffresten umgeben. Zufallskunst nannte ich das insgeheim, so wie der wunderschöne Strauß Farben auf der Palette eines Malers. Dad und ich hatten über das Thema schon mehr oder weniger wohlwollend debattiert: Er war nicht der Meinung, dass Zufälle Kunst sein konnten.

»Ach, Mist«, sagte sie. »Luke schläft, und ich will ihn nicht wecken. Schaffst du den Weg allein?«

»Wo ist Dad?«, fragte ich. Mir war klar, dass er ausgeflogen sein musste, weil Mom ihre Beatles-Platte aufgelegt hatte.

»Er ist einkaufen gegangen, zum Katholikenbedarf. Und Matthew ist bei den Pfadfindern und Ann bei der Probe.«

»Darf Misty mich begleiten?«

»Nein, mein Schatz, damit wäre dein Vater nicht einverstanden, das weißt du doch. Tut mir leid.«

»Okay«, sagte ich in einem Tonfall, der deutlich machte, dass ich das ganz und gar nicht okay fand.

»Also jetzt hör mir mal zu, ich weiß zufällig, dass du ungefähr schon eine Million Mal allein die Frederick Street hochgelaufen bist.« Sie schaute mich über ihre Brille hinweg an. »Obwohl du das nicht sollst.« Da hatte sie natürlich recht. Ich schlang mir meine Strumpfhose wie einen Schal um den Hals und steckte mir die Ballettschläppchen auf die Hände, wodurch sie tragisch entstellt aussahen. Dad hatte mir die Schlappen gerade erst gekauft, aber sie waren jetzt schon mit dieser kränklichen, grasfleckenfarbenen Patina überzogen.

»Viel Spaß, mein Schatz!«, rief Mom, während ich zur Tür hinaus und in Richtung Frederick Street rannte.

Als ich in den Empfangsbereich von Sylvia Swans Tanzschule platzte, war ich erhitzt und durchgeschwitzt, und mein Haar stand in alle Richtungen ab. Sylvia Swan saß in dem kleinen abgeschlossenen Bereich hinter ihrem Schreibtisch. Als Zugang diente eine kleine halbhohe Schwingtür, die so niedlich und so offensichtlich verboten war, dass ich mich kaum davon abhalten konnte, hindurchzugehen. Stattdessen lief ich direkt ins Studio.

»Stopp, stopp«, rief Sylvia Swan, stand auf und schaute mich über ihren Tisch hinweg an. »Wir gehen erst ins Studio, wenn es Zeit für unsere Stunde ist.« Ich erstarrte, unsicher, wie dieser Tanz weitergehen sollte. »Am besten gehst du erst einmal in die Umkleidekabine und machst dich fertig?« Ich zerrte mir den Strumpfhosenschal vom Hals und gehorchte.

Drinnen half eine Mutter mit aufgeplusterter Frisur und Sommerkleid ihrer kleinen Tochter gerade beim Anziehen. Sie holte eine ordentlich zusammengelegte pinke Strumpfhose aus einem mit Ballerinen bedruckten Turnbeutel, der im ganzen Raum den Duft nach neuer Barbie verströmte. Was für eine originelle Idee – eine Tasche, extra um seine Schuhe und Strumpfhosen und all das Zeug am selben Ort aufzubewahren und direkt griffbereit zu haben. Clever. Ihre Unterwäsche war unglaublich weiß. Ich gab mir Mühe, nicht zu den beiden hinüberzuschauen.

Züchtig wartete ich darauf, dass sie die Umkleide verlassen würden, aber sie blieben einfach. Aus Angst, zu spät zu kommen, ging ich schließlich doch den langen Kampf mit meiner Strumpfhose ein. Dieses Ding, das aus einer der Mülltüten mit andernorts Aussortiertem in unserem Keller stammte, war störrisch und bösartig. Die Strumpfhose war leuchtend rot und unheimlich klein und folgte einer Logik, die sich mir nicht erschließen wollte. Ich saß also völlig verknotet auf der Bank, in einer Pose, als hätte ich Magenkrämpfe, da kam ein weiteres kleines Mädchen mit seiner Mutter herein. »Mommy, was ist denn mit der da los?«, fragte die Tochter, als wäre ich gar nicht im Raum.

»Schhh«, zischte die Mutter. Sie bürstete ihrer Tochter die Haare, die so glänzend und weich aussahen wie die von dem Mädchen aus der Shampoo-Werbung, und band sie zu einem Pferdeschwanz hoch. Das Band, das sie dafür benutzte, war so pink und weich, dass es mich ganz wütend machte.

»Jetzt hör mal zu«, drohte ich meiner Strumpfhose im Flüsterton, während ich mir Händeweise von dem Stoff griff und daran zerrte. Meine Fingernägel piksten durch das dünne, elastische Material.

Ich war die Letzte, die sich in die ordentliche Schlange einsortierte, in der wir völlig still warteten, bis wir ins Studio marschieren durften, als liefen wir in die Kirche ein. Sobald wir drinnen waren, holte Sylvia Swan ein Haargummi aus der Schublade unter dem Plattenspieler und band damit mein Haar zusammen. Das fühlte sich toll an, und ich schwelgte einen winzigen Sekundenbruchteil lang in der Vorstellung, dass sie meine echte Mutter wäre. Aber dann verfing sich der Haargummi in einem verfilzten Knoten, und ich sah aus, als hätte ich einen wilden Wasserfall auf dem Kopf, die eine Hälfte hochgebunden, die andere Hälfte lose. Sie gab auf, versetzte mir einen kleinen Stups und schickte mich zurück zu meinem Platz auf dem Boden. Mein Gesicht brannte. Ich schwor mir, ich würde nie wieder mit auch nur einer losen Strähne in den Ballettunterricht kommen.

Sylvia Swan las all unsere Namen vor und hakte uns auf einer Liste in einem Ordner ab. Dann teilte sie uns allen einen Platz an der Stange zu, und die Sohlen ihrer speziellen Ballettlehrerinnenschuhe klapperten autoritär. Ihr himmelblauer Ballettanzug glänzte, und ihr pinker Chiffonrock wallte von ihren Hüften.

»Das ist die Ballettstange«, erklärte sie. »Wir fangen immer mit der linken Hand auf der Stange an. Das andere links, Marie. Bauch rein, Kinn hoch, Zehen raus.« Ich strengte mich so doll an, dass mir beinahe eine Vene geplatzt wäre, und schaffte es, eine Position mit hängendem Bauch, gesenktem Kinn und eingedrehten Füßen einzunehmen.

»Welche Farbe haben eure Schuhe?«, fragte sie.

»Rosa«, antworteten wir im Chor.

»Gut«, sagte sie. »Jetzt wissen das alle, es gibt also ab sofort keinen Grund mehr für euch, nach unten zu euren Füßen zu schauen.« Dann ging sie selbst zur Stange und zeigte uns die Vorbereitung: 1 und 2, die Arme schweben nach oben, 3 und 4, die Arme öffnen sich zur Seite, und die linke Hand landet sanft auf der Stange.

Vorbereitung: 1, 2, 3, 4. Es war nichts als eine simple Phrase. Aber die Art und Weise, wie sie die Wörter aussprach und die Bewegungen ausführte, war so beruhigend, so zwangsläufig, dass ich das Atmen vergaß.

»Und jetzt ihr«, sagte sie. Wir standen in der ersten Position, die Arme rund, die Finger federleicht um die Babyvögelchen gelegt, die wir uns in unseren Handflächen vorstellen sollten.

»Welche Farbe haben eure Schuhe?«, fragte sie wieder, und wir hoben alle die Köpfe.

Sie legte die Nadel auf die Platte, und eine Folge von Klavierakkorden donnerte aus den Lautsprechern: eine Vorbereitung, gefolgt von einem sich wiederholenden Muster aus, wie es schien, mathematisch berechneten Plings, Plängs und Plongs. Ich hatte Musik erwartet, die eher wie ein Prélude oder eine Étude klang, aber Chopin war nicht gerade für seine vorbereitenden Auftakte bekannt. Seine Stücke setzten einfach mittendrin ein – manchmal fingen sie mit einem Kitzeln an oder mit einem Seufzer oder mit einer sich entfaltenden Tragödie.

Pli-je: beugen. Rö-le-we: erheben. Ich ahmte Mrs. Swan ganz genau nach, bis hin zu dem gelassenen Gesichtsausdruck, der die enorme Anstrengung, die es erforderte, mich aufrecht zu halten, verleugnete.

Dann schwang Sylvia Swan ihr Bein zum Dehnen ganz selbstverständlich auf die Stange hinauf. Bei mir erforderte dieses gefährliche Manöver dagegen strategisches Vorgehen, rohe Gewalt und eine hohe Schmerztoleranz. »Wieso kannst du nicht sein wie jedes normale Bein?«, schimpfte ich mein eigenes leise. Aber es gehorchte nicht. Zwar krachte es nach einem Glückstreffer mit Schwung auf die Stange, aber daraufhin ging mir auf, dass irgendeine straffe physikalische

Kraft meinen Körper nun für immer in dieser Position festhalten würde. Und genau in diesem Moment sprangen die Knöpfe im Schritt meines Ballettanzugs auf. Keins der anderen Mädchen, wurde mir jetzt bewusst, trug einen Anzug mit Knöpfen im Schritt. Sie trugen schwarze oder pinke Dinger aus glattem Stoff, die mit ihren runden Halsausschnitten irgendwie erwachsen aussahen. Ganz anders als meine lila Monstrosität aus zweiter Hand, mit dem Matrosenkragen und einer kecken, zweifarbig gestrickten Schleife, die vorne zugebunden wurde. Ich betete dafür, sofort tot umzufallen.

Mit rudernden Armen versuchte ich, den mörderisch anstößigen Schwanz des Anzugs, der jetzt lose an meinem Po herumbaumelte, zu erwischen. Aber mein Bein war im Weg, und ich musste mich an der Stange festhalten, um nicht auf das nächste Mädchen draufzufallen und einen Dominoeffekt auszulösen. Die beiden Knopfhälften schienen sich gegenseitig wie durch Magie abzustoßen. Ich fühlte mich genau wie in diesem Albtraum, in dem ich, nur in ein Handtuch gehüllt, in der Schule saß und es festhalten musste, damit es nicht runterrutschte, und gleichzeitig Makramee knüpfen sollte. Falls Sylvia Swan realisierte, in welchem Dilemma ich mich befand, so ließ sie sich nichts anmerken.

»Streckt euren Allerwertesten nicht in die Weltgeschichte heraus!«, rief sie hilfreich und gab ihrem eigenen Po dabei einen koketten kleinen Klaps. Mein Allerwertester erkundete unterdessen sehr selbstständig die Weltgeschichte. Das Einzige, was mich noch tröstete, war, dass ich nicht das Mädchen neben mir war, dem, genau in dem Moment, als es das Bein gehoben hatte, ein strenger kleiner Furz entwischt war. Alle hatten es ignoriert, aber trotzdem.

Das passende Prélude für diesen Moment war zweifelsohne die Nr. 18, eins von Chopins kürzesten, aber heftigsten Stücken, das meisterhaft von einer Abfolge von Zugreifen und Verfehlen erzählte. Endlich schaffte ich es, zwei Knopfhälften zu schließen, auch wenn es nicht zwei zusammengehörige Hälften waren und somit alles in Schieflage geriet. Später konnte ich mich hinter dem Furz-Mädchen verstecken und das Ganze wieder in Ordnung bringen, während wir darauf warteten, dass wir mit dem »Gron-scheh-te« an der Reihe waren. Das war mein großer Moment, endlich konnte ich meine Ehre wiederherstellen; als ich dran war, auf dem glatten Boden Anlauf zu nehmen und einen großen Sprung zu machen, musste ich nur daran denken, wie ich über dem Graben in die Höhe schnellte, während der Zug vorbeitoste, und mein Körper erinnerte sich.

Chopin strich sich übers Kinn. Er war kein Mann der großen Lobreden, aber ich wusste, dass er stolz auf mich war.

Hammer-Solo

»Ist deine Mom noch traurig wegen Elvis?«, fragte ich.

Misty nickte. Nervös zwirbelte sie einen zerkauten Bleistift zwischen den Fingern. Durch irgendeinen wundersamen Zufall oder vielleicht durch die Macht der Telepathie saßen Misty und ich im sechsten Schuljahr bei Schwester Jeannie tatsächlich direkt nebeneinander.

»Wie läuft's beim Ballett?«, flüsterte sie.

»Es ist schwierig«, antwortete ich. »Und ein bisschen inspirierend, aber auch langweilig.« Abgesehen von den großen Sprüngen fühlte sich Ballett im echten Leben überhaupt nicht so an, wie ich es mir vorgestellt hatte. Es war weder befreiend noch besonders aufregend: Es war keine Zufallskunst wie das Kaleidoskop aus geschmolzenen Brottüten neben dem Minibackofen. Stattdessen versuchte ich, meinen dürren, überstreckten Armen, den staksigen Beinen und dem Bauch, der sich rund gegen den Ballettanzug presste, gewaltsam ein bisschen Schönheit abzuringen. Nur ab und zu bekam ich eine flüchtige Vorstellung davon, wozu ich eines Tages womöglich fähig sein würde; und Chopin raubte mir den letzten Nerv, indem er die Mängel an meinem »Instrument« ständig mit den schlecht gebauten Klavieren seiner Zeit verglich. »Am schwierigsten ist der Teil an der Stange«, erklärte ich und machte mich innerlich darauf gefasst, meine Augen abzuschirmen, wenn der Bleistift Misty früher oder später zwischen den Fingern hervorschießen würde.

»An der Stange? Sag mal, sicher, dass du im richtigen Studio gelandet bist?« Misty brach in unterdrücktes Lachen aus, und schließlich flog der Bleistift gegen Taters Hinterkopf.

»He!«, schrie er und drehte sich um, und Schwester Jeannie schrieb mal wieder seinen Namen an die Tafel.

»Tatum, die erste Schulwoche ist noch nicht mal vorbei,

und du musstest schon zweimal in der Pause Ziegelsteine halten. Wenn du so weitermachst, gewinnst du nie einen von den Spezialpreisen.« Schwester Jeannie war die liebste und die fettigste Lehrerin der Welt. Unter ihrem Schleier lugten schlaffe, ölige Haarsträhnen hervor. Ihre dicke Brille war immer verschmiert und rutschte ihr ständig von der glänzenden Nase. Sie hatte Akne und riesige Zähne, aber auch eine süße Stimme, und dann war da natürlich ihre Spezialsammlung, eine kunterbunte Auswahl der allerhervorragendsten Gegenstände, die man sich vorstellen konnte: eine Regenjacke, die man klitzeklein zusammenfalten konnte; eine Jungfrau Maria aus Plastik, die im Dunkeln leuchtete; winzige pinke Papierschirmchen; eine amerikanische Miniflagge; eine Packung Scooby-Doo-Bleistifte; ein Jesus-in-der-Krippe-Radiergummi und ein oranger Spielzeug-vw-Käfer, nach dem sich jeder Junge in der Klasse verzehrte, einschließlich Tater Mitchell.

»Zeit für Mathe!«, sang Schwester Jeannie. Ich stöhnte und versteckte mein Notizbuch unter dem Matheheft, um Ballerinen hineinkritzeln und Botschaften an Misty schreiben zu können. Man kann sich ausmalen, wie überrascht ich war, als mir das Büchlein plötzlich und ohne Vorwarnung unter den Händen weggezogen wurde. Schwester Jeannie warf nur einen Blick auf meine Kritzeleien, wandte sich ab und schrieb meinen Namen an die Tafel.

Meinen Namen. An die Tafel. Unter Taters. Ich würde in der Pause einen Ziegelstein halten müssen. Neben *ihm*. Ich konnte Misty gar nicht mehr anschauen, und mein Herz fühlte sich in meiner Brust ganz falsch und fusselig an. Da lag ein Fehler vor. Schwester Jeannie hatte mich ganz falsch eingeschätzt, und ich musste ihr das irgendwie verklickern. Ich nahm mir fest vor, eine Woche lang jeden Tag nach dem Unterricht ihre Tafelschwämme sauber zu machen. Um mich von meinem Kummer abzulenken, übte ich die restliche

Mathestunde lang Luftanhalten. Ich hatte mich im Vergleich zum letzten Schuljahr um ganze dreißig Sekunden verbessert, der rote Zeiger auf der großen schwarz-weißen Uhr wanderte inzwischen beinahe zwei Runden im Kreis, bevor ich nach Luft schnappen musste. Ich fragte mich, ob sich Chopin so gefühlt hatte, als er starb.

Misty war so nett, sich in der Pause neben mich zu stellen; diese Art von Freundin war sie. Ich brachte ihr die erste Position bei, und so standen wir da, Kinn hoch, Zehen raus, Bauch rein und Arme rund, und ignorierten Tater Mitchells fürchterliches Eselsgeschrei.

Nach dem Unterricht ging ich zum 4-H-Treffen. Das war der einzige kostenlose Schulklub, der mich interessierte, also meldete Misty sich auch an – eine der vielen Strategien, mit denen man eine verbotene Freundschaft aufrechterhalten konnte, wie wir feststellten. Misty schielte neidisch auf die Hämmer der Jungs. »Ich hab keine Lust, diese Waschlappen-Schlappen oder ne Schürze aus Spültüchern zu nähen«, sagte sie. »Ich will ein Fadenkunstwerk machen.« Fadenkunst, bei der man Nägel in ein Brett hämmerte und bunte Fäden darumwickelte, sodass ein Segelboot oder eine Eule dabei herauskamen, war nur für Jungs vorgesehen.

»Kannst du denn mit einem Hammer umgehen?«, fragte die 4-H-Frau skeptisch.

»So schwer kann's ja nicht sein, wenn die Jungs das können«, antwortete Misty. Die Betreuerin warf einen Blick hinüber zu Barry Smallman, der gerade mit der Nagelklaue ein Muster in seinen Arm kratzte und sich so eine Art kurzlebiges, bleiches Tattoo verpasste.

»Da hast du irgendwie recht«, gab sie zu und überreichte Misty den Hammer, als wäre er eine hohe Auszeichnung. Vielleicht war er das auch.

Ich wollte eine Tasche nähen, die ich für meine Ballettsachen benutzen konnte, und außerdem vielleicht später als

Gefängnistasche, wenn Dad recht behalten sollte und die kommunistische Armee uns bald holen käme. Dann wäre ich vorbereitet und hätte alles dabei, was ein junges Mädchen im Gefängnis so brauchte: Nadel und Faden, Seife, ein paar Unterhosen, Papier und Stift.

Die Betreuerin war einverstanden, aber nur, wenn ich eigenen Stoff benutzte. So ließ ich die fröhlich hämmernde Misty zurück und rannte nach Hause. Ich schnappte mir im Keller aus den klammen Stoffgebirgen ein Stück leuchtend grünes Segeltuch und versteckte nebenbei rasch wieder den Tischtennisschläger. Außerdem steckte ich blaues Garn ein – so etwas fand man bei uns zu Hause immer – und raste wieder zurück. Die 4-H-Frau half mir, die Seiten zusammen- und die Träger anzunähen. Und zum Schluss schrieb ich mit rotem Filzstift noch einen Spruch auf die Tasche, den ich mal in einem Koffer-Werbespot gehört hatte: *Nichts ist schwerer, als nichts zu tragen zu haben.*

»Was soll das heißen?«, fragte Misty, deren fast fertige Faden-Eule mir mit ihren teuflischen Augen ein ganz ungutes Gefühl gab, wie eins dieser dreidimensionalen wilden Spirographen-Bilder.

»Also, das ist wie …«, setzte ich an, aber mir fiel keine Erklärung ein für das, was ich zu verstehen glaubte.

Generalprobe fürs Höllenfeuer

»Darf ich deine Haare anfassen?«, fragte das Mädchen mit dem pinken Tutu und den dazu passenden Haarbändern.

»Klar«, sagte ich großzügig. Ich hatte meine helmartige Frisur aus Haarspangen selbst konstruiert.

»Wow, knusprig«, kommentierte sie.

»Das ist Antistatik-Spray«, sagte ich stolz. Ich hatte eine Dose im Keller gefunden, und jetzt haftete mein Haar vollkommen glatt am Kopf; keine Strähne wagte sich mehr auf Abwege.

»Riecht ein bisschen wie Klebstoff.«

Aber nicht einmal diese wenig schmeichelhafte Bemerkung konnte meine Laune trüben. Ich hatte meinen lila Ballettanzug im Schritt zusammengenäht, auch wenn ich nur braunes Garn gefunden hatte. Ich hatte die Balletttasche dabei, die ich im 4-H-Klub gemacht hatte, und ich hatte sogar beide Schläppchen eingepackt. Pa-see, vorbeigehen. Gli-see, gleiten. Tom-beh, fallen. Ja, übers Fallen wusste ich genauestens Bescheid.

Ich konnte es kaum erwarten, bis am Ende der Stunde mein Lieblingsschritt dran war. Springen war wie eine Millisekunde fliegen; in meinen Albträumen der beste und schnellste Weg, einem Einbrecher oder einem Tornado oder dem Teufel zu entkommen. »Schaut euch alle mal Maries Sprung an«, sagte Sylvia Swan. »Seht ihr, wie hoch sie kommt?« Misty und ich hatten in den Pausen geübt, doch dann war Schwester Mary Gestapo zu uns gekommen und hatte es verboten, weil Tater Mitchell uns dabei unter die Röcke gucken konnte. Wir hatten widersprochen, schließlich trugen wir Shorts drunter, aber sie ließ sich nicht umstimmen.

Also hatte ich meine Technik stattdessen im Garten Ruthie

beigebracht, und inzwischen schafften wir es beide, meist ohne Verletzungen, über den großen Sandkasten zu springen. Chopin schaute von der Schaukel aus zu und jammerte, dass er seine Schüler nie solch … dramatische Übungen durchführen ließe, ohne dass sie zuerst Tonleitern gespielt hätten. Wir sollten uns doch bitte aufwärmen, nörgelte er. Als wäre uns nicht sowieso schon heißer als zwei Ziegenböcken mit einem Schweißbrenner.

Indie-Impressionismus

Misty benutzte für ihre Schönheitswettbewerbe Dippity-Do-Gel und brachte mir eine Portion mit in die Schule. »Und denkt dran, Leute«, sagte sie, als sie mir das in ihrer Frühstücksbox sicher verwahrte Plastiktütchen mit dem grünen Glob reichte, »das Gel eignet sich auch sehr gut zum Achsenschmieren.« An ihrer Oberlippe klebte ein bisschen Marshmallow-Aufstrich, und das Grün ihrer Sportjacke biss sich mit dem Grün des Gels.

»He«, sagte Tater und lehnte sich zu uns herüber, »was ist das denn? Ist das radiotiv?«

»Das heißt ›radoaktiv‹«, sagte Misty. »Geh weg.«

»Du hast mir gar nix zu sagen«, nölte er.

»Wenn du uns ab jetzt für immer in Ruhe lässt, geb ich dir den orangen Käfer aus der Spezialsammlung«, sagte Misty.

»Den hast du ja gar nicht«, widersprach Tater. »Und wirst du auch nie kriegen. Du musst dir nen Mädchenpreis aussuchen, wenn du dran bist.«

»Wirst schon sehen.« Misty verschränkte die Arme und schüttelte den Kopf. »Ich glaub, den Jungen haben sie wirklich nicht richtig durchgebacken.«

Ich war schon den halben Weg nach Hause gewandert, als ich mich an die Tafelschwämme erinnerte. Also galoppierte ich zurück und stürmte ins Klassenzimmer. Schwester Jeannie saß am Lehrerinnentisch und hatte das Gesicht in den Händen vergraben. Mir war klar, dass irgendetwas nicht stimmte, also schlich ich auf Zehenspitzen näher und flüsterte ihr ins Ohr: »Alles okay?« Sie fuhr zusammen.

»Oh, Marie. Du hast mich fast zu Tode erschreckt.« Ihre Augen waren feucht, und sie wischte sich rasch mit dem Ärmel über das fleckige Gesicht.

»Warum weinen Sie denn?«, fragte ich sanft.

»Weinen? Nein, nein, das ist nur … meine Allergie.«

»Meine Eltern glauben nicht an Allergien«, antwortete ich. »Sind zu teuer.«

Schwester Jeannie lächelte schwach. »Verstehe.«

Ich hatte noch nie eine Lehrerin weinen sehen, oder eine Nonne, und konnte kaum glauben, dass so etwas tatsächlich möglich sein sollte. Zu meiner Erleichterung fiel mir in diesem Moment ein, wofür Taschentücher da waren, und ich zog eins aus der Box auf ihrem Pult und reichte es ihr, wie sie es normalerweise bei TJ Smithers tat, in dem vergeblichen Versuch, ihn davon abzuhalten, seine frisch angepopelten Finger in den Mund zu stecken.

»Danke.« Sie putzte sich die Nase in genau der beeindruckenden Lautstärke, in der ich meine weltberühmten Nieser zum Besten gab. Oder meine »Schießer«, wie Chopin sie nannte.

»Wollen Sie darüber reden?«, fragte ich. Sie schüttelte den Kopf. Ich hatte keine Ahnung, was ich tun sollte. »Ich könnte Ihnen beibringen, wie man eine re-ve-rongs macht.«

»Was ist das denn?« Also zeigte ich Schwester Jeannie genau dort, im Klassenzimmer der Sechsten, die Knicks-Verbeugung, mit der wir unsere Ballettstunde immer beendeten. Sie schien dankbar und bewegte sich in ihrem ausgestellten Rock und den gesunden Nonnenschuhen überraschend elegant.

»Danke«, sagte sie. »Jetzt fühle ich mich schon besser.«

»Kann ich sonst etwas für Sie tun?«

»Ja.« Sie zog die Nase hoch. »Du kannst die Schwämme waschen.«

Ich nahm also die Schwämme mit nach draußen, grübelte, was wohl mit Schwester Jeannie los sein könnte, und ließ mir eine Menge Zeit, weil ich ohnehin keine Lust hatte, nach Hause zu gehen. Dort trieb Shelley, die Killerpuppe, mal wieder ihr Unwesen. Sie hatte pinkes Haar und erteilte gern

Befehle und sagte Sachen wie »Was fällt dir ein?« und »Das geschieht dir recht!«. Zuerst hatten wir gedacht, dass Mom nur lustig sein wollte. Aber Shelley war fies und gemein, ganz egal, auf welcher Hand sie steckte, und sie wurde von Tag zu Tag dreister.

Erst gestern hatte Shelley zu Dad gesagt, er solle die Klappe halten! Und Dad hatte die Puppe von Moms Hand gerissen und in eine Ecke gekickt und war aus dem Wohnzimmer gestampft. Kaum war er außer Hörweite, sagte die Puppe mithilfe von Moms Stimme: »Das hat wehgetan, du dicker, fetter Blödkopf.« Ruthie und ich wälzten uns auf dem Boden vor Lachen, aber Dad hörte uns, und wir mussten eine ganze Stunde lang auf dem Sofa stillsitzen. Jetzt wusste ich alles, was es über Claude Monet zu wissen gab.

Ewig lang knetete ich die Schwämme. Wie konnte so ein kleiner Putzwürfel so viel Kreidestaub in sich aufnehmen? Während ich sie wusch und auswrang, musste ich ans Weinen denken, wenn man so viele Tränen vergoss, dass man sich ganz ausgeweint und vertrocknet fühlte. So war es mir ergangen, als Opa gestorben war, und Mom hatte das erlebt, als Dad so ausgerastet war, weil er sie egoistisch fand mit ihren Depressionen. Arme Schwester Jeannie.

»Was soll das denn schon wieder?« Da stand Schwester Mary Gestapo mit ihrem roten Gesicht und beäugte die nassen Schwammabdrücke auf meiner Uniform, auf dem Betonboden, an der Wand des Schulgebäudes.

Ich überlegte kurz. »Impressionismus.«

»Sieht mir eher nach Vandalismus aus.« Ihr Kopf ruckelte in kurzen, abgehackten Bewegungen, sodass ihr Schleier zu zucken schien. »Wenn du fertig bist mit den Schwämmen, kannst du dir einen Eimer und einen Lappen nehmen und das alles von der Mauer waschen.«

»Ja, Schwester.« In dem Moment wünschte ich mir nichts mehr, als dass Shelley auf meiner Hand säße.

Nachdem ich die Kreide abgewaschen hatte, übte ich meine Scha-sees (jagen) durch die verlassenen Gänge. Vor der Klassenzimmertür blieb ich stehen, weil ich Schwester Jeannie drinnen telefonieren hörte. »Es tut mir leid, wirklich leid.« Ein kleiner Schluchzer. »Wir können uns nicht wiedersehen. Es war ein Fehler.«

Plötzlich hatte ich Angst, noch mehr zu hören. Ich musste schnell hier raus. Ich parkte den Eimer vor der Tür, raste den Gang mit riesigen Gron-sche-tees entlang zurück und tat, als hörte ich nicht, wie Schwester Jeannie meinen Namen hinter mir herrief. Sie trat aus dem Klassenzimmer – und genau in den Eimer mit dem Tafelschwammwasser.

Kulleraugen-Gavotte

Zum Abendessen gab es Moms Galopki, ein polnisches Gericht, das aus Kohlrouladen und einer Menge anderer rätselhafter Zutaten bestand, die schmeckten, als wären sie in einem »unglückseligen kulinarischen Debakel«, wie Chopin es nannte, zusammengewürfelt worden. Ich erklärte ihm, das sei Zufallskunst, genau wie die tollen Muster, die die Herbstblätter inzwischen draußen auf die Straße malten, aber er schnaubte nur spöttisch. Naserümpfend saß er auf dem Klavierhocker, und mir war klar, dass ein leidenschaftlicher Vortrag über Moms unauthentischen polnischen Kochversuch in ihm brodelte.

Ich starrte die Pampe auf meinem Teller an, als Mom plötzlich verkündete, dass Gott uns ein weiteres Geschwisterchen schenken würde. Dann senkte sie wie eine Madonna mit schüchternem Lächeln den Blick. Als fände sie sich gerade in einer völlig neuen Situation wieder und hätte sich selbst noch nicht recht an die Idee gewöhnt.

Ann wurde ganz rot im Gesicht. »*Noch* ein kleiner Wonneproppen?«, fragte sie herausfordernd. Sie kümmerte sich jetzt schon um die ganze Wäsche, einen Teil der Putzarbeit und mehr als nur ein bisschen um die kleinen Geschwister, besonders, seit Mom so viel mit ihren Puppen beschäftigt war.

»Ja, und lasset uns alle beten, dass es ein Junge wird, damit wir die Reihe der Evangelisten voll haben: Matthew, Mark, Luke, und jetzt, so Gott will, John.«

»Und wenn es ein Mädchen wird, nennen wir sie Shelley«, rief Ruthie.

»Hast du schon mal von einer Heiligen Shelley gehört?«, fragte Dad.

Shelley, die Puppe, hatte sich bisher unter dem Tisch auf

Moms Schoß versteckt. Jetzt kam ihr großer Auftritt. »Tatsächlich ist Shelley die Kurzform von Michelle, der weiblichen Version von Michael, dem Schutzheiligen der …«

»Dich hat niemand gefragt«, sagte Dad. Wie Vicki bei unserem Salon schien er kurzzeitig vergessen zu haben, dass Shelley nur eine Puppe war. Dann wandte er sich an Mom: »Was macht das Ding am Esstisch? Schmeiß es endlich in den Müll.«

»Du willst, dass ich eine harmlose Puppe in den Müll werfe?« Die Madonna war verschwunden. Wagemutig und mit zusammengekniffenen Augen starrte Mom Dad über den Goldrand ihrer Brille hinweg an. »Du fühlst dich wirklich bedroht von einer Puppe mit pinken Haaren und Kulleraugen?«

»Wie ich schon sagte: Schaff sie … schaff das Ding aus meinem Haus!«

»Na gut, okay.« Einer der Vorteile von Moms Schwangerschaften war, dass sie alles, was sie sagte, auf die Hormone schieben konnte. »Ich werd's versuchen.«

Lalala-metta

»Wie schließt sich ne Ballerina aus ihrem Cabrio aus?«, fragte Tater, und als ich ihm sagte, er solle die Klappe halten, meinte er, so was aus dem Mund der Klassenstreberin hätte er gar nicht erwartet. Er hatte recht: Ich war wirklich zur Streberin geworden. Jeden Tag blieb ich nach dem Unterricht noch länger, außer mittwochs, da sprintete ich den ganzen Weg bis zum Ballettstudio. Schwester Jeannie lieh mir eine alte *Spaß-mit-Ballett*-Ausgabe, und so lernte ich die richtigen Schreibweisen der ganzen Schritte. Außerdem lernte ich – aus bitterer Erfahrung –, vor den Drehungen (gesprochen sche-nee, aber geschrieben *chainé*) meine Brille abzunehmen. »Vergiss den *accent aigu* auf dem e nicht«, erinnerte mich Chopin, während ich die Bezeichnungen auf eine lose Blättersammlung schrieb, die prompt verloren gehen würde. *Bourrée*, flattern. *Grand battement*, großer Kick. *Arabesque*, Verzierung. Verzierung? Wer hatte sich diese Namen eigentlich ausgedacht? Manche ergaben absolut keinen Sinn.

Misty ließ die Welt der Schönheitswettbewerbe hinter sich. »Meine Meemaw sagt immer: ›Wenn das Leben dir Zitronen gibt, spritz ihm den Saft in die Augen.‹ Also hab ich beschlossen, wirklich das erste weibliche Kinder-Elvis-Double der Welt zu werden.«

Cindy, die nach Elvis' Tod viele Wochen weinend und ketterauchend auf dem Sofa verbracht hatte, erwachte zu neuem Leben, als ihr klar wurde, dass sein Geist in Misty weiterleben könnte. Aus einem Katalog bestellte sie eine aufgeplusterte schwarze Perücke; Meemaw nähte ihr einen weißen Polyester-Jumpsuit mit Schlag und verzierte ihn eifrig über und über mit glitzernden *arabesques*. Misty brachte den Jumpsuit mit in die Schule, um ihn in der Morgenrunde zu zeigen, und selbst Tater war sprachlos. Im Oktober gewann sie nicht nur fünfundzwanzig Dollar beim 4-H-Talentwettbewerb, sie bekam an Halloween auch so viele Süßigkeiten, dass irgendwann ihre Tasche riss.

Außerdem »übernahm sie eine Führungsrolle«, indem sie den Verkehr im Gang vor dem Klassenzimmer um eine Kotzepfütze herumleitete, und durfte sich deshalb einen von Schwester Jeannies Spezialpreisen aussuchen. Selbstredend nahm sie den orangen vw-Käfer und löste damit unter den Jungs in der Klasse Empörung aus. Aber natürlich gab sie das Spielzeugauto nicht an Tater weiter, der sie ohne Unterlass piesackte. »He, Misty, ist dein Tank voll?«, rief er jedes Mal kichernd, wenn sie aufstand, um zur Toilette zu gehen.

»He, Tater«, gab sie zurück.

»So heiß ich.«

»Dein Tank scheint mir fast leer zu sein, ich riech deine Dämpfe nämlich bis hier rüber.«

Moms Bauch wurde immer dicker, und Misty gewann unterdessen einen Talentwettbewerb nach dem anderen, Schwester Jeannies rätselhafte Traurigkeit verfestigte sich, und Ann wurde immer mürrischer und wütender. »Hat außer mir in diesem Haus niemand einen Funken Verstand?«, schimpfte sie, und sie hatte recht. Sie murrte darüber, dass Mom selbst ein Kind sei, über Dads ständige Wutausbrüche und darüber, dass ich in ihren Sachen herumschnüffelte – mich an ihrer zauberhaften Geige in ihrem Kasten zu schaffen machte und an dem Bogen in seinem schmalen Samtbett und dem Bogenharz und der kleinen seidigen Babydecke. Sie duftete nach Holz und altem Metronom und Grenzüberschreitung.

Aber es waren ihre Miniaturen, die mich kriminell werden ließen, der wertvolle Krimskrams, den sie mit derselben Hingabe sammelte, mit der Chopin einst seine Études komponiert hatte – kurze Übungsstücke, wie er mir erklärt hatte.

Durch das Nebeneinander von Gegensätzen entstand allertollste Zufallskunst. An die Stelle, wo in ihrem Schrank einmal eine kaputte Schublade gesteckt hatte, passte haargenau ein alter Campbell-Suppen-Karton, und darin bewahrte Ann ihre ganzen Winzigkeiten auf, wie zum Beispiel das blaue Plastikei, in dem sich der kleinste blaue Rosenkranz der Welt versteckte. Und stapelweise Blister mit jeder Menge roter Zahntabletten, die einem, wenn man sie zerkaute, anzeigten, wo man mehr putzen musste, die meine Schwester aber aus unerfindlichen Gründen unzerkaut für die Ewigkeit aufbewahrte. Bis eine böse Macht, die nur vom Teufel aus der Hölle selbst gekommen sein konnte, meine Finger dazu brachte, nacheinander alle Tabletten aus den Blistern zu drücken, worauf mein Mund aussah wie der Tatort eines blutigen Mordes. Als sie herausfand, welches Chaos ich im einzigen wohlgeordneten Winkel ihres Lebens angerichtet hatte, und ich über die zwanzig Hiebe weinte, die es dafür setzte, rieb Ann nur Daumen und Zeigefinger aneinander und sagte: »Siehst du das? Das ist die kleinste Geige der Welt, die ein ganz, ganz trauriges Lied für dich spielt.«

Da beschloss ich, eines Tages einen Tanz zu choreografieren, der so winzig war, dass außer mir selbst niemand überhaupt merken würde, dass ich ihn tanzte.

Wenn Dad samstagnachmittags im Beichtstuhl verschwand, flüsterte ich in einer der hinteren Kirchenbänke mit Misty; sie schien ziemlich fromm geworden zu sein. Wir verabredeten uns weiterhin heimlich, ein heftiger Nervenkitzel. Wenn das Telefon ein Mal klingelte und dann verstummte, wusste ich, ich sollte mich so schnell wie möglich auf den Weg zum Spielhäuschen machen. Einmal erwischte uns die alte Dame, aber sie stellte sich als ziemlich schwerhörig heraus. In den Thanksgiving-Ferien trafen wir uns auf dem Pausenhof hinter der Schule und veranstalteten einen Wettbewerb, wer seine Schuhe von der Schaukel aus am höchsten kicken konnte. Die Kettenglieder der Schaukel drückten sich kalt in unsere Handflächen. Uns war bewusst, dass es nur eine Frage der Zeit war, bis wir erwischt würden.

Im Dezember zündete Mom jeden Sonntag eine Kerze auf dem Adventskranz an, der aus einer zweckentfremdeten alten Klobrille bestand und mit Stechdornranken aus Plastik und Kerzenhaltern aus alten Suppendosen verziert war. Dad hängte den Kranz mit einer goldenen Schnur über dem Esstisch auf. Wir standen alle um den Tisch herum und trällerten Weihnachtslieder, wobei Ann die Augen verdrehte und Dad Matthew einen Klaps auf den Hinterkopf gab, weil er mal wieder mehr nuschelte als sang.

An Heiligabend legte Dad die Platte des Mormon Tabernacle Choir auf und drehte die Lautstärke hoch, bis Mom sich beschwerte, sie könne ihre eigenen Gedanken nicht mehr hören, und ihn mit Früchtekuchen und Eierlikör gefügig machte. Er bestand mal wieder darauf, dass wir einen Lamettafaden nach dem anderen an den Baum hängten, genauso, wie wir auch unsere Geschenke eins nach dem anderen auszupacken hatten. Das taten wir dann nach der Mitternachtsmette. Es war die einzige Nacht des Jahres, in der wir so viel Süßes essen durften, wie wir wollten, und nie ins Bett geschickt wurden.

Als Erstes packte ich ein selbst genähtes Tutu aus – ich hatte mir eins gewünscht, das den Kostümen beim Blumenwalzer nachempfunden war, aber Mom hatte einen fürchterlichen rotzgrünen Stoff verwendet, und als ich es anzog, platzte Matthew fast vor Lachen. »Du siehst aus wie eine Stehlampe«, sagte er. Und in dem Moment sah ich es auch: wie diese Lampe im Kolonialstil, um die Ruthie beim Kunsthandwerksmarkt so herumgeschlichen war. Ich hasste Matthew für seine Beobachtungsgabe. Überraschenderweise sprang Ann mir zur Seite. »Lass Marie in Frieden«, schimpfte sie. Und dann sagte sie zu Dad – und ich schätze, weil Weihnachten war, kam sie damit durch: »Warum brüllst du ihn eigentlich nie so an wie wir Mädchen?«

»›Uns‹«, korrigierte er. »›Wie uns Mädchen‹.«

»Haha«, quietschte Mark begeistert. »Daddy ist ein Mädchen.«

Aber bevor Dad etwas erwidern konnte, zog Matthew sein Geschenk für mich hinter der Couch hervor: eine Ballettstange aus einem Stück Treppengeländer, das er im Keller gefunden hatte. Die Schrauben hatte er von seinem Geld vom Zeitungenaustragen gekauft, er hatte sie selbst abgeschliffen und angemalt und versprach, sie am nächsten Tag für mich anzubringen.

Völlig verblüfft schaute ich ihn an. Ich hatte für ihn nichts weiter als eine Trappermütze aus Sylvia Swans Fundkiste. Ich hatte fälschlicherweise behauptet, es sei meine, und dafür das ewige Fegefeuer riskiert. Aber er war zu alt dafür. Nachdem er sie ausgepackt hatte, »lieh« er sie sofort Mark aus, und ich verfluchte meine eigene Dummheit.

»Danke, Marie!« Er lächelte mich an, und dann patschte er mit seinen Fettfingern auf meine Brille und machte ein Furzgeräusch.

Ich stopfte den gesamten Inhalt meines Weihnachtsstrumpfs in mich hinein. Die Weihnachtslichter zerfaserten zu verschwommenen Heiligenscheinen, und ich schlief, noch immer im Tutu, ein, während Matthew mich mit Lametta dekorierte. Immer schön eins nach dem anderen.

Pi-pi-anissimo

Während der gesamten Weihnachtsferien war die Luft weiß und voller Diamanten; die Welt draußen gefror, tropfte, gefror wieder. Meine Schwestern und ich trafen eine Abmachung: Wenn Dad uns das nächste Mal mit dem Tischtennisschläger oder der Haarbürste, oder was auch immer gerade greifbar war, die Bestien aus dem Leib prügelte, würden wir lachen. Wir standen auf den Gittern des Heizofens und ließen unsere Nachthemden flattern wie Engelsgewänder, anschwellen, bis sie aussahen wie porzellanene Handglocken. Im Wohnzimmerfenster spiegelte sich rötlich die Lampe.

»Warum klingt ›Fenster‹ eigentlich so ähnlich wie ›finster‹, obwohl ein Fenster den Raum eigentlich heller macht?«, überlegte ich laut.

»Gute Frage«, sagte Mom und verzog sich ins Badezimmer, um ihre verzweifelten Arien zu trällern. Ansonsten besetzte Ann es, um sich vor dem Medizinspiegelschrank zu wiegen und Brahms zu üben. Mein Vater ließ seinen Bariton in der Badewanne erklingen, und die Nasenhaar-Pinzette diente ihm als winzige Kastagnette. Ich tanzte draußen im Flur und fuhr beim ungebührlichen *arpeggio* seines Reißverschlusses zusammen.

»Keine Sorge«, rief er durch die Badezimmertür. »Solange du am Ende Nonne wirst, nehme ich dir das mit dem herausgeworfenen Geld für die Ballettstunden nicht krumm.« Ruthie perfektionierte ihren einarmigen Radschlag und nuckelte dabei am Daumen.

Wir waren keine Engel.

Wir bestanden nicht aus Porzellan.

Wir lachten viel.

Am 31. Dezember schlich ich mich raus und schlängelte mich auf den Gehsteigen zwischen all den kümmerlichen

Weihnachtsbäumen hindurch. Ihre schäbigen Zweige und einsamen Lamettasträhnen erzitterten im Wind; sie sahen aus, als wären sie wegen schlechten Benehmens auf die Straße gesetzt worden.

Misty und ich trafen uns im eisigen Spielhäuschen, und sie konnte ihre Aufregung kaum zurückhalten: Sie hatte von ihrer Meemaw zu Weihnachten ein Busticket nach Memphis zur Elvis-Woche bekommen, wo sie in einem Talentwettbewerb antreten würde. »Wow, bekomme ich ein Autogramm?«, hauchte ich.

»Sei nicht albern.« Sie grinste breit. »Ich hab doch gar keinen Stift dabei.«

»Wann geht's los?«

»Am 10. August.«

»Das ist ja noch eine Million Lichtjahre hin«, sagte ich staunend. »Könnte genauso gut nie passieren.«

»Wem sagst du das …«

Matthew ließ mich heimlich die Top 100 Hits des Jahres 1977 mithören. Sein kleines blaues Kugelradio hatte er bei den Pfadfindern gewonnen, sonst hätte Dad es ihn niemals behalten lassen, besonders wo Matthew im Geheimen die *Dr. Demento Show* und Songs wie »They're Coming To Take Me Away, Ha Ha« und »Dead Puppies Aren't Much Fun« hörte. Wir zitterten unter der Decke in seinem Zimmer im Anbau; und auch Chopin hörte aus einer Art morbider Faszination heraus zu, als »Boogie Wonderland« und »Le Freak« gespielt wurden; der Mangel an Kontrapunkten und Komplexität in der Popmusik schockierte ihn. »Chuck Berry und James Brown sind immerhin originell«, kommentierte er. »*Mais* besser als der Countdown von 1976 ist es allemal. Dieses ›Fifth of Beethoven‹? Die haben das Metrum mit ihrem billigen Schlagzeuggeklapper völlig verhunzt.« Er grummelte und winkte ab, und ich wurde das Gefühl nicht los, dass Chopin es genoss, Dinge zu hassen.

Motel-Motette

Der März war feucht und kalt, und ich täuschte eine Erkältung und Halsschmerzen vor, nur um in den brustwärmenden Genuss eines Löffels Hustensaft zu kommen und eine Weile in meinem warmen, tröstlichen Bett liegen zu dürfen, wo ich mir vorstellte, ich wäre jemand anders, am liebsten die unergründliche Channing aus der Ballettschule. Ich war müde, hatte die Nase so was von voll davon, mich ständig davonschleichen zu müssen, um Misty zu sehen. Wir konnten uns immer nur ganz kurz treffen, nie reichte das aus. Wie eine bescheuerte Étude. Ich hatte die Nase voll von Mathe und von Tater. »Hass ist eine Sünde«, erinnerte Dad mich ständig.

Dad hasste ich auch.

»Schön und gut«, sagte Chopin. »Aber vergiss darüber nicht die Dinge, die du liebst. Ballett und Schwester Jeannie und Musik *et moi.*« Aber er war nur ein Geist, laut *Baltimore Katechismus* definiert als »Wesen mit Verstand und freiem Willen, aber ohne Körper, das nie sterben wird«. Nana hatte mir einmal erklärt, ein Geist sei eine menschliche Seele, die zwischen den Welten herumirrte. Dann hatte sie mit ihrer Hand über meinem Arm herumgewedelt und gefragt, ob ich etwas spürte. Ich spürte etwas, aber ich nahm an, dass es sich nur um guten alten Grusel handelte, vermischt mit ein bisschen statischer Elektrizität.

An dem Tag, an dem ich von meiner »Erkältung« gesundet war, rannte ich in drei Tage alten Socken zur Schule, mal wieder zu spät dran, und mein Atem explodierte vor mir in der Luft zu kleinen Wölkchen, die mich an Cindys Zigaretten erinnerten. Hinter Schwester Jeannies Tisch kauerte eine fürchterliche Vertretungslehrerin namens Mrs. Snodgrass, eine korpulente, kleine Frau, deren Haar umso höher aufgetürmt war.

»Was ist mit Schwester Jeannie?«, wollten wir wissen.

»Schwester Jeannie … hat sich neu orientiert«, sagte Mrs. Snodgrass mit ihrer schrecklichen nasalen Stimme. »Und jetzt holt eure Mathehausaufgaben raus.«

Misty und ich waren fassungslos. In der Pause stellten wir alle möglichen Vermutungen an.

»Vielleicht hatte sie einen Nervenzusammenbruch?«, überlegte ich.

»Würde mich nicht wundern, mit Tater Mitchell in der Klasse«, sagte Misty und wickelte sich eine wilde Ringellocke um den Finger.

»Das hab ich gehört«, mischte Tater sich ein. Ich konnte nicht anders, als loszulachen. Sehr zu unserem Missfallen schlurfte er zu uns herüber. »Außerdem hatte sie keinen Nervenzusammenbruch.«

»Und woher zur Hölle willst ausgerechnet du das wissen?«, fragte Misty.

»Ich weiß es eben.« Unter seinem braun gestreiften, zu kurzen T-Shirt schaute ein Stück Bauch hervor. Er sah sich um und senkte die Stimme. »Sie ist durchgebrannt und hat geheiratet.«

Misty und ich brachen in Gelächter aus. »Das ist nicht lustig«, rief er. »Sie ist mit meinem Onkel Motel durchgebrannt.« Er wandte den Blick ab, hinauf zu den blau-schwarzen Wolken, die Zerstörung androhten, aber ebenso gut vorüberziehen konnten. »Er war der Einzige, der manchmal mit mir gekickt hat, und jetzt ist er weg.«

Misty und ich waren sprachlos. Warum sollte Schwester Jeannie mit jemandem durchbrennen, der Motel hieß? Aber wir fragten nicht weiter nach, denn Tater weinte jetzt leise vor sich hin. Falls er uns anlog, was er ständig tat, hatte er diese Kunstform wirklich perfektioniert.

Gloria

Das Baby kam im April. Sie nannten es Gloria, und Dad, enttäuscht, dass es eine Sie und kein Er geworden war, stritt deswegen nicht einmal herum. »Nach dem Weihnachtslied, das Ruthie und Marie so gern singen«, sagte Mom. Aber wir Kinder hatten den starken Verdacht, dass sie unsere kleine Schwester eigentlich nach Gloria Steinem benannte, dieser Frauenbewegungsfrau, deren Bücher sie immer heimlich las. Mom trug seit Neuestem nicht mal mehr einen Schleier zum Gottesdienst. Mutig. Vielleicht waren es diese Provokationen, die Dad dazu anstachelten, mitten in der Predigt von seiner Kirchenbank aufzuspringen und dem Priester eine Standpauke zu halten. Er beschuldigte einige seiner Kollegen der Ketzerei. Pater Thomas starrte ihn an, ihm fehlten die Worte, und wir anderen saßen mit glühenden Gesichtern und wie gelähmt vor Scham da. In einem katholischen Gottesdienst sollen die Gemeindemitglieder nicht mit dem Priester debattieren. Selbst Misty hätte das gewusst.

Wir hatten keinen Platz für Gloria, außer im Keller. Ich schrubbte und schrubbte, spielte Punjab aus *Die kleine Prinzessin* und versuchte, den Keller von einer feuchten, kakerlakenbelagerten Müllhalde in ein Kinderzimmer zu verwandeln, das meiner Schwester würdig war. Ich fand ein Stück pinken Flanellstoff, der sich als Matratzenbezug eignete, und geriet in Streit mit Mom, die kein Geld für weiße Farbe lockermachen wollte, um die Kommode zu streichen. »Dieses Haus ist nicht groß genug für uns beide«, schimpfte sie, aber schließlich besorgte sie die Farbe. Als ich fertig war, sah der Keller einen Tick weniger fürchterlich aus.

Chopin versuchte mich aufzuheitern. »Immerhin ist sie im Falle eines Tornados in Sicherheit.« Und wieder einmal verabscheute ich ihn dafür, dass er recht hatte.

Corpse de Ballet

Ehrfürchtig stand ich da, kurz davor, auf *eben die Bühne zu treten, auf der schon das Paris Ballet getanzt hatte*. Sie war wie das Deck eines Schiffs: der wachsige Holzboden, der runde Mopp in seinem riesigen Metalleimer und die Reihen von Seilen und Seilrollen entlang der Wände. Die Bühnencrew, hauptsächlich Jungs aus der Highschool-Theater-AG, wuselten wichtig in ihren verblichenen schwarzen Klamotten durch die Gegend wie dunkle Piraten und hissten die staubigen Vorhänge wie ein großes Segel. Mir war zuvor nicht klar gewesen, welch tiefe Wunden diese alten Vorhänge schon davongetragen hatten, als hätten sie eine Schlacht geschlagen. Mehr schlecht als recht geflickt mit Panzertape und riesigen Sicherheitsnadeln waren ihre hässlichen Narben vom Zuschauerraum aus durch die Lichteinstellungen und eine gute Portion guten Willens des Publikums praktisch unsichtbar, wie ich staunend feststellte.

»Achtung!«, warnte einer der Piraten.

»Stange kommt«, rief ein anderer und zog dabei an einem Seil, und eine riesige Leiste mit einer Reihe von Scheinwerfern senkte sich von der Decke herab. Einer der Bühnenhelfer kam mit einem Stapel kleiner transparenter Zellophan-Quadrate herbei – herzensrot, meeresblau, sonnenuntergangsorange –, »Farbfilter für die Scheinwerfer«, erklärte er. Staub wirbelte auf, als Mr. Swan eine in der Wand eingelassene Leiter emporstieg und in schwindelerregender Höhe über eine Metallplattform ging.

»Sam«, rief Mrs. Swan, die in ihren Plateausandalen, ein Clipboard gegen die Brust gedrückt, neben der Tonanlage stand.

»Was ist? Ich bin auf der Galerie.«

Sie schirmte ihre Augen ab und schaute nach oben ins

Licht, wie ein Matrose, der Ausschau nach Land hält. »Ich hab dir doch gesagt, du sollst dich um den Soundcheck kümmern.« Sie war zweifellos die Kapitänin dieses Schiffs. Gemeinsam mit zwei Crewmitgliedern öffnete sie einen formidabel riesigen Karton, nach dem mich sofort ein großes Verlangen packte, den ich besitzen und zu einem Raumschiff oder einem Spielhäuschen verbasteln wollte. Sie zogen das größte Stück Leinwand daraus hervor, das ich je gesehen hatte, und falteten es viele Male auf, bis es die gesamte Fläche der Bühne einnahm. Es war die gigantische Abbildung einer sich aufrollenden amerikanischen Flagge vor einem Feuerwerk, clever in denselben fiebrig-süßen Farben gestaltet wie das Reich der Zuckerfee im *Nussknacker*.

»Los, hängen wir die Kulisse auf«, befahl Sylvia Swan, woraufhin eine weitere Leiste von der Decke herabgeflogen kam und der Stoff mit Hunderten kleinen Schlaufen daran festgebunden wurde. Als sie damit fertig waren, wurde die Leiste wieder in die Lüfte gezogen, und das ganze Schiff ächzte und erwachte zum Leben.

Die Eingeweide der Bühne formten ein eigenes skelettartiges Universum des So-tun-als-obs, nichts als hübsche Täuschung und geschickte Trickserei. Glamourös war sie nicht gerade, aber gewaltig in ihren Möglichkeiten, Illusionen hervorzubringen. Sie roch nach heißem Staub und vergilbten Leinwänden, nach Bleiisolierungen und altem Schweiß. Es gab keine Fenster, keinen Himmel, weder Tag noch Nacht; die normale Zeit war hier ausgesetzt. Ich stand wie angewurzelt an der Tür zum Backstagebereich, eine blinde Passagierin, ein Geheimnis in einer geheimen Welt. Auf dem Boden vor mir schimmerte eine einzelne Paillette auf Abwegen. Golden. Und dann überkam mich, mit der übermenschlichen Lautstärke, für die ich bekannt war, ein Niesanfall.

Sylvia Swan fuhr herum. Sie kniff die Augen zusammen. »Marie, was machst du denn schon hier?« Ich umklammerte die pinke Wolke, die mein Kostüm war, schob meine Brille hoch und machte einen Schritt nach vorn auf die Bühne. Sie musterte mich. »Was ist mit deinen Haaren passiert?«

»Kaugummi.« Plötzlich fühlte ich mich wesentlich jünger als meine elf Jahre. »Mom hat den Erdnussbuttertrick ausprobiert. Hat aber nicht funktioniert. Deshalb hat sie mir einen Stufenschnitt verpasst.« Schweigen. Ich musterte meinen Schuh. Im heißen Licht der Scheinwerfer lebte der Erdnussbuttergeruch wieder auf; für eine Dusche hatte ich keine Zeit mehr gehabt. »Sie wissen schon, Stufen sind jetzt in Mode?«

»Aber klar«, antwortete sie und fing sich. »Das weiß ja jeder. Stufen sind … der letzte Schrei. Warum setzt du dich nicht in den Zuschauerraum, bis wir mit der Bühne fertig sind. Hier, nimm dir ein Programmheft.«

Ich setzte mich in die erste Reihe und hasste mich selbst.

»Aha, interessantes Thema: ›United States of Dance‹«, sagte Chopin. So wie er mit dem Programm raschelte, wusste ich sofort, dass er nicht viel davon hielt. »Und hier steht euer Tanz. Ah, *bien*. Ein ordentlicher französischer Titel.«

»Zeig mal.« Ich riss ihm das Programm aus den Händen. Die Neugier siegte für einen kurzen Moment über meinen Selbsthass. »›*Corpse de Ballet*‹«, las ich laut. »Was für ein saudummer Titel soll das denn sein?« Ich konnte mir nichts weniger Romantisches vorstellen.

»Nicht *corpse* wie Leiche«, rügte er und zupfte an seiner Frisur herum, »obwohl das natürlich nicht allzu fern läge.« Er räusperte sich. »Man spricht es ›cohr‹ aus. Das bedeutet Körper. Der Leib des Balletts.«

Enttäuschung blühte in meiner Brust auf. »Der Leib des Balletts?« Das erinnerte mich daran, wie Pater Thomas immer »Der Leib Christi« sagte, bevor er mir die Heilige Kommunion auf die Zunge legte. »Was soll das denn schon wieder?«

»So bezeichnet man die Ballerinen im Hintergrund, die alle die gleiche Schrittfolge tanzen«, erklärte er. »Es gibt die Solisten, die Demi-Solisten und den *corps de ballet*.«

»Na toll. Der Name von meinem Tanz bedeutet, dass ich im Hintergrund stehe und die zweite Geige spiele. Ich könnte also genauso gut eine Requisite sein.«

»Jetzt zieh nicht so ein Gesicht. Sei froh, dass du es besser hast als Emma Livry.«

Düster stützte ich mein Kinn auf. Super. Schon wieder eine Geschichtsstunde.

»Emma war eine von Marie Taglionis Lieblingstänzerinnen, die letzte der großen Ballerinen der Romantik. Aber heutzutage erinnert man sich an sie unglücklicherweise nur als die Tänzerin, die in den Flammen starb, nachdem ihr Tutu sich an den Gaslampen entzündet hatte, und nicht als die außergewöhnliche Solistin, die sie war.«

»Gaslampen?«

»*Oui*. Was hast du denn geglaubt, wie Bühnen vor der Erfindung der Elektrizität beleuchtet wurden?«

»Ich weiß nicht, hab ich noch nie drüber nachgedacht. Aber danke, dass du mal wieder einen Lichtblick in mein Leben bringst, du Stinkstiefel.«

»Seitdem wurden am Bühnenaufgang immer nasse Decken bereitgehalten.« Er schnipste sich eine Fluse vom Rockaufschlag. »Erst mal muss man im *corps de ballet* tanzen, später kann man Solistin werden. Sogar ich musste zunächst die Regeln der Technik erlernen, bevor ich sie brechen konnte.« Er beugte sich zu mir und zupfte mir ein Stückchen Erdnuss aus den Haaren. Mom hätte wohl besser die cremige Variante verwenden sollen. »Betrachte es einfach als deinen ersten Schritt auf dem Weg zu etwas Großem.«

Der erste Schritt von tausendmillionen, schätzte ich.

Ode an die Disko

Die Yankee-Doodle-Mädchen salutierten und steppten mit knirschendem Popcorn und Cheetos unter den Sohlen durchs Klassenzimmer, das uns als Garderobe diente. Die alles andere als liebenswürdigen Anyone-for-Tennis-Mädchen beschmutzten ihre schlichten weißen Kleider mit dem Einheitsgrau des Klassenraumdrecks und schlugen mit ihren Tennisschlägern nacheinander. Die Car-Wash-erinnen, älter und weiser in ihren weißen Hosenanzügen mit Schlag, wedelten sich gegenseitig ihre Wischlappen ins Gesicht und stibitzten sich die Schirmmützen. Und die schleifchengeschmückten Good-Ship-Lollipops lösten eine Kettenreaktion von Heulkrämpfen aus. Das alles war ganz schön überfordernd, und ich wünschte, Misty wäre im Publikum. Aber sie war weit weg in Berlin, irgendwo bei Horse Branch, wo sie ihre Elvis-Nummer bei einer Talentshow vorführte.

Nach dem Eröffnungsstück zu Chics »Dance, Dance, Dance« führte uns eine der vielen eifrigen Mütter zum Bühnenaufgang, und wir warteten still und voller Angst in den Seitenbühnen und beobachteten das Geschehen. Als Erstes wurde »Rhinestone Cowboys« gespielt, aber die Tänzerinnen waren als Cowgirls verkleidet. Dann »Bad Leroy Brown« mit dem Hüftgewackel und den langen weißen Fransen und dem Wort *»damn«*, das für Dad, so befürchtete ich, ein Grund wäre, mich aus der Tanzschule zu exkommunizieren. Dann »Autumn Leaves«, zu dem die Gruppe bunte Leibchen mit aufgestickten Ahornblättern aus Silberpailletten trug, die sie eindeutig kanadisch aussehen ließen. Falls das eine Taktik war, um von den Beinen der Tänzerinnen abzulenken, hätte es um ein Haar funktioniert.

Dann erleuchtete ein einzelner Spot die Bühne: Sylvia Swans Solo. Sie tanzte zur Disko-Version des *Star-Wars-*

Soundtracks, und die Nummer war von vorne bis hinten Glitzer und galaktischer Funk. Sie trug ein weißes, hochgeschlitztes Kleid, einen silbernen Gürtel und silberne, hochhackige Stiefel, und ihr Haar war zu zwei Prinzessin-Leia-Knoten hochgesteckt. Sie wirbelte und kickte, ging zu Boden, ihre Hüften geschmeidig und schlängelig: ein Disko-Traum. Mit offenen Mündern und hungrigen Augen standen wir in unseren schmuddeligen rosa Tutus am Bühnenrand. Bis auf die verbotene Tanzsendung *American Bandstand* hatte ich in meinem Leben noch nie etwas so Fantastisches gesehen. Schon gar nicht in Roanville, Kentucky, und ich bezweifelte, dass es irgendjemandem im Saal anders ging. Während des gesamten Auftritts fing Mrs. Swans Überschall-Hochfrequenz-mega-cool-Lipgloss das Licht ein, sodass ihre perfekten Zähne von einem ebenmäßig schimmernden Lächeln eingerahmt wurden.

Als wir an die Reihe kamen, brachte ich keinen zusammenhängenden Gedanken zustande, wohl wissend, dass Dad Sylvia Swan jetzt auf die Liste der verlorenen Seelen setzen würde, für die wir beten mussten. Ich kniff die Augen zusammen und suchte nach dem kleinen, im Dunkeln leuchtenden X, das sie an unser aller Positionen aufgeklebt hatte, nahm meinen Platz ein und erzitterte, als die Lichter angingen und mich blendeten. Wo ich das Publikum vermutete, gähnte nur ein dunkler Schlund, milchig-trüb durch die Scheinwerfer und verschwommen, weil ich meine Brille nicht trug. Meine neue Frisur hing mir kitzelnd ins Gesicht und machte das Ganze auch nicht besser. Ich verspürte dasselbe Gefühl wie in meinen Träumen von der Apokalypse, das Gefühl, dass das Ende bevorstand.

Aber ich fiel nicht von der Bühne. Ich vergaß keinen meiner Schritte, und mein Tutu rutschte nicht herunter. Tatsächlich passierte etwas viel Schlimmeres: nichts. Wegen meiner Orientierungslosigkeit im Raum und mangelndem Selbstbewusstsein legte ich eine absolut mittelmäßige Leistung hin – lieber wäre ich in Flammen aufgegangen. Wie immer hob ich bei der *attitude* das falsche Bein. Ich glitt einmal aus, als wir in die V-Formation trippelten. Zwischendurch lächelte ich sicherlich auf eine Art und Weise, die an einen wahnhaft fröhlichen Androiden erinnerte. Am Schluss machte ich einen hastigen Knicks, und dann rannte ich mit den anderen von der Bühne. Es war vorbei, bevor ich überhaupt irgendetwas davon hätte wahrnehmen können. Es fühlte sich nicht grandios an. Es fühlte sich völlig gewöhnlich an.

In der Garderobe suchte Chopin nach Worten. »Nun, du hast getanzt«, sagte er. »Das nächste Mal wird besser. Nehme ich an.« Dann überreichte er mir ein Veilchen und verbeugte sich. »Das ist für dich. Ein kleines Wunder, die beste Art von Wunder.«

»Danke.« Ich streckte die Hand nach dem lila Blümchen aus. »Wenn Dad die Hula-Babys sieht, habe ich ein Wunder bitter nötig.« Sobald wir uns beim Schlussapplaus noch einmal alle verbeugt hatten, legte ich mir eine Strategie zurecht und rannte raus ins Foyer zu meiner Familie.

»Marie, du bist ein Star!«, sagte eine Frau, deren Stimme mir bekannt vorkam, die ich aber nicht zuordnen konnte. »Ich bin's, Schwester Jeannie.«

»Oh ... Sie sehen so anders aus. Ich habe Sie gar nicht erkannt«, stammelte ich.

»Ja, das höre ich jetzt oft. Ohne das Ordensgewand bin ich ein neuer Mensch.« Aber daran lag es gar nicht. Schwester Jeannie war ... wunderschön. Sie trug ihr dickes Haar offen und gewellt. Ihre Haut war rein und leuchtete, sie trug keine Brille mehr, und ihre Lippen glänzten im perfekten Pinkton. Sie trug eine weiche, pfirsichfarbene Hose und hohe Schuhe.

Ich wusste nicht, was ich sagen sollte. »Wir vermissen Sie«, nuschelte ich.

Sie umarmte mich. »Ich weiß, ich vermisse euch auch.«

»Haben Sie wirklich geheiratet?«

Als Antwort zeigte sie mir ihren Ring. »Manchmal ist das Falsche zu tun letzten Endes genau das Richtige«, sagte sie.

Ich nickte und wünschte, ich verstünde. »Ich habe immer noch Ihr Ballettbuch.«

»Ach, behalt es einfach. Das schenke ich dir als angehende Ballerina.« Und dann machte sie eine *révérence* und verschwand. Misty würde mir kein Wort glauben.

»Du warst toll!« Mom drückte mich mit ihrem freien Arm an sich. Im anderen hielt sie Gloria, die an ihrer Schulter schlief.

»Mom, guck mal, da drüben steht Schwester Jeannie.«

»Sieht die glücklich aus, ich hätte sie gar nicht erkannt«, antwortete sie und flüsterte dann: »Erzähl das lieber nicht deinem Vater.«

»Waren die Music Box Dancers nicht toll?«, rief ich ihm stattdessen zu, in der Hoffnung, das Karussell, auf dem Channing sich im Kreis gedreht hatte, könnte vielleicht sein technisches Interesse geweckt haben.

Er reichte mir eine von Moms selbst gebastelten Papierrosen und gab mir einen seiner erdrückend feuchten Küsse auf die Stirn. »Wir reden später darüber.«

Aber auf dem Nachhauseweg herrschte undurchdringliches Schweigen. Niemand sagte auch nur ein Wort. Ruthie war bestimmt einfach eifersüchtig, und sie tat mir leid, weil sie nicht auch bei einer so großen, schrillen Show hatte mitmachen können. Doch auch die anderen schwiegen, kein Streit, nicht einmal ein Gebet. Die ungewohnte Stille wog schwer auf meiner Brust. Was war aus unserem üblichen Chaos geworden? Dieses ominöse Schweigen machte mich misstrauisch. Keine Neuigkeiten hieß nicht unbedingt gute Neuigkeiten, und mir graute davor, den Grund dafür herauszufinden.

Tabak-Toccata

»Obszönitäten in einer Kinderaufführung!«, brüllte Dad am nächsten Tag beim Frühstück. Bad Leroy Brown. Ich hatte es gewusst! Er erklärte, dass meine Seele in Gefahr sei, wenn ich mit dem Tanzen weitermachte, dass diese knappen Kleidchen mich für immer verderben würden. Deshalb würde ich von nun an nicht mehr in die Tanzschule gehen.

»Ich bete für die anderen«, bemühte ich mich, zu verhandeln. »Ich werde die knappen Kleidchen gar nicht angucken und Mrs. Swan sagen, dass ich nur anständige Kostüme trage, und ich kann ein gutes Vorbild für die anderen sein.« Ich weinte, ich versuchte alles. Schließlich gaben meine Eltern zu, dass da noch etwas anderes, Wichtigeres war, abgesehen vom Aspekt der Sünde.

»Ich habe meinen Job verloren.« Dad schien am Rande der Verzweiflung.

Ich fragte mich, ob das nach seiner Schimpftirade in der Kirche ein paar Wochen zuvor wirklich so überraschend war. Aber was auch immer der Grund für seine Entlassung gewesen war, ich wusste, dass es für meine Eltern nun sehr viel dringlichere Sorgen gab als meinen Ballettunterricht. Essen zum Beispiel. Oder die Raten für unser blödes hässliches Haus mit dem Dachboden-Schlafzimmer, das kein bisschen so war wie das bei der *Kleinen Prinzessin* – es würde niemals fertig oder sauber oder heiter sein. Die Böden würden immer halb nackt und das Sperrholz immer unbemalt bleiben, und die rosa Isolierung aus Glaswolle würde dort, wo sie den Tackerklammern entwischte, immer strähnig von der Decke baumeln.

Ich wollte nicht jammern, aber ich konnte die Wörter, die in atemlosem Protest aus mir herauspurzelten, nicht zurückhalten. Meine Stimme war ganz zittrig und hoch. »Aber man soll Gott doch durch Tanz preisen! Und was ist mit dem Philipperbrief 4,8: ›Schließlich, Brüder: Was immer wahrhaft, edel, recht, was lauter, liebenswert, ansprechend ist, was Tugend heißt und lobenswert ist, darauf seid bedacht!‹«

Es war sinnlos, sich mit Dad auf einen Wettstreit einzulassen, wenn es um Bibelzitate ging. Er würde immer als Sieger hervorgehen. »›Der Mensch lebt nicht vom Brot allein‹«, sagte er und hob ein Stück Toast in die Luft, »außer, er hat kein Brot.«

Die ganze Zeit über, während ich den Berg schmutzigen Frühstücksgeschirrs abtrug, bahnten kitzelnde Tränen sich ihren Weg unter meiner Brille hervor und meine Nase entlang. Der Wunsch, wohin auch immer abzuhauen, brannte in meinem ganzen Körper. Die Sehnsucht, Ballett ausprobieren zu dürfen, was das Eine gewesen, aber es jetzt wieder aufgeben zu müssen, war das Allerschlimmste. Schlimmer als eine Tracht Prügel von Dad. Schlimmer als damals, als mir eine Tasse kochend heißer Schokolade umgekippt und auf den Oberschenkel getropft war. Schlimmer, als Misty zu verlieren. Diese Art von Pein bedeutete völliges Alleinsein, gab mir das Gefühl, unwirklich zu sein, als hätte ich zu viele Luftballons aufgepustet und wäre dadurch ganz schwindelig und ruhelos geworden, mehr Geist als Mensch. Wie Chopin.

»Seltsam, wie die Einsamkeit einem beinahe zur Gefährtin werden kann«, versuchte Chopin mich zu trösten. »Eine Präsenz, die nur durch Abwesenheit entsteht. Eine Materie, durch die du dich zu bewegen lernst und die schließlich dich bewegt.« Ich hatte keine Ahnung, was er mir sagen wollte, aber ich unterbrach ihn nicht, ließ mich von seinen Worten einhüllen, wie ich mich auch von seiner Musik einhüllen ließ. Und ich hörte das Prélude Nr. 11, ein schmerzhaft schönes kleines Stück, das sich in mein Herz senkte und weh- und wohltat.

Dad suchte und suchte nach einer neuen Stelle, den ganzen

Juni und den ganzen Juli über. Dann fand er einen Aushilfsjob in einer Tabakfabrik. Die Arbeit war eine Plackerei, und er packte nicht nur das selbst gebackene runde Brot mit dem Lebensmittelmarkenkäse in seine Frühstücksdose, sondern auch seine ganzen Karteikarten mit den Notizen, wie man ins Himmelreich gelangte. Danach vergingen weitere arbeitslose Wochen; es war ein hässlich heißer Sommer. Baby Gloria weinte wegen ihres Hitzeausschlags, und Mom sah ganz verwelkt aus. Sie bastelte keine Puppen, machte keine Bauchmuskelübungen und kämmte sich auch nicht die Haare. Sie saß am Küchentisch, trank kalten Kaffee, stillte das Baby und spielte das Bobby-Vinton-Album *Blue Velvet* in Dauerschleife, weil ihr das, wie sie sagte, ein kühleres Gefühl gab. In »Melody of Love« sang Bobby teilweise auf Polnisch, was ihm den Spitznamen »Der polnische Prinz« eingebracht hatte. Chopin konnte das kaum ertragen. Jedes Mal, wenn Mom die Bobby-Vinton-Platte auflegte, verdrehte er die Augen und schüttelte den Kopf – das hatte er sich eindeutig von Ann abgeguckt.

Ich übte mit meinem Tutu im Garten, bis mich Vicki, die pausenlos bettelte, es auch einmal anprobieren zu dürfen, vertrieb. An meiner Stange oben auf dem Dachboden machte ich so viele *grand battements*, dass ich, auch wegen der Hitze, in Ohnmacht fiel. Ich fiel wirklich in Ohnmacht! Mit einem feuchten Handtuch auf dem Gesicht lag ich auf dem Sofa, und der Ventilator im Fenster pustete Luft in meine Richtung, die sich anfühlte wie heißer Atem. Mom sagte: »Nicht einschlafen. Vielleicht hast du eine Gehirnerschütterung.« Meine Augenlider waren von innen rot und heiß.

Rot hatte ich an dem Weihnachten kennengelernt, als ich zwei war: die Kugeln am Baum, die Lichter, das Sofa, Anns Rock, Lukes Cowboyhut – selbst die Fotos hatten sich rot entwickelt. Ein phosphoreszierendes Rot, das nur in Träumen oder lange zurückliegenden Erinnerungen existierte. Abgesehen vom heiligen Rot: Jesus in seinen Buntglas-Gewändern, das blutige Herz Jesu an der Wohnzimmerwand. Die Farben um das Rot herum verwandelten das Rot selbst; was das Rot umgab, war fast ebenso wichtig wie das Rot an sich.

Das gelte auch für die Musik, meinte Chopin. »Eine Note für sich genommen ist keine Musik: Die anderen Noten um sie herum verleihen ihr Farbe und Bedeutung.« Nehmen wir zum Beispiel Blau. Die Wohnzimmerwand war blau, eine wohnlich-weiche, beinah graue Farbe. Am Veloursessel waren noch immer Spuren des einst leuchtenden Blaus zu sehen. Die Rüschen an den Küchenvorhängen hatten eine Art künstliche Zu-schön-um-wahr-zu-sein-Blauschattierung. Und dann gab es noch das Blau von Rotkehlcheneiern, vom Himmel, von Rosenkranzperlen, von Augen, Vögeln und Stimmungen, und jedes von ihnen ließ das Rot röter erscheinen, hob es hervor und ließ es die Führung übernehmen. Alles hängt von allem ab.

»Und deshalb ist meine Musik lila«, erklärte Chopin. »Verstehst du nicht? Lila: bestehend aus rotem Zorn und blauem Geflüster. Das eine ist ohne das andere nicht möglich.« Ich schloss die Augen und lächelte das Lächeln der frisch Gehirnerschütterten. »Und deshalb bin ich nicht wie Mozart. Mozart ist ein Genie, aber manchmal so fürchterlich gelb. Werd bloß nicht gelb.« Er hielt inne. »Ich weiß, du wirst nicht gelb werden.«

In Ohnmacht zu fallen war ein ganz neuer Kick, und trotz des Gänseeis an meinem Hinterkopf versuchte ich tagelang erfolglos, ihn zu reproduzieren.

Mitte August bekamen wir endlich unsere Essensmarken und feierten das gerade mit Eis in der Waffel im Garten, als das Telefon klingelte. »Marie«, sagte Sylvia Swan. Ihre kühle Stimme, ihr sinnlicher Lipgloss, ihr magisches Alles! Ich wäre um ein Haar in Tränen ausgebrochen. »Genau mit dir wollte ich sprechen.«

Später im Spielhäuschen trällerte ich Misty vor: »Du wirst es nicht glauben: Ich habe einen Job! Ich putze Sylvia Swans Tanzschule und darf dafür bei den Ballettstunden mitmachen. *Und* bekomme drei Dollar die Stunde!«

»Heiliger Hundehaufen! Und das hat dein Vater erlaubt? Wie hast du das denn hingekriegt?«

»Na ja, er weiß noch nichts davon«, gab ich zu. »Darum kümmere ich mich später.«

»Und du wirst es auch gleich nicht fassen: Ich hab nämlich die Memphis-Talentshow gewonnen, und jetzt darf ich in der *Gong Show* auftreten!«

»Ach du Scheiße!«, sagte ich. »Wann läuft die Sendung?«

»Keine Ahnung«, antwortete sie. »Erst mal muss ich zum Casting. Wenn wir das Geld dafür zusammenhaben.« Wir schlangen unsere Arme um die Knie und legten das Kinn darauf ab, als könnten wir so unser Glück daran hindern, uns zu entwischen.

Schlaghosen in B-Moll

»Du wirst zehn Prozent deines Einkommens an die Kirche spenden, und den Rest nehmen wir für Lebensmittel«, verfügte Dad. »Und du wirst ausschließlich Ballett tanzen, nichts anderes.« Sylvia Swan hatte mir schon ein Paar rot glitzernder Steppschuhe gezeigt, die ich tragen sollte, wenn ich im Steppunterricht aushalf. Was er nicht mitbekam, konnte mir nicht schaden.

Ich hasste Schwester Mary Margaret vom ersten Schultag der siebten Klasse an, und ich vermisste sogar Tater, der sitzen geblieben war, ein klitzekleines bisschen. Misty und ich aßen gemeinsam in der Cafeteria, nachdem ich den demütigenden Gang zur Theke mit meinen pinken Essensmarken hinter mich gebracht hatte. Aber nichts davon war wirklich wichtig: Ich hatte einen Job, ich konnte wieder Ballettunterricht nehmen, und Misty und ich waren froh, uns an der Mater Dolorosa wiederzusehen.

Nach der Schule lief ich voller Stolz zu meinem neuen Arbeitsplatz, wo ich an den Spiegeln herumwischte und -wischte, bis Sylvia Swan sagte: »Ach, Schätzchen, du kannst ruhig mehr als ein Papiertuch verwenden.« Ich goss die Pflanzen mit der schwanenförmigen Kanne und half ihr dann mit den kleinen Kindern. In der Turngruppe unterstützte ich sie beim Handstand und stupste ihre Körper sanft in den Rückwärtsüberschlag. In der Ballettstunde versuchte ich, die *pliés* und *tendus* und *relevés*, die Sylvia Swan ihnen beibrachte, so perfekt vorzutanzen wie möglich. Obwohl ich die Schülerinnen, selbst für kleine Kinder, ganz schön tollpatschig fand. Im Steppunterricht band ich Schuhe, wischte Nasen ab, begleitete Toilettengänge und lernte ganz nebenbei: *shuffle, ball change;* und meine geliehenen Glitzerschuhe hinterließen eine Spur Sternenstaub auf dem Linoleum.

Nach dem Kurs saß ich mit Chopin auf einem Stapel Turnmatten. »Auch ich habe damals Schüler unterrichtet, um meine Kunst finanzieren zu können. Aber *Stepptanz*?« Er war skeptisch. »Das kann doch nicht dein Ernst sein.«

»Sei nicht so engstirnig, du alter Sack«, ermahnte ich ihn. »Du weißt ja nicht mal, was Stepptanz eigentlich ist. Den gab es doch zu deinen Lebzeiten noch gar nicht.«

»Ich habe nicht über den Tanzstil geurteilt, sondern über dein kompliziertes Verhältnis zum Konzept Rhythmus.«

»Das sagt der Richtige! Deine Musik schwankt innerhalb von Sekunden zwischen Schnarchkonzert und manischer Episode.«

Als Nächstes lernte ich einen Jazztanz zu »You're the One That I Want« aus dem Film *Grease*, den ich natürlich niemals würde schauen dürfen, weil er erst ab dreizehn empfohlen war. Aber zu meiner Verblüffung hatten alle Mädchen in meiner Gruppe den Film geguckt: Bonnie und Dana und Channing, sogar Holly. Familien, die Gott gemeinsam preisen, halten zusammen wie Eisen, sagte man so schön. Aber was bedeutete das für Familien, die gemeinsam *Grease* schauten? Doch alle meine Bedenken wurden von Jazz Squares und Lindys und von Sylvia Swans schwarzer Schlaghose rasch beiseitegewischt. Wenn Olivia Newton John »oh, oh, oh!« sang, machten wir mit unseren Hüften bäm! bäm! bäm! und streckten die Daumen vor wie sexy Tramperinnen. Ich konnte nicht fassen, dass ich mit diesem ungeheuerlichen Verhalten ungestraft davonkommen würde. Halb hatte ich erwartet, sofort in Flammen aufzugehen; ich wusste, ich würde ohne Umwege in die Hölle kommen, und war überrascht, wie gut sich das anfühlte.

Ich büßte in meinen Albträumen dafür, in denen meine ganze Jazzgruppe vor dem Jüngsten Gericht zu ewigem Inferno verurteilt wurde – nicht nur zum »Disco Inferno«, von dem die Trammps sangen. In diesen Träumen trugen wir immer die Jumpsuits vom »Bad-Leroy-Brown«-Auftritt im Jahr zuvor, und die Bitten und Wehklagen und das Zähneknirschen wurden durch das Rascheln der weißen Fransen nur unterstrichen. Wütende Tornados verfolgten uns, wo wir auch hingingen, und Wirbelstürme und riesige Feuerwälle und Erdbeben, bei denen der Boden aufriss und uns verschluckte, und Angriffe der Kommunisten – alles, um uns zu prüfen und zu verdammen und zu vernichten.

Ich goss die Pflanzen.

Ich wischte die Böden.

Ich polierte die Spiegel, deren Einzelteile durch Fugen voneinander abgetrennt waren. Wenn ich auf der einen Seite der Fuge stand, sah ich dürr aus, wenn ich auf der anderen Seite stand, war ich plötzlich doppelt so breit. Ich fing an, meinem eigenen Spiegelbild zu misstrauen, und vermied fortan Risse, ob in Spiegeln oder auf Gehsteigen. Channing verschüttete ihre Cola und bat mich höflich, sie aufzuwischen. Gebraucht zu werden konnte einem ein Gefühl von Wichtigkeit geben, aber auch das Gefühl, eine Bedienstete zu sein. Ich würde jedoch nicht lange die Einzige mit hausmeisterlichen Pflichten bleiben.

Sedan sforzato

Arbeitsjeans von Kmart traten an die Stelle seiner Anzughosen, und bis er sich Arbeitsschuhe leisten konnte, trug er erst einmal seine alten, zweitbesten Schuhe mit Flügelkappe. »Das macht mir nichts aus. Wir alle müssen unser Kreuz tragen und dem Herrn nachfolgen. Und jetzt gerade zeigt sich die Liebe zu unserem Vater im Himmel eben darin, Mülleimer zu leeren und Böden zu wischen – und die Liebe zu euch Kindern, natürlich.« Mein Vater, der ehemalige College-Professor, packte seine Edelstahlbrotbox ein und brach zu seinem neuen Job als Nachtwächter und Hauswart bei einem Geschäft für Landwirtschaftsbedarf auf.

Das Radio schwieg, und wir spürten Dads freudiges Märtyrertum selbst dann, wenn er schlief. Gewichtig und doch geistergleich waberte es durch die Zimmer wie böse Engel, und Mom zündete, obwohl es mitten am Tag war, die übrigen lila Kerzen aus der Adventszeit an, um das Haus zu reinigen. Ann, die nichts außer ihrer Musik mochte, konnte tagsüber nicht mehr Geige üben, weil Dad uns umgebracht hätte, wenn wir ihn aufgeweckt hätten, falls Mom ihm nicht zuvorgekommen wäre. Obwohl sie zu dieser Zeit eher nicht in mörderischer Stimmung war. Sie stand an der Spüle und spülte nicht ab, starrte nur aus dem Fenster. Wohin? Hinüber zu den Mayhews? Zu ihrem Sendemast? Die ganze Zeit hielt sie Gloria auf dem Arm, damit die nicht unruhig wurde.

Eines frühen Oktoberabends, ich war gerade auf dem Heimweg von Sylvia Swan, hielt ein seltsames Auto neben mir. Beunruhigt beobachtete ich, wie die getönte Scheibe heruntergliitt, geschmeidig und gleichmäßig, wie es nur elektrische Fenster können. Channings Mutter streckte den Kopf heraus. »Sollen wir dich mitnehmen?«

Ein Auto wie dieses hatte ich noch nie gesehen, und ich

begriff sofort, dass Luxus in den Details lag. Das Grau dieses Fahrzeugs war nicht langweilig und pragmatisch, vielmehr lehrte es mich, welch unendliche Möglichkeiten in der Farbe eigentlich steckten. Mrs. Churchill winkte mich mit der langen, schlanken Zigarette in ihrer Hand heran, völlig nonchalant und natürlich, als hätte sie das Rauchen gar nicht nötig. Zumindest nicht so wie Cindy.

»Steig ein«, rief Channing. Ihr Gesicht war so selbstbewusst und frisch wie eine Werbung für Cold Creme. Ich schob mich auf den Rücksitz, und unter mir flüsterte das Leder, das weicher war als alles, was ich je gespürt hatte. Ich strich mir eine freche Strähne aus den Augen und stellte meine selbst genähte grüne Tasche auf meine kaputten Turnschuhe.

»Wo wohnst du?«, fragte Mrs. Churchill, während sie das Auto sanft zurück auf die Straße lenkte. An ihrer Zigarette klebte roter Lippenstift.

»Warsaw Street, am Ende der Frederick«, sagte ich.

»Ach, schön. Wir wohnen im Meredith Drive«, bemerkte Channing höflich. Das war die Straße, in der Dad nach kostenlosem Feuerholz fragte, wenn die reichen Leute ihre Bäume beschneiden ließen. Ich war ein- oder zweimal dabei gewesen. Was, wenn die Churchills mich wiedererkannten?

»Und was macht dein Vater?«, fragte Mrs. Churchill. Sie lächelte mir im Rückspiegel zu. Grübchen. Ihre perfekten Augenbrauen hoben sich in ehrlicher Neugierde über den Rand ihrer riesigen Sonnenbrille.

»Er ist … Professor«, flunkerte ich.

»Ach, wie toll«, sagte sie mit schmachtender Stimme.

»Nicht nur irgendein Professor. Er ist Privatdozent«, stellte ich klar.

»Aha. Und was lehrt er?«

»Äh … Theologie.«

»Mein Dad ist Arzt«, sagte Channing. »Gyn, um genau zu

sein.« Ich nahm an, dass das etwas mit Zähnen zu tun hatte. Klang nach Mundspülung.

Das Auto glitt die Straßen entlang am Kmart und am Rexall und am Künstlerbedarf vorbei, eine güldene Ewigkeit lang. Die Fußmatten waren dick. Das Armaturenbrett holzgemasert. Das Radio funktionierte nicht nur, es war *digital.* Mir fiel nichts zu sagen ein. Dann bog Mrs. Churchill endlich in unsere Einfahrt. Da stand der rostige Sendemast der Mayhews. Unsere Fahnenstange war nackt; Luke musste die Flagge schon für die Nacht eingeholt und zusammengelegt haben, Ecke auf Ecke, wie Dad es ihm gezeigt hatte. Die Tür klapperte sanft in der Brise, das Fliegengitter davor war gerissen und rostig. Die rote Farbe auf den Stufen war verblasst und blätterte ab. Ganz offensichtlich, wurde mir klar, lag auch Armut in den Details. Aber Channing achtete gar nicht auf die Details, sie starrte das *Tut-Buße-Das-Himmelreich-naht!*-Schild an. Mein Gesicht ging in Flammen auf. Jemand hatte sich schwer auf meiner Brust niedergelassen.

»Na dann, danke schön!«, schrie ich nach vorn zu Mrs. Churchill und stürzte mich auf den Türgriff, schaffte es aber nur, den Knopf zu erwischen, mit dem man das Fenster herunterließ. Channing saß da und blickte immer noch auf das Schild, und Mrs. Churchill gab mir Anweisungen: »Du musst nur den Griff nach unten drücken«, aber ich hatte die Tür versehentlich verriegelt und war eingesperrt und fummelte an all den Knöpfen herum. Luke watschelte in seiner zerbeulten Kordhose heraus in den Vorgarten und stierte das Auto mit offenem Mund an. Sein Haar war wild zerzaust. Mein Hals zog sich vor Panik und Scham zusammen, als Channing ausstieg und mir wie eine Chauffeurin in perfekt sitzenden Jeans die Tür öffnete.

»Wir sehen uns beim Ballett, Marie.«

Ich stolperte die Stufen hoch, während der Luxus-Sedan ausparkte, davonfuhr und alles, was auf seinem Weg lag, mit einer frischen Wolke Neid verpestete. Chopin kam mir nachgerannt und setzte sich zu mir ans Bett. »Tut mir leid, dir das sagen zu müssen, aber Neid gehört auf dem Gebiet der Kunst einfach dazu.«

Mir war gar nicht nach einem seiner Vorträge zumute. Ich seufzte. »Das wirst du mir bestimmt gleich näher erklären.«

»Es geht nicht nur darum, zu begehren, was jemand anders hat oder ist, es ist auch das tiefe Bedürfnis, loszuwerden, was man selbst hat oder ist – Verlangen gepaart mit Unzufriedenheit. Eines Tages wird diese Kombination dir dabei helfen, tiefgründige und komplexe Kunst zu erschaffen, aber sie kann auch dein Herz vergiften, wenn du es zulässt. Inzwischen schäme ich mich, welchen Luxus ich einst für erstrebenswert hielt – die Veilchensträuße, die tadellos maßgeschneiderten Anzüge, die Zylinder.« Er schloss die Augen und atmete tief ein. »Ach, wie diese Zylinder sich angefühlt haben.« Er schüttelte den Kopf. »Dein Vater sagt immer, du sollst Gott zu Ehren leiden, nicht wahr? In gewisser Weise hat er recht. Nur würde ich sagen: Leide der Kunst zu Ehren. Das ist edles Leid.«

»Das interessiert mich nicht. Ich will einfach nur jemand anders sein. Egal wer.«

»Ach, da spricht nur wieder der *żal* aus dir. Den hast du von mir, das ist ansteckend. Sicher, dass du nicht doch Polin bist? Wie dem auch sei, du kannst dir dein ganzes Leben lang wünschen, normal zu sein, aber dafür bist du einfach nicht geschaffen. Durchschnittlichkeit ist der Feind. Außerdem ist es zu spät. Du bist längst krankhaft interessant.«

»Du klingst schon wie Dad. Der sagt immer, wenn wir nicht auffallen, heißt das nur, dass wir zu weltlich sind und Gott hintergehen.«

»Nun ja, das ist wohl alles eine Frage der Betrachtungsweise. Gewissenmaßen war ich auch einfach nur ein gewöhnlicher Mensch mit schwerem Gemüt und einem Talent, auf die mir eigene außergewöhnliche Art Klavier zu spielen. Lies *Friedrich Chopins Gesammelte Briefe*, dann wirst du schon sehen, was ich meine. Lauter Makel, Gegensätze, Egoismen jeder Art. Ich war ein Snob, ich gebe es zu.«

»*Quoi?!*«

»Und zudem manipulativ. Mir war nie Reichtum vergönnt, und so bemitleidete ich mich selbst und drückte auch mal ein paar Augen zu, um mir einen Vorteil zu verschaffen. Und ich habe so unter chronischen Krankheiten gelitten. Immerhin bleibt dir deine Gesundheit.«

»Im Ernst? Mehr hast du nicht zu bieten?«

Er strich sich mit Daumen und Zeigefinger übers Kinn, als wöge er meinen ästhetischen Wert ab. Oder meinen Mangel an ästhetischem Wert. »Dieser Sarkasmus steht dir gar nicht«, sagte er.

»Der ist Teil meiner Einzigartigkeit«, behauptete ich.

»Ach ja. Diese chronische Einzigartigkeit.«

Briefwechsel

Warschau, 21. August 1830
Von F. Chopin an T. Woyciechowski

… *Du lebst, du fühlst, du wirst von anderen geliebt und gefühlt; deswegen bist du unglücklich glücklich. Ich verstehe dich, ich dringe ein in deine Stimmung; lass uns einander festhalten, denn es bleibt nichts weiter zu sagen* …

Ein sich selbst zerstörendes Klavier

Als Erstes schlug mir der Gestank entgegen. Dann bog ich um die Ecke Belknap und 19th. Misty, Cindy und Darrell standen auf dem Gehweg, umringt von den rot wirbelnden Lichtern zweier Feuerwehrautos. Sie starrten auf das absackende Skelett aus verkohlten Brettern und schwarzen Fetzen Isolationsmaterial, das einmal ihre Wohnung gewesen war.

Es war der Tag nach Weihnachten, und ich hatte gewusst, dass irgendetwas nicht stimmte, als Misty nicht zum Spielhäuschen gekommen war. Ich hatte angenommen, dass sie verschlafen hatte – Cindy war ein Morgenmuffel und besaß sogar eine Tasse, die das schriftlich bestätigte und aus der sie ihre Royal Crown Cola trank. Aber der Tag verstrich, und Misty war immer noch nicht aufgetaucht. Ich dachte, sie hätte sich vielleicht etwas eingefangen, aber das wäre seltsam; Misty hielt nichts vom Kranksein und war auch nie krank. Schließlich war ich überzeugt, dass sie doch zum Casting der *Gong Show* gefahren sein musste, und so schlich ich mich in Richtung Misty-Haus davon und betete, dass niemand mich erwischen würde, am allerwenigsten Dad.

Das Dach war komplett verschwunden, genau wie in meinem Traum von der Endzeit, in dem Gott mit seinem roten Gesicht und seinem gigantischen weißen Bart die Dächer von den Häusern reißt und von sich wirft wie einfache Kartondeckel. Der Kühlschrank war mit dunklen, klebrigen Narben übersät, als wäre er in einen Atomkrieg gezogen. Eine Hälfte der Couch war weggebrannt, die andere erhob sich aus der Asche wie eine antike Ruine mit Karomuster. Ich stand da, starrte und starrte und begriff nicht, was ich sah. Hier und da stiegen kaum wahrnehmbar letzte verbleibende Rauchlöckchen auf.

Misty hielt ihre Elvis-Perücke und ihren weißen Jumpsuit umklammert; die Glitzersteinchen funkelten unglaublich, lenkten mich ab und verwirrten mich. Was sollte ich tun? Ich hätte nicht dort sein sollen, und ich konnte mir gar nicht ausmalen, was Darrell wohl zu mir sagen würde. Sein Truck war mit ein paar angekokelten Habseligkeiten beladen, ganz so wie das Auto in *Beverly Hillbillies*. Plötzlich hatte ich eine Idee. »Vielleicht könntet ihr jetzt nach L. A. fahren, damit du endlich beim *Gong-Show*-Casting antreten kannst«, sagte ich. »Was habt ihr zu verlieren?«

»Wir ziehen erst mal zu Meemaw«, sagte Misty. Aber das war komplett am anderen Ende der Stadt, in der Nähe vom Fluss; wie sollten wir es je schaffen, uns zu treffen, außer in der Schule? Mistys Gesicht zuckte, und ich glaubte, die Asche, die wie schwarze Schneeflocken herabsegelte, brächte sie zum Niesen. »Es waren die Kerzen auf dem Weihnachtsbaum«, sagte sie. Und dann erlebte ich zum ersten und einzigen Mal, wie Misty in Tränen ausbrach. Sie hinterließen saubere Streifen auf ihren rußigen Wangen.

»Kann ich irgendwie helfen?«, fragte ich und wünschte, die Antwort könnte irgendwie anders lauten als Nein.

»Du hast schon genug getan«, sagte Darrell. Aber er stand unter Schock und schaute mit seinen roten, glasigen Augen einfach durch mich hindurch.

Es war kein Prélude vorstellbar, das diese schreckliche, ausgebrannte Katastrophe, in die sich das Leben meiner einzigen echten Freundin plötzlich verwandelt hatte, hätte einfangen können. Außer vielleicht der Klang eines sich selbst zerstörenden Klaviers. Benommen, mit ausgetrockneten Augen wandte ich mich schließlich ab und taumelte nach Hause. Der verkohlte Geruch wollte einfach nicht aus meinen Nasenlöchern verschwinden, und ich blieb stehen und übergab mich in den Rinnstein.

Gong-Show-Rubato

»Misty, hi! Ich muss dir unbedingt meinen neuen *saut de chat* zeigen«, krähte ich und sprang praktisch auf sie drauf. Wir sahen uns nur noch in der Schule, und selbst jetzt, drei Monate später, war sie noch nicht wieder die Alte; sie war abwesend und finster. Ich redete auf sie ein, sie könne einen Weg finden, trotz allem noch am Casting teilzunehmen. »Vielleicht könnten wir einen Kuchenverkauf organisieren«, schlug ich halbherzig vor. »Oder unsere eigene Show!« Die Wörter purzelten heraus, bevor mir einfiel, was bei unserem verhängnisvollen Samstagssalon passiert war.

»Vielleicht«, sagte Misty, aber eigentlich meinte sie: »Lass mich in Ruhe.«

Chopin und ich schalteten treu die *Gong Show* ein. Eine bunte Auswahl von altersschwachen Stepptänzern bis hin zu Hobbybauchrednern mit besessenen Puppen trat hier gegeneinander an, und wenn die Kandidaten schlecht genug waren, schlug die Jury auf einen riesigen Gong, und sie schieden aus. Der Gewinner bekam einen Scheck in Höhe von 516,32 Dollar. Zum Glück war der Unknown Comic mit seinen ungezogenen Witzen, der oft in der Show auftrat, Dad unbekannt, und wir schauten heimlich, wie Gene Gene The Dancing Machine sowie Scarlett und Rhett in den Pausen zwischen den Kandidaten für anrüchige Unterhaltung sorgten.

»Warum hat sich dieser unbekannte Comedian wohl eine Papiertüte über den Kopf gestülpt?«, fragte sich Chopin.

»Ich weiß nicht genau, aber wahrscheinlich will er seine wahre Identität nicht preisgeben, weil seine Witze so schlecht sind.«

»Eine weise Entscheidung«, meinte Chopin. »Und was in Gottes Namen ist ein shaggin' waggin'?«

»Ähm, ich denke – aber das ist nur eine Vermutung –, das bezieht sich auf einen Ort, an dem das Cheese Weasel und die Foxy Mama auf der Flucht ihre Schnackseleien machen.«

»Ah.«

Zu meiner Überraschung fand Chopin nach und nach Gefallen an der Show. Und ich grübelte unterdessen über die Ungerechtigkeit der Welt nach. Misty hatte ein so einzigartiges Talent; ich konnte einfach nicht verstehen, warum sie völlig übersehen in Kentucky versauern sollte, während diese siebzehnjährigen Zwillinge, die nur in ihren kurzen Shorts dasaßen und Eis am Stiel leckten, auftreten durften. Chopin war so schockiert, dass er die Augen gar nicht vom Bildschirm abwenden konnte.

Es wäre mir im Traum nicht eingefallen, aber die *Gong Show* wurde für den versnobten Chopin zur Einstiegsdroge. Eigentlich hatte ich erwartet, dass er dankbar wäre, meine ungeteilte Aufmerksamkeit zu haben, jetzt, wo Misty nicht mehr um die Ecke wohnte, aber wie immer lag ich falsch. Er verschwand praktisch aus meinem Leben, saß nur noch im Keller vor der Glotze, und sein Appetit auf das launige Unterhaltungsfernsehen der Siebziger schien immer größer zu werden. Er guckte *alles* ... Du hast keine Ahnung, wie falsch »falsch« sein kann, wenn du Frédéric Chopins Versuche, zu *Soul Train* zu tanzen, nicht gesehen hast. Ich versuchte, ihn für historische Sendungen zu begeistern. Aber er beschwerte sich über die Ungenauigkeiten der geschichtlichen Bezüge, schaltete wieder zurück zur Sitcom *Laverne and Shirley* und versuchte, den Titelsong mitzuträllern. Er sang kein einziges Wort richtig, und das sagte ich ihm natürlich auch, aber es war ihm egal, und ich schaffte es nicht, ihn von der allmächtigen Flimmerkiste wegzuzerren. Als der Apparat schließlich kaputtging, was immer irgendwann passierte, saß er einfach weiter da und starrte den schwarzen Bildschirm an, als könnte er *Wheels of Fortune* dadurch wieder heraufbeschwören.

Tornado forte

»Marie, ich möchte, dass du zum Casting für das neue Tanzensemble kommst, das ich auf die Beine stellen werde«, sagte Sylvia Swan. Ich! Ich übte jeden Tag im Garten, und in der Schule verlor ich beim Springen über Aprilmatschpfützen einen Schuh.

Als ich beim Casting ankam, war ich überrascht, auch Misty dort zu sehen. »Ist das nicht verdammt aufregend?«, hauchte sie.

»Ja.« Ich nickte. »Sylvia Swan weiß echt, wie man ein bisschen Leben nach Roanville bringt.« Ich gab mir Mühe, nicht zu glotzen. Alle Mädchen trugen eng anliegende Ballettanzüge, sogar ich, nur Misty trug ihre Elvis-Perücke und den schillernden Jumpsuit mit Schlag. Sie gab mir eine dicke Umarmung, und ich umarmte sie irgendwie steif zurück. Ich spürte, dass die anderen uns anstarrten, als wären wir die Freaks für die Pausenunterhaltung. Ich versuchte, mich nicht darum zu scheren. Ich wollte kein heuchlerischer Snob sein. Aber wie sich herausstellte, war ich genau das.

Misty wurde als Erstes aufgerufen. Sie legte meiner Meinung nach eine wirklich gute Show hin. Aber als erstes weibliches Kinder-Elvis-Double war sie ihrer Zeit voraus, und der Applaus nach ihrem Playback-Gesang und ihren Hüftstößen war lahm.

Als ich an der Reihe war, hinterließ ich mit meinen *chainé*-Drehungen einen unauslöschlichen Eindruck. Meine Brille flog mir von der Nase und gegen den Spiegel. Ich erschrak und verlor die Kontrolle über meinen rotierenden Körper, wurde schneller und schneller. Ich kämpfte gegen die immer größer werdende Zentrifugalkraft an, aber es dauerte eine ganze Ewigkeit, bevor ich schließlich auf Widerstand traf: Sylvia Swans Schoß. Sie saß auf einem Regiestuhl, mit einem

Bündel wichtiger Papiere, die sofort in alle Himmelsrichtungen davonflatterten. Alle schnappten nach Luft, aber mein Sturz war noch nicht vollendet. Ich stolperte, drehte mich noch immer im Kreis wie ein betrunkener Tornado, kollidierte mit einer Kleiderstange voller Kostüme und landete schließlich inmitten einer Tutu-Lawine auf dem Boden. Eine kurze Pause, und dann entlud sich ein so donnerndes Gelächter im Raum, das jede Teilnehmerin und jedes Elternteil schüttelte, dass auch mir selbst ein Glucksen entfuhr. Gefühlte Minuten lang bekam niemand Luft. Schließlich stand Sylvia Swan auf und applaudierte. Die anderen taten es ihr gleich. Tosender Applaus: Anscheinend kam man auch mit Tanz-Komödien durch. Wer hätte das gedacht? Vielleicht konnte ich wirklich die Carol Burnett der Ballettwelt werden? Ich rappelte mich hoch und machte einen langen, gefühlvollen Knicks. Und dann fiel mein Blick auf Misty, die nicht aufgestanden war, nicht klatschte, nicht lachte, mich nicht einmal anschaute.

Sie war neidisch. AUF MICH! Wie lächerlich war das denn! Ich hatte es doch nicht auf eine Lachnummer angelegt. Aber letzten Endes wurde ich ins Roanville Tanzensemble aufgenommen und Misty nicht. Sie war gegongt worden. Ich lief nach Hause, und als meine Eltern fragten, wie es gewesen sei, brach ich in Tränen aus.

In der Schule redete Misty nicht mehr mit mir. Ich war leer und beschwingt und wütend. Ich hatte es satt, in einem von Chopins Préludes zu leben.

Briefwechsel

Paris, Frankreich, 25. Dezember 1831
Von F. Chopin an T. Woyciechowski

... Äußerlich bin ich fröhlich, vor allem in meinen eigenen Kreisen (will sagen: umgeben von polnischen Landsleuten); aber in meinem Inneren nagt etwas an mir, eine Art Vorahnung, eine Unruhe, Träume – oder Schlaflosigkeit –, Melancholie, Gleichgültigkeit -- eine Sehnsucht nach dem Leben und dann, einen Atemzug später, eine Sehnsucht nach dem Tod: nach einer Art süßem Frieden, einer Art Taubheit, Geistesabwesenheit; und von Zeit zu Zeit erregen konkrete Erinnerungen meine Sorge. Mein Gemüt ist sauer, bitter, salzig; ein hässliches Gefühlsgewirr erschüttert mich. Ich bin dümmer als je zuvor ...

Glitzer für jede Gelegenheit

Aus ihrer schier endlosen Sammlung an Tanzkostümen für jede Gelegenheit verteilte Sylvia Swan Pailletten-Ballettanzüge, und der wunderschöne Glitzer juckte gewaltig, als hätten sich an gewissen unaussprechlichen Orten Feuerameisen eingenistet. Mein Anzug war leuchtend grün, was meine längst nicht mehr weiße Strumpfhose noch schäbiger aussehen ließ. Die Altersheimbewohner klatschten nach unserem Tanz zu »I'd Like to Teach the World to Sing« von The New Seekers, aber so alt, wie die waren, würden sie sich später wahrscheinlich nicht einmal mehr daran erinnern, dass wir da gewesen waren.

»Ist womöglich auch besser so«, sagte Chopin abfällig.

Unseren zweiten Auftritt hatten wir im Better Living Center, das, wie sich herausstellte, gar nichts mit dem Magazin *Better Living* zu tun hatte, sondern ein Heim für »besondere Menschen« war, wie Sylvia Swan es ausdrückte. Wir bekamen Standing Ovations, was toll war, allerdings wartete das Publikum gar nicht erst unseren Auftritt ab. Außerdem diente das Auditorium offensichtlich gleichzeitig als Speisesaal. Ich rutschte auf einem Stückchen Rührei aus und stürzte, und meine Strumpfhose riss am Knie auf und bekam ein bisschen Blut ab. Als Sylvia Swan mich nach dem Auftritt zu Hause absetzte, warf meine Mutter nur einen Blick darauf und sagte: »Glaubst du eigentlich, bei uns wächst das Geld auf den Bäumen?« Natürlich wusste ich nur allzu gut, dass in unserem Garten alles andere als Geld-Bäume wuchsen, aber ebenso klar war, dass ich allein den Riss zu verantworten hatte mit meiner egoistischen Gedankenlosigkeit.

Unser dritter Auftritt fand in einem Park ganz in der Nähe von Mistys Meemaw statt. Misty war da. Sie stieg nur halb von einem rostigen alten Fahrrad ab, das ich noch nie gesehen hatte, und starrte. Nachdem ich in meiner geflickten Strumpfhose meinen Knicks gemacht hatte, rannte ich zu ihr hinüber, um sie zu umarmen, aber sie wich in einem peinlichen Manöver aus.

Also versuchte ich stattdessen, ihr die Hand zu schütteln, und sagte wie eine komplette Vollidiotin: »Howdy, was für eine Show!«

»Gib dir keine Mühe!«, antwortete Misty. »Glaubst du etwa, ich will nen Autogramm von dir?«

Ich ging davon. Ich wollte ihr nicht die Genugtuung geben, mich in Tränen ausbrechen zu sehen. Alles war so verkorkst. Ich wurde den Verdacht nicht los, dass das erste weibliche Kinder-Elvis-Double das Publikum weit mehr begeistert hätte als unsere simplen, vorsichtigen Choreografien.

Trödel-Tonleiter

Am ersten Juni brachten alle ihren alten Krams mit, und ein paar Leute brachten auch ziemlich neuen Krams mit, und wir rannten durch die Gegend und taten, als würden wir mithelfen. Der Roanville-Tanzensemble-Trödelmarkt-für-einen-guten-Zweck war ein Riesenspaß, bis Mom auftauchte. Sie trug ihr kariertes Polyesterkleid, das über dem Bauch Falten warf, und Baby Gloria trug nichts als eine gräuliche, gut gefüllte Windel. Mark und Luke trotteten mit schmutzigen Gesichtern und Rotznasen hinter ihnen her, die Haare verfilzt, die Hosen zu eng. Voller Entsetzen beobachtete ich, wie Mom ohne Umwege direkt zu einem Haufen von Channings aussortierten Kleidern marschierte. Sie hob einen pink-grünen Wickelrock mit Erdbeer-Aufdruck hoch, für den ich gestorben wäre. Das Preisschild hing noch daran. Mrs. Churchill und Channing schauten sie lächelnd an. »Channing wollte ihn nicht anziehen, weil er von Kmart ist, unglaublich, oder?«, sagte ihre Mutter in verschwörerischem Ton zu meiner.

Die nickte. »Was wollen Sie dafür?«

»Ach, den können wir Ihnen gern einfach so geben«, sagte Mrs. Churchill eine Nuance zu heiter. Moms Mund wurde schmal, doch sie schob den Rock trotzdem in den riesigen selbst genähten Beutel, den sie mitgebracht hatte.

Mir war vor Scham ganz übel. Ich zerrte meine Mutter in eine Ecke des Studios. »Mom, du solltest nicht hier sein«, flüsterte ich.

»Aber das bin ich nun mal schon«, sagte Mom. »Was ist mit dir los? Hier sind doch eine ganze Menge Mütter. Ich bin hier, um das Ensemble zu unterstützen, genau wie die anderen.«

»Ja, aber die sind nicht hier, um Sachen zu *kaufen*! *Bitte*!«, zischte ich.

Das hatte gesessen. Wütend zog Mom den Rock wieder aus ihrer Tasche und warf ihn auf einen Kleiderhaufen in der Nähe. Ich fühlte mich schäbiger als eine rostige Autotür am Straßenrand. Sie drehte sich auf dem Absatz um, hob das Kinn, griff rabiat nach Glorias Hand und stolzierte nach draußen, während Mark und Luke kreischend durch das Studio rannten. Mit rasendem Herzen stand ich einfach nur da; ich fürchtete, wenn ich zu tief einatmete, würde ich zerbersten. Um mich zu beruhigen, leierte ich stumm in meinem Kopf in Dauerschleife den Treueeid auf die USA herunter, bis ich endlich wieder in der Lage war, so zu tun, als ob.

Briefwechsel

Paris, Frankreich, 4. Oktober 1839
Von F. Chopin an J. Fontana

… Ich vergaß, Dich zu bitten, mir von meinem Dupont unten in deiner Straße einen Hut zu bestellen … Er soll ihn nach der diesjährigen Mode fertigen, nicht zu extravagant … Und such außerdem … meinen Schneider auf und richte ihm aus, er soll mir auf der Stelle graue Hosen schneidern … in guter Qualität, ohne Gürtel, weich und anschmiegsam … zudem ein schlichtes schwarzes Wams aus Samt mit einem winzigen, unauffälligen Muster, etwas Elegantes und Stilles … Und einen Hausdiener, wenn du mir einen für unter achtzig Francs beschaffen kannst, denn ich habe in letzter Zeit zu tief in meine eigenen Taschen gegriffen … bevorzugt würde ich nur sechzig Franc bezahlen …

Serenade auf Oz

»Ich streike«, verkündete Mom. Und fast sofort breitete sich die Dreckwäsche von Raum zu Raum aus wie der Alien-Blob aus dem einen Sci-Fi-Film. Das Geschirr stapelte sich wie in einem Dr.-Seuss-Buch in schmutzigen, der Schwerkraft trotzenden Türmen. Wir machten uns Sandwiches aus vergünstigtem Wonderbread vom Vortag, und Dad kaufte uns nachgemachte Twinkies. Mom scherte sich nicht darum, und in diesem Gemütszustand schien sie noch mehr aufzugehen als in ihren endlosen Bastelprojekten. Es war offensichtlich: Ich hatte irgendetwas in meiner Mom zerbrochen, oder vielleicht wir alle gemeinsam, und wir konnten es nicht wieder heile machen, egal, wie viele Karten wir ihr bastelten oder wie viele alberne Witze wir rissen. Sie lachte nicht. Wenn sie etwas sagte, dann nur durch zusammengebissene Zähne. »Egal, was ich tue, wie viel Mühe ich mir gebe, es reicht nie aus.« Und wir sahen ein, dass sie recht hatte.

Mit allen möglichen Maßnahmen versuchte man, uns Kinder zu mehr Hausarbeit zu bewegen, doch kaum waren sie eingesetzt, wurden sie schon wieder fallen gelassen, denn keine führte zu irgendwas. Eine Weile lang gab es eine Hitliste mit Sternenstickern und dann ein System, demzufolge wir Kinder das Haus nur verlassen durften, wenn wir alle vorher unsere Pflichten erledigt hatten. Aber diese Versuche hielten unserem Gewicht nicht stand, und dem Gewicht unserer Kleider und Spielzeuge, unserer Bücher und Teller und Krams, all dem, was wir in unser winzigkleines Haus gestopft hatten. Meine Familie platzte aus ihrer eigenen Haut.

»Sie hat umgekehrtes Heimweh«, spekulierte Chopin. »Ihr Heim löst das Weh überhaupt erst aus, nicht die Abwesenheit des Heims.« Dieser Zustand war ansteckend, und so kam Sylvia Swans Frage, ob ich für sie babysitten wollte, zu einem wundersam perfekten Zeitpunkt. Ich. Babysitten. Bei ihr zu Hause. Für *Geld.*

Ich konnte die Tatsache, dass Sylvia Swan ein Kind hatte, kaum verarbeiten, was für ein glücklicher kleiner Scheißer. Für den besonderen Anlass schlüpfte ich in mein bestes Altkleiderkleid. Es hatte ein Schnüroberteil und einen blumengesprenkelten Baumwollrock und war mir nur ein bisschen zu groß. Ich steckte mir eine pinke Seidenblume ins Haar und realisierte später, was für eine unvergleichlich trottelhafte Idee das gewesen war, aber ich wollte einfach etwas Neues ausprobieren. Sylvia Swan gab mir das Gefühl, dass ich Dinge ausprobieren konnte; sie war in dieser Hinsicht wie das Rezept für selbst gemachtes Shampoo aus dem *Seventeen Magazine*. Obwohl dabei nicht unbedingt immer etwas Gutes herauskam: Ich machte beispielsweise die Erfahrung, dass es möglich war, auf dem eigenen Kopf Rührei zu braten, wenn man die Dusche nur heiß genug drehte.

Mr. Swan holte mich ab. Er trug ein Hemd mit Paisley-Muster, eine riesige Sonnenbrille und ein Parfüm, das wohl als das Gegenteil von dem Old Spice gelten konnte, das mein Dad benutzte. Sein blondes Haar war lang und dicht und fiedrig. Er sah ... golden aus, genau wie sein Sportwagen.

Im Radio lief »Diamond Girl« von Seals and Croft, und auch wenn ich nicht diejenige war, die auf ein Date ging, fühlte ich mich doch wie dieses Diamond Girl: begehrt und ganz besonders und auf dem Weg zu einem besseren Ort. Als wäre ich auf der Reise nach Oz.

Ihre Garage war hübscher und größer als unser Wohnzimmer; ihr Wohnzimmer erstreckte sich ins Unermessliche, voller oranger geometrischer Formen mit pinken und gelben Akzenten, und der Wollteppich war so dick, dass man nicht einmal seine eigenen Schritte hörte, geschweige denn spürte. Auf dem Beistelltisch stand ein Glasschälchen mit Erdnuss-M&M's. Als könnte man einfach zugreifen und so viel nehmen, wie man wollte, ohne dass jemand mit der Wimper zuckte. In der Küche gab es ein Wandgemälde, das teilweise verspiegelt war, teilweise aus geschwungenen brauen und avocadogrünen Streifen bestand. Wohin mein Blick auch fiel, alles war grell und kühn und originell. Es gab keine Klöppelvorhänge, keine rote Lampe, keinen getapten Schaukelstuhl, keinen Samt-Jesus, keine Horde Hosenscheißer, keine kaputten Spielsachen, die sämtliche Oberflächen bedeckten.

Sylvia Swan rauschte in einem kurzen schwarzen Kleid mit riesigem Rückenausschnitt und schwarzen Pumps mit Pfennigabsätzen aus dem Badezimmer. Dieses Schwarz hatte mit der Farbe von Schwester Mary Gestapos Ordenstracht rein gar nichts zu tun. »Okay, Cody schläft schon, du musst also nicht viel tun«, säuselte sie. »Pass einfach auf, dass das Haus nicht abbrennt.« Sie lachte, tänzelte aus dem Haus und hinterließ eine Wolke aus Glamour und Parfüm, als wäre sie einem Audrey-Hepburn-Film entsprungen.

»Ich liebe Sie«, hätte ich ihr beinahe hinterhergerufen.

Ich spielte mit ihren verschiedenen Fernbedienungen herum – Fern. Bedienungen. –, bis ich einen Film fand, den ich schauen wollte. Er hieß *Caligula*, und ich fand ihn sehr aufschlussreich. Ich schaufelte mir Händeweise Süßkram in den Mund und versuchte, die Atome dieses fantastischen Lebens durch meine Haut aufzusaugen, durch die Osmose des Verlangens.

Eifersüchtig und schwärmerisch schaute ich ab und zu nach Cody. Ich bezweifelte, dass er je mit vollen Windeln zu einem Trödelmarkt geschleppt würde. Ich verspürte Schuldgefühle gegenüber meinen jüngeren Geschwistern und Sorge um sie. Schweißklebrig und von Liebe umgeben schlief Cody und nuckelte an seinem Schnuller. Würde er je begreifen können, wie unglaublich er gehätschelt wurde? Gloria wusste nicht mal, dass Schnuller existierten. Meine Eltern hielten nichts von Schnullern.

Das Geräusch des sich öffnenden Garagentors erfüllte mich mit Grauen. Plötzlich verstand ich, was Dad meinte, wenn er seine Version des Nora-Bayes-Lieds sang: »Was hält die Leute noch auf ihren Bauernhöfen, sobald sie das schwule Paris erlebt haben?« Ich hatte gerade einen ganzen Abend im schwulen Paris verbracht und absolut keine Lust, auf meinen Bauernhof heimzukehren.

Lächelnd schneite Sylvia Swan herein und fragte: »Na, wie geht's meinem kleinen Engel?«

»Super«, sagte ich. »Und mit Cody ist auch alles in Ordnung.« Sie lachte ihr kleines entzücktes Lachen, und ich strahlte glücklich. Sam Swan fuhr mich in seinem goldenen Auto nach Hause und plauderte höflich mit mir. Er zog einen frischen, unzerknitterten Zehn-Dollar-Schein aus seinem hübschen Lederportemonnaie und reichte ihn mir mit einer Leichtigkeit, als ginge es um nicht mehr als einen Streifen Kaugummi. Meine Mutter hätte unsere neunköpfige Familie wahrscheinlich eine Woche lang mit diesem Schein ernähren können.

»Vielen Dank, Marie. Gute Nacht«, sagte er zu mir. ZU MIR.

Und ich wurde von einer neuen Form des Heimwehs ergriffen, von der Sehnsucht nach einem Ort, an dem ich nie gelebt hatte. Chopins Prélude Nr. 6, auch Heimweh-Prélude genannt, übertönte »Diamond Girl« in meinem Kopf, während ich mich die Stufen zu unserem Haus hochschleppte, nur um im nächsten Moment zu erfahren, dass Mom weg war.

»So ist das, wenn keins von euch Kindern seinen Teil beiträgt«, sagte Dad. »Dann landet eure Mutter eben in der Klapse.«

Junies Fuge

»Hab dich lieb, Mom«, sagte ich und gab ihr einen Kuss.

Die Besuchszeit in der Klinik ging zu Ende. Mom interessierte sich nicht für die Kreativ-Therapien, nicht einmal für die Lederarbeiten – der besorgniserregende Beweis, dass wir sie diesmal wirklich in den Wahnsinn getrieben hatten. Teile ihrer Erinnerung schienen verloren, aber alle gaben sich optimistisch, dass die Behandlung anschlagen würde. Ich war nicht optimistisch. Was konnten Elektroschocks gegen ein kaputtes Leben ausrichten?

»Komm bald nach Hause«, sagte ich. Doch das war gelogen. Insgeheim wollte ich, dass sie blieb, wo sie in Sicherheit war. Ich machte mir Sorgen um sie. Außerdem war die Normale Oma zu uns gekommen, um uns unter die Arme zu greifen, und das fand ich, völlig eigennützig, toll. Beim Kochen und Kehren pfiff und sang sie. Sie machte Hot Brown Sandwiches und Derby Pie und verteilte jede Menge Umarmungen und Küsse. Genauso wie Mom ein außergewöhnliches Talent für alles Kreative hatte, hatte Oma ein außergewöhnliches Talent für … nun ja, für alles Normale.

Dad versuchte, Mom einen Schmatzer auf die Wange zu geben, aber sie drehte sich weg. Ich konnte nicht anders: Ich verspürte einen kurzen Rausch des Triumphs für sie.

Als Mom eine Woche später nach Hause kam, verschwand Dad sofort zu einem seiner besonderen Wochenend-Seminare. Ich vermutete, dass er eine heimliche Affäre hatte. Als ich das Mom gegenüber erwähnte, lachte sie nur und sagte: »Ach, und wenn schon!« Ich hatte Mom zum Lachen gebracht. Hatte ich sie aus Versehen geheilt? Oder war es nur, weil Dad weg war? Chopin hatte recht. Alles war paradox. Jeder und alles war einst etwas anderes gewesen und würde vielleicht wieder etwas anderes werden.

Briefwechsel

Drakesville, Kentucky, 16. Juli 1979
Von K. Howell an D. Higginbottom

Lieber Don,

hiermit bestätige ich den Eingang deines Schecks über fünfundsiebzig Dollar für deinen anstehenden Aufenthalt im Natural High Nudist Camp. Ich freue mich, dir mitteilen zu können, dass deine Lieblingshütte vom 10. bis zum 12. August verfügbar ist. Vielen Dank für dein Vertrauen. Wir hoffen, dir eine befreiende und angenehme Zeit bieten zu können. Und denk daran: Komm so, wie Gott dich geschaffen hat, aber vergiss dein Sitzhandtuch nicht.

Mit natürlichen Grüßen
Keith

Bourbon-Ballett

Den Herbst meines achten Schuljahrs überlebte ich vor allem, indem ich so oft wie möglich tat, als wäre ich woanders. Diese fein justierte Fähigkeit war äußerst nützlich, als ich nach den Weihnachtsferien wieder zur Probe des Roanville Tanzensembles ging. Die ersten Worte aus Sylvia Swans Mund waren: »Huch, du bist ja viel ... reifer geworden.«

»Reifer?« Ich wurde leuchtend rot. Oh, oh. Dieses Wort gefiel mir ganz und gar nicht.

»Du weiß schon, du bist aufgeblüht. Draller geworden.« Sie warf noch einen zweiten Blick auf meinen *derrière*. »Deutlich draller.« Wie eine Schwingtür traf mich die Scham: Das mussten die Bourbon-Kugeln gewesen sein. Mir war in den Weihnachtsferien langweilig gewesen, und ich hatte Misty vermisst, und da waren so viele dieser köstlichen Kugeln gewesen, grellpinke und gelbe und schokoladige. Der Herbst war so fürchterlich gewesen, und unter dem leuchtenden Weihnachtsbaum zu liegen und genüsslich eine Kugel nach der anderen zu verspeisen, hatte sich wundervoll angefühlt. Es ließ mich für kurze Zeit vergessen, dass Chopin nur für seine Fernsehsendungen lebte, dass Misty nichts mehr mit mir zu tun haben wollte, dass Schwester Raphael, meine Lehrerin in der Achten, so trocken war wie ein alter Apfelbutzen. All meine aufgetragenen Schuluniformen waren falsch und zu klein, und »der Weihnachtsmann« hatte mir nichts als eine Palette voll ausrangierter Klamotten gebracht, die so abscheulich waren, dass die Enttäuschung mir schier die Luft abschnürte: eine blassgrüne Strickhose mit Gummibund, die nach Mottenkugeln roch, ein brauner Mantel aus Pelzimitation, dessen Kragen mindestens so groß wie Norwegen war. Mit dem Heraufdämmern des neuen Jahrzehnts wurde alles, was mit den Siebzigern zu tun hatte, plötzlich zum modischen Verbrechen gegen die Menschlichkeit. Und dann war da natürlich noch Mom, die wir gebrochen hatten.

Ich hatte die Konsequenzen meiner kurzzeitigen Bourbon-Kugel-Orgie nicht vorausgesehen. Mein Spiegelbild wölbte sich vorwurfsvoll. Widerlich.

»Mir fällt es leichter, am Ball zu bleiben, wenn ich zur Verantwortung gezogen werde«, sagte Sylvia Swan. »Dünn zu sein gehört für eine Tänzerin einfach dazu. Warum solltest du das also nicht jetzt schon üben?« Sie holte die Waage aus ihrem extra Badezimmer, wog mich und schrieb meinen Namen, das Datum und »45 Kilo« auf ein Stück Papier, das sie dann an die Studiopinnwand tackerte. Das Papier war leuchtend gelb, perfekt als Fixpunkt, um bei den Drehungen quer durch den Raum nicht schwindelig zu werden. Ich schämte mich so sehr, dass mir nichts anderes einfiel, als zu lächeln. Ich schwor mir, ich würde für meine fürchterlichen Sünden büßen. Ich würde die Sache in Ordnung bringen. Und zwar sofort.

Chopin schlug sich auf Sylvia Swans Seite. »Was hast du erwartet? Sie versucht dir einen verdammten Ausweg aus Dodge County zu ermöglichen, und wenn du als Tänzerin ernst genommen werden willst, dann musst du auch aussehen wie eine Tänzerin.« Der Fernseher war gerade mal wieder kaputt, und so hatte er angefangen, durch die Stapel vergilbter Magazine im Keller zu blättern. Er war derjenige, der in einer alten *Family-Circle*-Ausgabe die Sonnenschein-Diät entdeckte.

»Kulinarische Sonderwünsche musst du selber bezahlen«, sagte Mom. Also nahm ich dafür die zwölf Dollar, die ich jede Woche von Sylvia Swan dafür bekam, dass ich ihr mit den kleineren Schülerinnen half. Ich kam mir sehr erwachsen vor, während ich meine Buletten aus magerem Fleisch formte und jede davon vorsichtig mit einer kleinen Ecke Wachspapier bedeckte. Endlich war ich eine Frau: Ich war auf Diät!

Sie bestand aus Orangen, Magerfleischbuletten, hart gekochten Eiern, Karotten, Sellerie und Blattsalat. Als besondere Leckerei durfte ich eine saure Gurke essen. Aber die enthalten sehr viel Natrium, also nicht übertreiben! Innerhalb von zwei Wochen war ich wieder bei einem annehmbaren Gewicht angekommen. Wie herrlich, dieser Stand der Gnade. Und wie kurzlebig.

Wenn dir einer deiner Sinne genommen wird, schärfen sich die anderen, heißt es. Dasselbe passiert, wenn du hungrig bist. Farben werden lebendiger und lassen Gegenstände, von denen man es nicht erwartet hätte, unvorstellbar essbar erscheinen. Du könntest schwören, dass Channings glänzend brauner Dutt schmecken muss wie eine Zimtrolle. Jedes ausgesprochene Wort hängt gehaltvoll in der Luft und lockt dich mit seinen Möglichkeiten. Vorzüglich.

Harfenklänge mit ein bisschen Hass

»Ich werde einer von euch die Teilnahme beim Alljährlichen Dodge-County-Hoedown-Showdown finanzieren«, verkündete Sylvia Swan im Mai. Das Roanville Tanzensemble wurde von einer Welle der Freude erfasst. Für den ersten Preis gab es 100 Dollar und ein Ticket zur Talentshow des Kentucky-State-Jahrmarkts. Das Auswahlprozedere war simpel: Jede von uns musste sich eine kurze Choreografie zu einem Musikstück unserer Wahl ausdenken. Ich wählte ein Prélude aus, das so tragisch war, dass Save the Children es sogar in einem Werbespot verwendet hatte.

»Aber dein Tanz ist noch melodramatischer als die Werbung«, sagte Chopin. Er blinzelte ins Sonnenlicht, als er endlich aus dem Keller emporstieg, wo mal wieder ein launischer gebrauchter Fernseher platziert worden war. »Willst du die Nummer mit dem sterbenden Schwan wirklich durchziehen? Die sieht aus, als hättest du einen Asthmaanfall.« Er hüstelte zart. »In der *Gong Show* würden sie dich auf jeden Fall gongen. Vielleicht solltest du es mit etwas ... weniger Verstörendem versuchen?«

»Sei nicht so oberflächlich. Du bist total verdorben von den *Bradys*«, konterte ich. »Ich offenbare mein Herz. Meine Seele leidet.«

»Und meine Augen erst!« Und er behauptete immer, ich wäre melodramatisch.

Ich tat, als stünde Misty in einer Ecke der Bühne; ich reckte mich nach ihr, schüttete ihr mein Herz aus, schaffte es mit der Tiefe meiner Einsamkeit – gerade so –, ihre Freundschaft zurückzugewinnen.

Aber etwas Schreckliches passierte, etwas, das ich nicht hatte kommen sehen. Wahrscheinlich hatte es mit meiner Vorgeschichte beim letzten Casting zu tun, jedenfalls fanden alle

Anwesenden meinen Tanz zum Schreien komisch. Als ich kreuz und quer über die Bühne lief, als hielte ich Ausschau nach Misty: Tschilpen. Als der Kummer mich schüttelte: Gekicher. Als ich die Arme flehend zum Himmel reckte und verzweifelt zu Boden ging: unverblümtes Glucksen. Je mehr Mühe ich mir gab, meine Qual auszudrücken, desto lustiger wirkte das anscheinend. Ich war so verwirrt und gedemütigt, dass ich am Ende nicht einmal einen Knicks machte, sondern mich einfach umdrehte und von der Bühne rannte. Direkt in Channing hinein, die schon für ihren »Rosenwalzer« in Position stand.

Als hätten wir es für eine Varieté-Nummer einstudiert, prallten wir voneinander ab und gingen zeitgleich zu Boden. Ein paar Minuten lang lag Channing ganz benommen da. Ich hatte sie wohl k. o. geschlagen. Oder sie tat nur so, um sich interessant zu machen. Aber das war eigentlich nicht ihre Art. Sie hatte so etwas nicht nötig, schön und reich und höflich, wie sie war. Wie auch immer, jedenfalls war mir das Ganze so peinlich, dass ich den dringenden Wunsch verspürte, mir selbst in den Arm zu beißen. »Es tut mir leid, es tut mir leid«, beschwor ich immer wieder, und Sylvia Swan sagte, es sei okay, ich hätte es ja nicht absichtlich gemacht. Als Channing wieder bei Bewusstsein war, half Sylvia Swan ihr auf, setzte sie auf einen Stuhl und verabreichte ihr ein paar heilsame Schlucke Diätcola. In diesem Moment konnte ich nicht anders, als sie ein winziges bisschen zu hassen. Der »Rosenwalzer« war nicht einmal ein richtiger Walzer, verdammt noch mal. Aber ich musste mir eingestehen, dass es meine Schuld war, dass Channing während ihrer wackligen ballett-ähnlichen Tanznummer eine eindeutige Schlagseite nach rechts hatte.

Letzten Endes wurden wir jedoch beide von Ginger mit ihrer Stepptanz/Jonglierstab-Nummer zum Titelsong des neuen Kinohits *Fame* geschlagen. »Ich denke einfach, Ginger hat beim Jahrmarktpublikum die besten Chancen«, sagte Sylvia Swan, und dass sie recht hatte, machte mich umso wütender.

»Behalt dein ›Hab ich's dir nicht gesagt‹ bloß für dich«, schnauzte ich Chopin an.

»Das hatte ich vor«, entgegnete er. »Eigentlich wollte ich sagen: Du warst zu verkrampft, wie immer.«

»Das kannst du auch für dich behalten. Das hat mir schon die letzten dreißig Mal nicht weitergeholfen, und jetzt hilft es mir auch nicht.«

Er schnaubte. »Na gut. Dann sage ich eben gar nichts.« Das wäre mal ein Freudentag gewesen …

Gähnen im Takt

Den Morgen des Dodge-County-Hoedown-Showdown verbrachte ich Trübsal blasend und die Nocturnes hörend zu Hause. Ich wurde immer besser darin. Im Trübsal blasen, meine ich. Dass ich eine gute Zuhörerin war, hätte nun wirklich niemand bestätigt.

Das Telefon klingelte. Ich rannte hin und nahm ab, in der Hoffnung, es könnte Misty sein. Es war nie Misty. »Marie«, sagte Sylvia Swan. »Ginger hatte einen schrecklichen Unfall.«

»O nein!«, sagte ich, innerlich jubilierend. »Was ist denn passiert?«

»Sie hat versucht, mit einem brennenden Stab zu jonglieren, und es ist nach hinten losgegangen. Sie hat eine ganze Menge Haare verloren. Ich dachte, vielleicht willst du …«

»Ich bin dabei«, unterbrach ich sie.

»Super. Aber, Marie?«

»Ja?«

»Ich habe mir überlegt, vielleicht möchtest du es mit einem etwas … peppigeren Stück versuchen? Für das Jahrmarktpublikum?«

»Natürlich«, antwortete ich in neutralem Tonfall. Chopin lächelte gekünstelt.

»Ich dachte an ›I'd Like to Teach the World to Sing‹.« Oh, oh. Chopin hatte mir ziemlich unmissverständlich mitgeteilt, dass die Choreografie sterbenslangweilig war. Wortwörtlich hatte er gesagt, sie sei »geisttötend genug, um ein Pferd zu sedieren«. Aber ich wusste genau, was er meinte. Er hatte eine wirklich steile kulturelle Lernkurve hinter sich, aber auf sein Gehirn und seine Einstellung wirkte sich das viele Fernsehen ziemlich negativ aus. Manche Leute wurden von ihren Freunden ermutigt oder getröstet; Chopin dagegen hatte nach unserem letzten Auftritt zu »I'd Like To

Teach the World to Sing« zu mir gesagt: »Bilde dir bloß nicht ein, die Leute hätten applaudiert. Was du da gehört hast, waren nur die Ohrfeigen, die sie sich gegenseitig gegeben haben, um sich nach der Show wieder aufzuwecken. Sie haben alle im Takt zur Musik gegähnt.«

Aber natürlich sagte ich: »Klar«, und Sylvia Swan sagte: »Danke.« Sylvia Swan widersprach man nicht, und man machte ihr auch keine Vorschläge. Man stellte sie schlicht und einfach nicht infrage. Sie war ein Engel, aber man wollte sie nicht verärgern. Ich hatte schließlich erlebt, was passiert war, als Sam Swan bei unserem Auftritt im Einkaufszentrum die falsche Musik abgespielt hatte. Statt »I'd Like To Teach the World to Sing« war »She's a Brick House« von den Commodores aus den Lautsprechern geschallt, und wir standen peinlich berührt auf der Bühne, unsicher, ob wir trotzdem mit unseren *balancés* beginnen sollten. Erstaunlicherweise hatte Sylvia Swan ihr Klemmbrett nach ihm geworfen, und die Musik war verstummt.

Sie sagte, sie würde die Kassette und den Pailletten-Anzug mitbringen und mich in fünfzehn Minuten abholen. Ich legte auf wie ein normaler Mensch, und dann raste ich in Höchstgeschwindigkeit quer durchs Haus, wie immer, wenn ich mich für irgendetwas fertig machen musste.

Das Haar gelte ich mir rasch mit Dippity-Do zurück, suchte meine Ballettschuhe zusammen (einer lag auf der Kuckucksuhr, der andere in der Badewanne) und grub meine Strumpfhose aus dem Schmutzwäsche-Wolkenkratzer.

Dad pfriemelte gerade im Garten an seinen Vogelfallen herum, als Sylvia Swan eintrudelte, um mich abzuholen. Ich schlich mich zur Haustür hinaus, ohne ihm Bescheid zu sagen. Wenn ich ihm von irgendwelchen Plänen erzählte, erfand er gerne irgendwelche Haushaltspflichten für mich, und hier standen 100 Dollar und die Zukunft meiner Tanzkarriere auf dem Spiel. Das konnte ich nicht riskieren.

Briefwechsel

Wien, Österreich, 8. August 1829
Von F. Chopin an die Familie Chopin

… Das Konzertprogramm habe ich aufbewahrt. Mit größtem Interesse lernte ich Gyrowetz, Lachner, Kreutzer und Seyfried kennen, allen voran Lachner, wir führten ein ausgedehntes Gespräch. Beinahe einstimmig herrschte die Meinung vor, ich hätte für das Publikum dieses Ortes zu leise – oder vielmehr: zu sanft – gespielt. Und in der Tat sind die Menschen hier die Paukenschläge ihrer eigenen Virtuosen gewohnt … Das Orchester … war mir alles andere als positiv gesinnt … bis zum Moment der Improvisationen … Eine erfolgreiche Entscheidung kann niemals nach vorgefertigten Formeln und Plänen getroffen werden, man muss dem Schicksal seinen Teil überlassen … Falls das Urteil der Zeitungen so harsch ausfällt, dass ich der Welt nicht mehr unter die Augen treten kann, so werde ich, das habe ich schon entschieden, als Anstreicher anheuern: Das wäre der einfachste Weg und würde mir außerdem erlauben, weiterhin Künstler zu sein …

Berserker-Mazurka

Sylvia Swan war wirklich ein bewundernswerter Anblick, wie sie über den Dodge-County-Rummelplatz schritt und die Keilabsätze ihrer Sandalen perfekte kleine Abdrücke im Dreck hinterließen. Dem vollendet sitzenden blonden Haar und ihren matt glänzenden Lippen, die jedes Gegenüber hypnotisierten, merkte man nicht an, wie heiß und schwül es war.

Der Geruch nach Pferdemist und frittiertem Teig lag schwer in der Luft, als wir die Außenbühne erreichten: ein großer Betonklotz, bedeckt mit einer feinen Staubschicht. Sylvia Swan wies mich an, meine Sachen auf der Tribüne abzulegen und mich aufzuwärmen. Dann setzte sie sich und holte ihr Klemmbrett und ihre Checkliste hervor. Wenn sie nicht tanzte, hakte sie immer irgendetwas ab, und manchmal auch während sie tanzte.

Ich saß im Staub, machte meine Dehnübungen und schaute den anderen Tänzerinnen und Tänzern bei ihren Proben zu. Eine riesige Gruppe Teenager tauchte auf, die Mädchen in Square-Dance-Röcken mit Kaugummis im Mund, die Jungs in Overalls mit Kautabak. Sie besetzten meinen Übungsbereich laut und lachend und voller Lässigkeit. Statt sich aufzuwärmen, beobachteten sie mich, wie ich im Seitspagat dasaß. Als wäre ich eine Außerirdische. Ich lächelte wie eine Idiotin und fing mit meinen *pliés* und *relevés* an.

Dann versuchte ich, meine Konkurrenz in ein Gespräch zu verwickeln. »Ich tanze Ballett. Und ihr?«

»Cloggin'«, sagte eins der Mädchen, das von den anderen Marvina genannt wurde. »Aber da hast du sicher noch nie was von gehört.«

Hatte ich nicht, aber ich ging davon aus, dass es irgendwas mit ihren Clogs, den klobigen Holzpantoffeln, zu tun hatte. »Toll«, sagte ich.

»Jup«, sagte Marvina. »Ich hoff, dein Tutu kriegt keinen Tabaksaft ab.« Und dann lachte sie, und es klang, als würde sie gerade an einem Schinkenbrot ersticken.

Beunruhigt schaute ich zu Sylvia Swan hinüber, aber der Wettbewerb war inzwischen eröffnet worden, und sie verfolgte gebannt den Tanz der berühmten Hula-Seniorinnen. Mit leeren Blicken starrten sie in ihren Strohröcken und Kokosnuss-BHs in die Ferne, während sie ihre klapprigen Hüften schwangen. Sie schwangen außerdem Plastikschädel an Ketten herum, und einer der Schädel löste sich und traf eine der Tänzerinnen im Gesicht. Sie schien es kaum zu bemerken, und ich war beeindruckt, dass sie den Auftritt eisern durchzog. Dann kam eine Jonglier-Nummer mit brennenden Stöcken, die nicht furchtbar war, aber nicht besser als Gingers. Es folgte ein Sketch (eine Parodie auf eine von Chopins neuen Lieblingssendungen) mit schlechten Hillbilly-Witzen, erzählt von Teenagern mit geschwärzten Zähnen. Dann kam die Clogging-Gruppe auf die Bühne und führte eine Art schwerfüßigen Stepptanz zu »The Devil Came Down To Georgia« auf.

»Das ist der albernste Song, den ich je gehört habe«, kommentierte Chopin. »Was soll denn irgendjemand mit einer glänzenden Fiedel aus Gold anfangen? Die wäre viel zu schwer und würde klingen wie ein Riesenhaufen *merde*. Meiner Meinung nach sollten sie gegongt werden.«

Dann rief der Tontyp: »I'd Like To Teach the World to Sing«, und Sylvia Swan sprang auf und eilte mit der Kassette hinüber zur Tonkabine. Aber als sie dem Mann die Kassette reichte, sah ich, wie die beiden die Köpfe schüttelten und wild gestikulierten.

Die Kassette war kaputt.

Panik stieg in mir auf.

»Schau mal in deine Tasche«, sagte Chopin.

»Für so was hab ich jetzt keine Zeit«, schrie ich.

Sylvia Swan kam herüber. »Keine Sorge, Marie«, sagte sie, »für solche Fälle habe ich immer eine Ersatzkassette dabei.« Sie nahm die Extrakassette aus der Hülle, aber auch von ihr baumelte ein ramponierter Schwanz aus Kassettenband herab. »Das ist mir ja noch nie passiert«, sagte Sylvia Swan. Ihr Mundwinkel zuckte wie bei Samantha Stephens in *Bewitched*.

»Schau sofort in deine Tasche«, sagte Chopin.

Und in meiner Tasche fand ich, unerklärlicherweise, eine von Dads Platten. Chopin zwinkerte mir zu, und mir wurde klar, dass er hinter diesem impromptu Musikwechsel steckte. Das war ungewöhnlich: Normalerweise griff er nicht physisch in meine Welt ein, er sagte, das koste ihn zu viel Energie. Ungläubig fragte Sylvia Swan: »Du trägst also immer eine Extraschallplatte mit dir herum?«

»Für Notfälle«, sagte ich, und Sylvia Swan blinzelte.

»O-kay«, sagte sie.

»Die vierte Nummer, bitte«, sagte ich und reichte ihr die Platte. Chopins Walzer Nr. 1 in As-Dur. Es war eins seiner energetischsten Stücke, gewürzt mit ein bisschen ländlich-polnischem Flair. Der Rhythmus war ein wenig schneller als der von »I'd Like To Teach the World to Sing«. Schnell genug, um die Leute wach zu halten, hoffte ich.

Nervös nahm ich meine Position für mein Debüt in Vienna, Kentucky, ein. Die ersten Akkorde verklangen, und ich begann mit meinen wilden *balancés*. Es war ein vollkommen anderer Tanz, optimistisch und riskant. Ich schlitterte über die ganze Bühne, rutschte im Staub aus, weigerte mich aber, gegenüber den suboptimalen Bedingungen klein beizugeben. Mein größter Wunsch war, im Gedächtnis zu bleiben, im Idealfall ohne Verletzungen oder sonstige Zwischenfälle. Ich wollte nicht den gleichen Fehler machen wie Chopin, der bei seinem Debüt in Wien, Österreich, für das weniger feinsinnige Publikum zu leise und zu dezent gespielt hatte. Ich war gezwungen zu improvisieren, wirbelte durch den Staub wie ein Steppenläufer, meine Füße füßelten furios wie ein Eber auf dem Eis, zum Abschluss machte ich meinen typischen Sprung und landete in einer Pose auf dem Boden, von der ich nur hoffen konnte, dass sie gewollt aussah. Sylvia Swans Gesicht war undurchschaubar. Chopin sagte: »Wow«, was für seine Verhältnisse praktisch einer Nominierungsrede für den Friedensnobelpreis gleichkam. Ich stand auf und knickste. Dann sah ich sie.

»Misty, hallo!«, schrie ich.

»Hallo«, antwortete sie tonlos.

»Hals- und Beinbruch.« Aber Misty schien nicht bewusst zu sein, dass man sich mit diesem Spruch im Theater »Viel Glück!« wünschte, und starrte mich nur hasserfüllt an.

In dem Moment tauchte Marvina zwischen uns auf. »Deine Musik klingt wie ein austretender Esel«, sagte sie grinsend.

»Ja, für einen Esel vielleicht«, antwortete ich.

Und dann tönte »Ain't Nothing But a Hound Dog«, und Misty stolzierte auf die Bühne. Sie hatte sich verbessert. Ihre Lippenbewegungen waren makellos, ihre Bewegungen selbstbewusster. Das Publikum war begeistert. Ich wusste, ich hatte es mit echter Konkurrenz zu tun, aber ich hoffte insgeheim, sie würde gewinnen. Ich hätte lieber meine beste Freundin zurückbekommen. Der Wettbewerb würde nächstes Jahr wieder stattfinden.

Und dann war ich überrascht, wie supergut es sich anfühlte, den ersten Platz zu belegen. Da waren Jubel und Triumph und eine feste Umarmung von Sylvia Swan. Misty zeigte mir demonstrativ die kalte Schulter, aber ich fühlte mich wie in einer dieser Sendungen im Nachmittagsprogramm, bei denen der Außenseiter letzten Endes doch die Oberhand gewinnt, die Art von Sendung, die wir tatsächlich schauen durften und deswegen so gut wie nie einschalteten.

Als ich nach Hause kam, warteten keine jubelnden Fans auf mich, sondern nur eine weinende Ann auf dem Sofa. Ihr

Arm war eingegipst. »Dad«, sagte sie und zog die Nase hoch. »Er ist ausgerastet, als ich mich darüber beschwert habe, dass Mom mit dem Haushalt nicht hinterherkommt.« Sie wischte sich die Nase am Ärmel ab. »Er hat mich gestoßen, während ich die Badewanne geschrubbt habe. Er kann seine Wut nicht kontrollieren. Es wird immer schlimmer.« Sie hickste.

Ich wusste nicht, wie viel länger wir unsere Wut noch kontrollieren können würden. Und was passieren würde, wenn wir es nicht mehr könnten, darüber wollte ich gar nicht nachdenken.

Furioso

»Wir ziehen um. Wir haben etwas Besseres gefunden. Eine Farm«, schwärmte Dad. »Nächsten Monat.«

»*Incroyable*«, rief Chopin und vergaß eine Sekunde lang seine Apathie. Aber es dauerte nicht lange, bis uns klar wurde, dass »besser« relativ war. Wir würden den Fluss überqueren und uns in Richtung eines Ortes aufmachen, der klang wie der Banjo spielende Protagonist einer Sitcom: Eustis, Indiana. Einwohnerzahl: 2001. Die Farm, auf die meine Eltern geboten hatten, war so billig, dass sogar wir sie uns leisten konnten. Das Ganze fühlte sich an wie ein Angriff aus dem Hinterhalt, darauf angelegt, mein Leben noch unmöglicher zu gestalten. Selbst meine Haut brodelte wütend, fühlte sich heiß und fremd an. »Aber nächsten Monat ist der Jahrmarkt«, brüllte ich meinen Vater an. »Ich habe gewonnen, du verdammter Idiot! Verstehst du nicht, was das bedeutet? Ein einziges Mal in meinem gottverdammten Leben habe ich gewonnen!«

Dafür setzte es Prügel mit dem Gürtel auf den nackten Hintern, obwohl Dad und ich beide wussten, dass ich dafür eigentlich zu alt war. Ich schloss gerade das achte Schuljahr ab: Die Strafe war unangebracht. Um ihm eins auszuwischen, weigerte ich mich, zu weinen, obwohl ihn das nur noch wütender machte. Eines Tages würde ich wegrennen, bevor er mich erwischte. Aber heute war nicht eines Tages.

Sofort nachdem mein Vater den Gürtel wieder durch die Schlaufen gefädelt hatte, stürmte ich zornig zu meiner Mutter. Sie packte Bücher in Kisten, ganz die Ruhe selbst, so entschlossen, dass ich ihr die Bücher am liebsten aus der Hand geschlagen hätte. »Was ist mit Ballett?«, wollte ich wissen.

»Dein Vater ist der Meinung, dass das Studio, und Roanville generell, einen schlechten Einfluss auf dich hat, dass es zu weltlich ist.«

»Und denkst *du* das auch?«

Meine Mutter hielt inne und schluckte. »Ich denke, vielleicht sollten wir es einfach mal ausprobieren. Der Umzug könnte ein Neuanfang für uns sein. Auf der Farm wird es bestimmt interessant und lustig und eine Herausforderung und ganz anders als alles, was wir je gemacht haben. Vielleicht schweißt es die Familie enger zusammen.« Irgendetwas an ihr war anders; in ihren Augen lag eine Lebendigkeit, die ich schon lange nicht mehr gesehen hatte. Es war Hoffnung, begriff ich und war völlig fassungslos, wie sie es wagen konnte, so was zu empfinden.

»Na, wenn das nicht groß-ar-tig ist. Dann ende ich wohl einfach genau wie du.«

Sie schaute mich an, als hätte ich ihr ein Messer in den Rücken gerammt. Ich flüchtete mich auf den Dachboden, wo es heißer war als in einer Müllverbrennungsanlage.

»Keine Panik!«, sagte Chopin. »Das ist nur ein weiteres Kapitel deiner Lebensgeschichte. Du wirst es überstehen, warte nur ab.«

Ich würde alles verlieren. Sylvia Swan, Misty, Ballett, alles, was mich ausmachte. »Und wenn ich es nicht überstehen will?«

Chopin verschränkte die Arme und lehnte sich gegen das Fensterbrett. »Selbstmitleid steht dir nicht besonders gut«, sagte er.

Nicht einmal er war auf meiner Seite; das war schlimmer, als ganz allein zu sein. Ich traf eine Entscheidung. »Ich hasse dich«, sagte ich. Wenn ich keine besten Freunde im echten Leben haben konnte, dann würde ich mein Ding lieber allein durchziehen. »Lass mich in Ruhe. Für immer.«

»Ha!« Er lachte. »Glaubst du wirklich, mich kann man so einfach loswerden?«

»Ich werde dich so gründlich ignorieren, dass du deine eigene Existenz anzweifelst«, fauchte ich.

Ein unsicherer, beinah ängstlicher Ausdruck huschte über sein Gesicht.

Ich wandte mich ab und pfiff »Blue Christmas« von Elvis. Es war Juni, aber ich kannte nicht viele Elvis-Songs, und es war alles andere als ein »Hound-Dog«-Moment.

Briefwechsel

Roanville, Kentucky, 15. Juni 1980
Von M. Higginbottom an M. McPherson

Lieber Hound Dog,

ich habe gute Neuigkeiten für dich: Das erste weibliche Kinder-Elvis-Double wird im Talentwettbewerb antreten. Wir ziehen auf einen Bauernhof in Indiana, und nur Kinder mit Wohnsitz in Kentucky können mitmachen. Ich drücke dir wirklich die Daumen. Du wirst Leben verändern, Misty. Meins hast du auf alle Fälle verändert. Es tut mir alles so leid, und ich werde dich sehr vermissen. Aber ich vermisse dich ja ohnehin schon ganz schön lange. Eigentlich sollte ich mich inzwischen daran gewöhnt haben, habe ich aber nicht. Und bitte erinnere deine Mom daran, dass sie sich die Zigarette erst anzündet, wenn ihr Haarspray durchgetrocknet ist. Sonst vergisst sie es noch.

In ewiger Freundschaft
Marie

Bluegrass auf einer Stradivari

Es wäre leichter für einen reichen Mann gewesen, durch ein Nadelöhr zu gehen, als für Dad, einem organisierten Plan zu folgen. Wie verrückt rannte er in seinen Hausschlappen durch die Gegend und erließ wichtige Beschlüsse, die wir umgehend ignorierten. Er schien ausschließlich in der Lage, uns auf Hausbrände und atomare Holocausts vorzubereiten, obwohl die Feueralarmübungen im Laufe der Zeit immer seltener geworden und die Konservendosen im Keller lange vor 1980 abgelaufen waren. Da der Umzug aufs Land nicht ganz in die Kategorie Katastrophenszenario fiel, waren wir, als der Umzugswagen in die Einfahrt bog, alles andere als bereit.

Wir stopften unsere Klamotten aus der Altkleidersammlung zurück in die Müllsäcke, aus denen sie gekrochen waren, und warfen verloren geglaubtes Spielzeug und zerfledderte Bücher in Kisten, während sich der Vorgarten auf gespenstische Weise mit Möbelstücken füllte, die beinahe so lange kein Tageslicht mehr gesehen hatten, wie ich am Leben war. Die mit Panzertape geflickte Bodenlampe lehnte sich müde in Richtung Gehsteig, als sehnte sie sich danach, endlich davonzuhumpeln. Aber ihr wurde keine Gnade zuteil. Jeder noch so kleine mistige Dreckkrumen, den wir besaßen, einschließlich der abgelaufenen Konservensammlung und den vor Jahren übervollgestopften Papiertüten, landeten im Umzugswagen. Alles außer der Perlenkette, die Nana mir geschenkt hatte. Die hatte sich in Luft aufgelöst und ward nie mehr gesehen. Nachdem der Wagen losgerumpelt war, schnürte Dad mithilfe eines antiken Seils einen Berg »persönlicher Gegenstände«, wie er es nannte, aufs Autodach. Das Haus schielte traurig auf uns herab, während wir in unserem alten Buick von dannen schlichen. Aber das Haus hatte ja auch traurig ausgesehen, als wir noch drin gewohnt hatten.

Das Auto lag so tief, dass sein Hängebauch über die Rüttelschwelle im McDonald's-Drive-In schleifte. Ein einziges Mal in ihrem Leben verkniffen meine Eltern sich die Kosten- und Nährstoffanalyse von selbst belegten Weizenbrotsandwiches im Vergleich zu Fast Food. Als wir vor dem Bestellfenster anhielten, sah ich voller Schrecken, dass in dem schnittigen roten Van vor uns Bobby Howell mit seiner Familie saß. Bobby Howell war der einzige Junge, der mir je einen Zettel mit »Magst du mich? Ja oder nein, kreuze eine Antwort an« zugeschoben hatte. Natürlich beschmierte er seine Hände auch gern mit Flüssigkleber und kreischte dann, er würde sich häuten. Aber trotzdem. Und wir saßen alle sieben in unserem Mistmobil, 1962er Modell in Kackbraun samt dem verbeulten Heck, das sich bei den *Beverly Hillbillies* nur allzu gut gemacht hätte. Und als wäre unser Anblick für sich genommen nicht schon spektakulär genug, hatten wir wegen der Hitze auch noch alle Fenster heruntergekurbelt. Der in unvorhersehbaren Abständen wild lospiepsende Geschwindigkeitsalarm unseres Schrottautos war zu hören, und zwischendurch die Bruchstücke eines undefinierbaren Operngesangs, den Dad zum Besten gab. Beides verkomplizierte den Bestellprozess erheblich.

Ich rutschte so tief in meinen Sitz, wie ich konnte, aber viel Platz blieb dafür nicht. Sollte Dad uns während der Fahrt den Rosenkranz beten lassen, würde ich aus dem Auto springen. Aber dann fiel mir ein, dass die Tür, die mir am nächsten war, seit sie einmal abgefallen war, mit einem willkürlich verknoteten Spanngurtknäuel an ihrem Platz gehalten wurde. Gefangen. *Ich hasse dich so sehr*, skandierte ich wieder und wieder in Richtung Dads unerträglich ahnungslosem Hinterkopf. »Lasset uns beten«, nuschelte er durch seinen Big Mac mit extra Käse hindurch.

Wir fuhren quer durch den Ort und über den Fluss. Das Auto kroch über die steile, schmale Brücke, kaum mehr als ein metallener Steg, der mich in meinen Albträumen verfolgte, seit ich denken konnte. »Was ist der Unterschied zwischen dem Steg an einer Geige und dem Steg an einer Fiedel?«, raunte ich Ann zu. »Heilige Maria, Mutter Gottes …«, grummelte sie und dann im Flüsterton: »Woher zur Hölle soll ich das wissen?« Es machte sie fuchsteufelswild, wenn man ihr Geigenspiel mit Fiedeln in Verbindung brachte. Was nicht selten passierte. »Mein Gott. Du bist so ein Spaten.«

Die meisten Roanviller hegten eine Abneigung gegen uns, aber ich war mir ziemlich sicher, dass wir auch keine Eustis-Leute waren. Wir waren eher … »Bluegrass auf einer Stradivari«, beendete Chopin den Satz. »Das seid ihr.« Ich gab ihm keine Antwort. Ich schaute ihn nicht an. Es war erstaunlich einfach. Ich hatte genug. So vollkommen und absolut von verzweifelter Einsamkeit erfüllt zu sein brachte eine Art Reinheit mit sich: Schwere und Leere, ein irgendwie erhabenes Gefühl.

Rostiges Rezitativ

Wir bogen ein in die No Name Road: unsere neue Adresse. In einer Wolke Schotterstaub hielten wir »Unter den schattigen Eichen«, wie Mom und Dad das Fleckchen unbegradigtes Land und den baufälligen Hof darauf, deren stolze Besitzer sie jetzt waren, getauft hatten. Die Bäume vor dem Haus hießen uns winkend willkommen, und überall wucherten Wildblumen. Einen Moment lang sah ich sie – ihre Vision aus dem *Victoria*-Magazin, wo Frauen mit Spitzenkragen schicke Gebinde aus Trockenblumen flochten, während ihre Ehemänner gerettete Scheunenteile zu rustikalen Herrenhäusern zusammenhämmerten.

»Den Traktor stellen wir in die Scheune«, verkündete Dad, als käme ein anderer Ort als Behausung für einen Traktor infrage.

»Welcher Traktor?«, fragte Mom.

»Den Traktor, den ich mit unserer Steuerrückerstattung gekauft habe«, präzisierte er.

»Du hast unsere Steuerrückerstattung für einen Traktor ausgegeben?« Moms Stimme war jetzt scharf, und aus ihren Augen schossen Giftpfeile. Sie hatte die Hände in die Hüften gestemmt und steigerte sich gerade in eine Komm-mir-jetzt-bloß-nicht-blöd-Stimmung hinein.

»Was hast du gedacht, wie ich anderthalb Hektar Grund mähen soll?«, verteidigte er sich. »Das ist ne Menge Land!«

Er steckte sich einen langen Grashalm in den Mundwinkel. »Ne ganze Menge Land.« Er schirmte die Augen gegen die Sonne ab und ließ den Blick schweifen – über den eingestürzten Ziegenstall, die wespenbesiedelte Außenküche, die Baumstumpfformation, die Matthew Wood Henge taufte.

»Das ist ne Menge Geld«, entgegnete Mom. »Ich dachte, wir sparen auf …«

»Mom!«, rief Ruthie. »Da kommt kein Wasser aus dem Wasserhahn, nur rostiger Glibber.« Genau in diesem Moment spürte ich ein komisches Leck. Ich rannte ins Badezimmer, und tatsächlich: Auch aus mir lief rostiger Glibber. Das Judy-Blume-Buch, das ich nicht hätte lesen dürfen, hatte es als wundervolle Sache dargestellt, aber es war schmierig und schmerzhaft und schrecklich und peinlich. Die einzigen Hygieneprodukte, die wir auf dem Hof hatten, waren Moms Damenbinden, und die waren so groß wie Matratzen und so diskret wie ein Banner am Straßenrand.

In dieser Nacht lag ich auf dem Boden, schlug nach den Flöhen und versuchte, den Geruch von was auch immer in den holzvertäfelten Wänden gestorben war zu ignorieren. Ab und zu stolperte ein LKW vorbei und brachte das ganze Haus zum Wanken. Die Grillen zirpten so laut, dass ich nicht einschlafen konnte. Meine Innereien waren ganz hart von den Krämpfen.

Ich war froh, dass Gloria nicht mehr in ihrem kakerlakenbefallenen Kellerkinderzimmer schlafen musste. Aber ihr neues Zimmer war ein begehbarer Kleiderschrank direkt neben dem Wohnzimmer, und sie hatte panische Angst vor der Tapete, auf der verschiedene gezähmte Wildtiere bei verschiedenen Haushaltstätigkeiten abgebildet waren. Sie war untröstlich, weinte und weinte. Ich hörte, wie Dad aufstand, und dann hörte ich es klatschen, wieder und wieder. »Schluss mit der Heulerei!« Klatsch.

Ich stand auf, um Gloria zu Hilfe zu eilen. »Dad, hör auf«, sagte ich mutig.

»Du. Bist. Still«, röhrte er und zeigte mit dem Finger auf mich. Ich blieb stehen, und er gab Gloria eine weitere Ohrfeige. Ich machte einen Schritt nach vorn.

»Noch ein Schritt«, drohte er. Seine Stimme war leise und zum Zerreißen gespannt. Und ich stand hilflos in der Tür, während sich Gloria in ihrem Bett vor und zurück wiegte.

Wie eine kleine alte Dame sah sie aus, beide Hände vor den Mund gepresst, als könnte sie die Schluchzer so zurück nach drinnen stopfen. Wie ein Messer fuhr der Augenblick durch mich hindurch und fügte der Landschaft meiner Herkunft eine weitere unauslöschliche Narbe hinzu. Ann hatte recht; es wurde immer schlimmer. Ich tat, als würde ich mich wieder schlafen legen, aber sobald Dad im Elternzimmer verschwunden war, ging ich zurück zu Gloria und wiegte sie in den Schlaf. Restschluchzer schüttelten ihren Körper noch immer. Jemand musste etwas unternehmen. Aber wer? Und was?

»Vollpfosten«, murmelte Ann im Schlaf. Wenigstens würde sie im Herbst aufs College entkommen; ihr Arm heilte schnell, bald könnte sie wieder Geige üben. In dieser Nacht träumte ich zum ersten Mal davon, meinen Vater zu töten, wie in einer wirren Partie Cluedo in der Küche mit einer Salatgabel. Aber ich schlief nicht lang. Während die Sonne aufging, wurde mir klar, dass meine Eltern nicht viel erwachsener waren als ich selbst. Sie waren nur schlaffer und herrischer. Übergroße Kinder, die Bauernhof spielten.

Ohne Fernsehempfang hatte Chopin keinen Grund mehr, bei uns aufzutauchen. Das ließ eine bittere Einsamkeit in mir zurück, aber ein Fantasiefreund – oder was auch immer Chopin gewesen war – half mir jetzt auch nicht mehr weiter. Außerdem hätte er meine neue Fraulichkeit sicher noch ekelhafter gefunden als ich selbst, da war ich mir sicher.

F-(ick Dich-)Schlüssel

»He, Pionierweib, was glotzt du denn so?«, fragte ein flanellbehemdetes Mädchen namens Sheri während einer unserer Furcht einflößend unbeaufsichtigten Fünf-Minuten-Pausen drohend. Oder vielleicht war es auch ihre Zwillingsschwester Jeri. An ihrem Schließfach klebte ein Bild von unserem neuen Schulmaskottchen: einem comichaften Südstaatenrebellen mit Konföderiertenflagge, Gewehr und Whiskykrug. Ich besaß kein Flanellhemd, ich trug eine selbst gemachte Pionierbluse und einen schwingenden Westernrock, den meine Mutter mir in einer zufälligen Anwandlung von kulturellem Durchblick genäht hatte. Die *Unsere-kleine-Farm*-Serie lief in den Achtzigern immer noch ziemlich erfolgreich und trug vielleicht ihren Teil dazu bei, dass der Pioniermädchen-Chic, den meine Mutter uns schon seit Jahren aufdrängte, endlich angesagt war. Leider waren die einzigen Schuhe im Haus, die ich mit diesen Kleidern kombinieren konnte, die Cowboystiefeln nachempfundenen Gummigaloschen, die Mom für einen Dollar im Dollarstore gekauft hatte – und deren Dollarigkeit meilenweit gegen den Wind zu riechen war.

»Hälst dich wohl für besonders krass? Oder hast du nur deine Tage?«, spottete Jeri oder Sheri. Tags zuvor hatte meine Brille während einer improvisierten Reihe erlesener Drehungen einen Selbstmordversuch unternommen und sich von meiner Nase hinab aus dem Dachbodenfenster gestürzt. Um Haaresbreite hätte Dads Traktor sie überrollt, letztlich wurde ihr aber eine Gnadenfrist zuteil; die Gläser waren nicht gesplittert, das Gestell aber entzweigebrochen, und einer der Bügel baumelte in einem besorgniserregenden Winkel herab wie ein gebrochenes Bein. Also klebte Mom die beiden Hälften mit Panzertape zusammen und schiente den Bügel mit einer Sicherheitsnadel. Hübsch war meine Brille noch nie gewesen, aber jetzt, in meinem selbst gemachten Pionieroutfit und den Gummi-Cowboystiefeln und meinen zum Dutt geschlungenen Haaren, sah ich aus wie eine Kreuzung aus amischem Nerd und Godzilla. Zum Optiker zu gehen und die Brille zu ersetzen, stand nicht zur Debatte; wir konnten uns ja kaum Wasser in Flaschen leisten, und den stinkenden, eingerosteten, halb ausgetrockneten Brunnen in unserem Garten wieder instand setzen zu lassen überstieg unsere Mittel bei Weitem.

Da ich ohnehin schon »die Neue« war, und das an einem Ort, wo man Fremden mit Misstrauen begegnete, konnte ich es mir nicht leisten, ein leichtes Opfer abzugeben. Also trug ich meine notdürftig geflickte Brille, obwohl ich auf einem Auge praktisch blind war, nur in absoluten Notfällen. Und meine Mitschülerinnen interpretierten mein angestrengtes Augenzusammenkneifen als finsteren Blick.

Sheri oder Jeri kam näher. Ihre Augen waren so dick mit schwarzem Kajal umrandet, dass sogar ich sie erkennen konnte. »Willst du irgendwas von mir?«, fragte sie provozierend.

»Ähm ... nein«, stotterte ich, aber dann hatte ich eine Idee. »Außer du meinst ne gute Prise Priem. Zu nem Portiönchen Schick sag ich nie Nein.«

»Echt jetzt?«, fragte Sheri oder Jeri grüblerisch; die Skepsis war ihr ins Gesicht geschrieben.

»Da kannst du Scheiße drauf fressen«, bestätigte ich. Ich hatte die lokalen linguistischen Muster längst analysiert und mir angeeignet. »So was von echt jetzt.«

»Na dann, hier hast du was von meinem Priem. Bitte sehr, Bitch.«

»Danke, Bitch«, sagte ich und stopfte mir den Klumpen, der offensichtlich mehr als ungeeignet für den menschlichen Konsum war, in den Mund. Sie guckte mich an. Nonchalant wandte ich mich ab und räumte meine Bücher ins Schließfach. Gott sei Dank hatte es schon geklingelt, und sie war längst verschwunden, als ich zu den Toiletten rannte und kotzte. Ich kam zu spät zum Geometrie-Kurs, den ich nicht bestehen würde und wahrscheinlich auch nicht bestanden hätte, wenn ich die Tafel gesehen hätte. Ich hörte Gekicher und nahm an, dass es sich auf meine Gummi-Cowboystiefel bezog, aber sicher konnte ich mir nicht sein, also ignorierte ich es einfach. Darin lag die Schönheit des Blindseins. Und die Bürde.

Danse Rustique

Der Zug und der Graben hatten mich das Springen gelehrt, der Dachboden lehrte mich *pliés*: das Beugen. Ein eigenwilliges *port de bras* konnte zu einem Zusammenstoß mit der nackten Glühbirne führen, die an einem prähistorischen Kabel von der Decke baumelte: So schärfte ich mein räumliches Bewusstsein. Bei meinen *petit allegros* riskierte ich, dass die Überreste des Dachs auf mich herunterdonnerten: Ich lernte, flach zu springen und sanft zu landen. Gleiten war auf dem Boden unmöglich, ohne mir in meinen Ballettschuhen Splitter einzufangen, also arbeitete ich stattdessen an meiner Balance. Mit der Zeit brachte mir der unebene, abfallende Dachbodenboden bei, überall, auf jeder erdenklichen Oberfläche, zu balancieren, eine Fähigkeit, von der ich zuvor nur hatte nachtträumen können.

Die Tapete schälte sich in Schichten ab wie Birkenrinde. Stellenweise bröckelte der Putz und entblößte nackte Metallträger. Wie in einer sich in ihre Einzelteile auflösenden Collage wurden die früheren Leben des Dachbodens zeitgleich zur Schau gestellt. Ein zerbeulter Koffer, den Ruthie ihre »Hoffnungstruhe« nannte und der vor nicht zusammenpassenden Gläsern und verrottenden Untersetzern überquoll, stand in der Ecke. In einer anderen Ecke türmte sich aussortierte muffige Kleidung auf, in der Mäuse nisteten. Es roch nach altem Nikotin und Schimmelpilz und nach in leere Chianti-Flaschen gesteckten, runtergebrannten Kerzen; Spinnenstaub legte sich federleicht auf meine Haut und verweilte dort.

Heiß im Sommer, kalt im Winter, das war meine allereigene Mansarde – ein Ort, mit dem tragische Künstler in Theaterstücken und Opern und im echten Leben vertraut sind. Sie erinnerte mich an Chopins fürchterliche Klosterzelle auf seiner desaströsen Reise nach Mallorca, wo er gesundheitlich abbaute, aber sein berühmtestes und herzzerreißendstes Prélude komponierte. Hör dir die Nr. 15 an, und du wirst die Schrecken dieser feuchten Mönchskammer und der stickigen Einsamkeit darin verstehen. Kombiniere sie mit dem Gegacker von ein paar Hühnern, dem Knirschen von Autoreifen im Schotter und dem flüchtigen Plärren von Hank Williams junior, und schon hast du die Begleitmusik des Indiana-Dachboden-Balletts.

Nein, stopp! Hör es dir nicht an. Chopin ist scheiße.

Ich lehnte ein Sortiment wild zusammengewürfelter, zerbrochener Spiegel an die Wände, was eine trunkene Gruselkabinett-Atmosphäre schuf. Die Spiegel waren nicht schwer zu finden: auf der Müllhalde, in der Scheune und unter den Bergen von Was-auch-immer-an-abgenutzten-Dingen in der Außenküche. Das ist ein Aspekt der Armut: Du ziehst alles Kaputte und Scheußliche praktisch magisch an; was dir an Geld fehlt, machst du mit einer ständig wachsenden Sammlung beinah-benutzbarem Schrott wieder wett.

Hier oben gab ich auch Ballettstunden. Meine Schülerin Becky Scruggs war ein kleines Bauernmädchen und Tochter von Moms neuer Freundin Shirley. Mein gewaltiger Stundenlohn betrug fünf Dollar. Alte Klappstühle dienten uns als Ballettstange, und eine alte Lern-Schallplatte, mit der meine Schwester sich die Suzuki-Methode für Violine beigebracht hatte, als Musik. Ein fürchterlicher Ort, um sich dort aufzuhalten, geschweige denn, um zu tanzen. In Sachen Technik brachte ich Becky kaum etwas bei; aber ich kam bald dahinter, dass ich ihr die Liebe zur *Idee* von Ballett vermitteln konnte – zu seiner Schönheit, seiner Eleganz, zur Illusion des Entkommens. Dieses Entkommen war es, was wir beide brauchten. Ein Entkommen vor Sheri und Jeri, die, wie sich herausstellte, ihre älteren Schwestern waren und die mich herausforderten, eine von ihnen beiden – ich war nie so ganz sicher, welche – nach der Schule zum Initiationsritus, sprich zum Kampf der Neulinge, zu treffen.

Als ich beim Treffpunkt auftauchte und mit einem überraschenden *grand battement* ins Gesicht auf Angriff ging, hörte Sheri oder Jeri auf, mich mit schwingenden Fäusten zu umkreisen, und fragte, ob ich auch Spagat könne. Konnte ich und machte ich, in alle drei Richtungen. Das war das erste Mal, dass ich Ballett für Kampfsportzwecke eingesetzt hatte – und, wie ich ehrlich hoffte, das letzte Mal –, aber es funktionierte. Sie waren beeindruckt genug, um mir von Dolly's Dance Junction zu berichten, einem Studio im Örtchen, unter dem Saloon, wo sie gerne Unterricht genommen hätten.

Bei Dolly's Dance Junction wurden nur Ballettkurse für Anfängerinnen angeboten. Aber Dolly konnte eine weitere Lehrerin gebrauchen, und so hatte ich bald einen neuen Job. Traditionell wurden hier im Unterricht »Lernfortschritte garantiert«, indem eine Platte nicht nur mit Musik, sondern auch gleich mit den gesprochenen Anweisungen abgespielt wurde. Selbst Tater hätte hier eine Ballettstunde unterrichten können, aber Geld war Geld, und der Job hatte mit Tanz zu tun, also blieb ich. Irgendwie musste ich meinen Traum am Leben erhalten. Auch wenn das bedeutete, auf dem rutschigen Linoleumboden eine Schülerin mit leerem Blick und Armen so tot wie die der Vogelscheuche im *Zauberer von Oz* auf einen Vortanz-Abend vorzubereiten. Zu Hayley Mills »The Pink of Perfection«. Aber das war noch nicht alles. Auch die Lehrerinnen sollten an diesem Abend auftreten: mit einem Tanz in weißen Froufrou-Röckchen zu Dolly Partons Countryhit »9 to 5«, der verschiedene Stile kombinierte.

Ich wusste genau, was Chopin dazu gesagt hätte: »Der Song ist ja total von gestern.« Aber er schwieg. Zumindest hörte ich ihn nicht. Ich war jetzt eine lebende Statue; meine

Haut war zu einer Steinschicht verknöchert, härter als die Klippen an den Flussufern außerhalb von Eustis, wo sich brave Mädchen nicht herumtrieben.

Chevette-Menuett

»Wow, eine Corvette!«, staunte Ruthie.

»Nein, eine Chevette«, korrigierte Dad.

»Was ist der Unterschied?«

»Ungefähr zwanzigtausend Dollar«, sagte Dad. »Aber sei's drum, Bremsen haben sie beide. Glaube ich zumindest.« Er lächelte stolz. Das war das erste und einzige neue Auto, das er je besessen hatte. Was es umso tragischer machte, dass ein unvorhergesehener Oktobertornado zwei Wochen später eine alte Eiche darauf stürzen ließ und für einen Totalschaden sorgte. Dad nahm das persönlich, Mom schien es auf ihre Art gut wegzustecken.

»Sieh's positiv«, wagte sie zu sagen. »Wenigstens wurde niemand verletzt.«

Kein Mensch hört gern, dass er sich mal nicht so haben soll, am allerwenigsten Dad. »*Noch* nicht«, antwortete er. Und Mom schlich davon, um fast unhörbar murmelnd mit Shirley zu telefonieren.

Gebetskreis-Polonaise

»Danke, Jesus«, murmelte Shirley, auch wenn nicht ganz klar war, wofür sie eigentlich so dankbar war. Mom hatte Shirley in der Eustis-Gruppe der Homemakers Association, der amerikanischen Hausfrauenvereinigung, kennengelernt, der beizutreten Dad ihr erlaubt hatte, nachdem sie einen weiteren Haushaltsstreik angedroht hatte. Von allen Gruppen, die sie interessierten, war es die einzige, der Dad seinen Segen gab. Anscheinend war seine Hirnschädigung – oder sein Sexismus – so akut, dass ihm nicht bewusst war, wie viel Schaden eine Horde wütender Hausfrauen anrichten konnte, wenn sie sich zusammenschloss.

Shirley war eine dicke Frau mit Apfelbäckchen und einem fluffigen Helm aus Haar, das aussah wie mit dem Rührbesen aufgeschlagen, sich aber keinen Zentimeter bewegte. Sie trug meistens braune Kittelschürzen mit Blumenmuster und bezeichnete sich selbst als Tochter Gottes. Shirleys bester Freund war Jesus, und bald darauf war auch meine Mutter Stammgast bei ihren Gebetskreisen. Sie schienen ihr wirklich gutzutun: Zum ersten Mal seit Ewigkeiten wirkte sie glücklich. Das erinnerte mich daran, wie es sich angefühlt hatte, als Misty und ich uns damals angefreundet hatten. Mom summte beim Geschirrspülen, lächelte uns öfter an und brach abends oft mit mädchenhaftem Entzücken zu religiösen Soirées auf. Diese Treffen wurden als »charismatisch« bezeichnet. Dad konnte ihnen rein gar nichts abgewinnen, was meine Neugierde geweckt und mich dazu bewegt hatte, Mom an diesem Abend zu begleiten.

Die Charismatiker – was in meinen Ohren nach einem super Bandnamen klang – versammelten sich immer im Wohnzimmer eines der Mitglieder. Die Gruppe bestand fast nur aus Frauen. Ein Prediger heizte die Stimmung so richtig an, auf eine Art und Weise, die mich an Dad erinnerte, wenn er sich in Vorbereitung auf eine saftige Tracht Prügel selbst hochputschte. Lieder wurden gesungen, Arme geschwenkt und Hände erhoben. Zeugnisse wurden abgelegt.

Eine Frau berichtete, wie sie sich, direkt vor dem Treffen, beim Schminken versehentlich mit dem Wimpernbürstchen ins Auge gepikst hatte. Aber sie hatte gebetet, und wie durch ein Wunder wurde der Schmerz ihr genommen.

Was für eine Wagenladung Pferdemist.

Dann murmelten die Leute in seltsamen Zungen, und ein paar von ihnen gerieten regelrecht in Ekstase. Der Prediger legte meiner Mutter die Hand auf und bat Jesus, sie zu heilen. Wie ein Baumstamm kippte sie nach hinten um. Unter normalen Umständen hätte ich geschrien, jemand müsse 911 wählen. Aber das hier waren keine normalen Umstände. Hier war ich diejenige, die sich komisch verhielt.

Ich sang nicht, ich betete nicht, ich machte gar nichts.

»Erschlagen vom Heiligen Geist!«, verkündete der Prediger. Mom kam wieder zu sich und lächelte strahlend in die Ferne, als wäre sie verliebt.

Und da sah ich es: Genau so war's.

In Shirleys Gesicht spiegelte sich ihr Lächeln.

Briefwechsel

Eustis, Indiana, 10. November 1980
Von S. Scruggs an J. Higginbottom

Liebe Junie,

ich wollte dir sagen: Dass Jesus dich in mein Leben gebracht hat, ist der größte und überraschendste Segen, den ich mir je erträumen könnte. Was auch immer die Zukunft für uns bereithält, ich kann dir versichern, dass ich noch nie jemanden so geliebt habe wie dich. Ich weiß, es ist eine Sünde, aber Gottes Wege sind unergründlich. Du hast mit mir gebetet, ich habe mich zu dir gebettet, und jetzt bin ich ganz durcheinander, wo eigentlich der Unterschied liegt. Ich danke Jesus für dich und bitte ihn um Orientierung und Schutz. Ich freue mich schon darauf, mit dir zum Nähwettbewerb zu gehen. Und auf andere Dinge. Möge der Herr uns gnädig sein.

In Liebe
Shirley

Geh-Moll

Dass Mom ihm die Hörner aufgesetzt hatte, und das auch noch mit einer Frau, brachte Dad zum Toben. Er warf Mom aus dem Haus. Sie war zwar längst gewohnt gewesen, mit Füßen getreten zu werden, bislang jedoch nur im übertragenen und nicht im wörtlichen Sinne. Sie marschierte davon, zu Fuß in Richtung Shirley. Plötzlich kriegte Dad sich wieder ein – vielleicht erinnerte er sich daran, dass er sich ohne Mom ganz allein um seine restlichen fünf Kinder kümmern müsste –, und er fuhr ihr mit dem Auto hinterher und versuchte erfolglos, sie zu überreden, wieder mit nach Hause zu kommen.

Das war, soweit ich mich erinnere, das einzige Mal, dass er mich von der Schule abholte. »Marie. Du musst mit deiner Mutter sprechen. Sie ist unvernünftig!« In Höchstgeschwindigkeit brauste er zurück in Richtung No Name Road. Mom hatte inzwischen den halben Weg zum Ort zurückgelegt. Er setzte mich neben ihr ab, um sie vom Einsteigen zu überzeugen.

»Nein«, sagte sie. »Er ist mir gegenüber gewalttätig geworden. Ich kann nicht zurück.« Also stieg ich wieder ins Auto zu dem Mann, der mir gegenüber gewalttätig war, seit ich denken konnte.

»Du bist wunderschön, wenn du wütend bist«, sagte Dad und schaute mich auf eine Art und Weise an, auf die Väter – nicht einmal Väter mit Hirnschäden – ihre Töchter niemals anschauen sollten.

»Heiliger Herr im Himmel, halt's Maul, du Perversling!«, sagte ich nicht und hasste mich für meine Feigheit. Stattdessen sank ich auf dem Beifahrersitz in mich zusammen und versuchte, darin zu verschwinden, obwohl meine Lebenserfahrung mir die überwältigende Beweislage lieferte, dass das unmöglich war.

Er setzte mich bei Dolly's Dance Junction ab, wo ich meine fürchterlichen Ballettstunden gab und danach mit Dolly und ihrem Freund herumhing und trank und rauchte, statt zu essen. Ich erkundete die Abgründe in mir. Chopin, wo auch immer er steckte, wäre zufrieden mit mir gewesen. Vielleicht hörte und sah er mich ja immer noch. Oder vielleicht hatte er sich neuen Aufgaben zugewandt und erschien jetzt in Nanas Séancen.

Wie auch immer. Mir egal.

Chanson der Schluchzer

Mom raste uns auf der unbefestigten Schotterstraße hinterher und winkte heftig aus dem Autofenster. Der Geschwindigkeitsalarm spielte wahrscheinlich total verrückt. Die Kinder im Schulbus drehten sich auf ihren Sitzen um und klebten an den Scheiben, um ja nichts von der einzigen Verfolgungsjagd zu verpassen, die sie außerhalb von *Dukes of Hazzard* je erleben würden. Ich starrte geradeaus und tat so, als ginge es nicht um mich. Aber leider ging es das eben doch, und als Mom uns eingeholt hatte, fuhr Zeke den Bus schließlich rechts ran. Der Weg zwischen den Sitzen hindurch nach vorn schien ein ganzes Leben lang zu dauern und noch länger. Die anderen Kinder johlten und kreischten und streckten uns die Hände entgegen, um uns abzuklatschen. Mark und Luke hielten das für den Moment ihres Lebens und begriffen nicht, dass sich alle über uns lustig machten. So lässig ich konnte, stieg ich mit ihnen und Ruthie im Schlepptau die Stufen hinunter. Dann stolperte ich und ließ meinen Rucksack in den Dreck plumpsen.

»Ich hoffe, es gibt einen guten Grund dafür, dass du uns verfolgst, als wär das hier ein gottverdammter Actionfilm«, blaffte ich Mom an. Einen Moment lang saß sie einfach nur da. Ihre rot karierte Bluse und die weiten Jeans wiesen sie eindeutig als gestandene Frau vom Lande aus, aber mit ihren zwei geflochtenen Zöpfen wirkte sie wie ein zerbrechliches kleines Mädchen.

»Du glaubst wohl, vierzehn zu sein wäre hart? Dann stell dir mal vor, wie es ist, vierzig zu sein, mit einem Rudel undankbarer Blagen und einem durchgeknallten Mann, ohne Geld und ohne Ausbildung. Denkst du, das macht Spaß?« Ich antwortete nicht. Chopin so lange zu ignorieren hatte mich unantastbar gemacht. Aber dann brach sie in Tränen aus, stieß markerschütternde, jammernde Laute hervor, qualvolle tierische Schreie, die die Luft zerschnitten. Sie trommelte mit den Fäusten auf das Lenkrad ein, bis ich sicher war, dass ihre Knochen gleich brechen würden. Untröstlich wippte sie vor und zurück. Wir saßen alle starr da und schauten sie nicht an. Und mir schwante zum allerersten Mal, dass sie vielleicht gar keine Idiotin war.

Vielleicht hatte sie eine Scheißangst.

So plötzlich, wie sie angefangen hatte, hörte sie auf zu weinen. »Euer Vater hat es Shirleys Ehemann erzählt«, sagte sie und putzte sich die Nase. »Und jetzt werden wir uns nicht mehr sehen. Nie wieder.« Sie wischte sich über die Augen, atmete tief ein und drehte den Zündschlüssel um. »Wer will ein Eis?«, fragte sie, fuhr los in Richtung Dairy Whip und schien gar nicht zu bemerken, dass niemand von uns Ja gesagt hatte.

Wir verbrachten die Thanksgiving-Nacht im einzigen Motel in der Gegend, dem Eustis Super 8, bis die einstweilige Verfügung gegen meinen Vater durchgegangen war. Der Sheriff tauchte »Unter den schattigen Eichen« auf, ließ Dad seine Sachen packen und eskortierte ihn vom Grundstück. Es wäre so viel einfacher gewesen, wenn er, wie sonst, gemessenen Schrittes und mit vor gerechtem Zorn geschwellter Brust zum Auto stolziert wäre, aber stattdessen fiel er heulend und schluchzend auf die Knie. »Es tut mir leid. Es tut mir so leid. Oh, Gott, oh, Jesus Christus. Bitte vergebt mir, bitte, bitte.« Ich dachte an all die Male, die wir ihn angefleht hatten, uns nicht zu verprügeln, und an all die Male, die er weitergemacht hatte, als hätte er keins unserer Worte gehört. Jetzt waren wir an der Reihe zu schweigen. Nicht, weil wir sein Leid nicht gespürt hätten, sondern weil wir es spürten. Die Einfahrt wurde zu einem Burggraben des Schmerzes, den zu überqueren niemand wagen oder ertragen konnte. Der Sheriff half Dad wieder auf die Füße und führte ihn sanft, aber bestimmt davon.

»Alles wird gut«, erklärte Mom, als Dad in seinem neuen alten Auto davonfuhr.

»Wie?«, fragten wir.

»Ich werde einen Beruf finden«, antwortete sie.

»Wie?«, fragten wir noch einmal.

»Zweifellos unter großen Schwierigkeiten«, antwortete sie und zwirbelte sich eine Haarsträhne, die sich gelöst hatte, um den Finger.

Indiana-Sextett

Ruthie half Mom beim Zuknöpfen ihrer Arbeitsuniform, und Mom band sich ihr Häubchen unter dem Kinn fest. »Heute machen wir Kerzen und Seife und spinnen Wolle«, erzählte sie fröhlich. Bei ihrem neuen Job auf dem Historischen Erlebnisbauernhof webte sie vor Publikum Stoffe, nähte Kniehosen, fertigte Puppen aus Maisblättern und alten Äpfeln. Sie schlug sich hervorragend und wurde innerhalb weniger Wochen zur Mitarbeiterin des Monats gekürt. Im Leben als Pionierfrau fand sie ihre Freiheit. »Außerdem«, rief sie euphorisch, »kann ich, wenn die Zivilisation zusammenbricht, alles selbst machen.« Sie hatte Jesus zwar abgeschworen, setzte jetzt aber darauf, dass eine weltliche Apokalypse den oberflächlichen Allüren der Moderne ein Ende bereiten würde. Sie sprang in den alten Chevy und brauste davon.

Ruthie und ich gaben unser Bestes, uns selbst und die Kleinen für die Schule fertig zu machen. Das war keine einfache Angelegenheit. Zusätzlich zu ihrem Job hatte Mom sich auch noch an einer örtlichen Zweigstelle der Indiana University eingeschrieben, und Dad hatte ein paar Dörfer weiter eine Wohnung gemietet. Also hatte hier jetzt praktisch Mutter Natur das Ruder übernommen, und die hatte sich in den Kopf gesetzt, die Farm zurückzuerobern. Mäuse. Unkraut. Wespen. Hunde, Katzen, Hühner, Flöhe und Stechmücken waren fruchtbar und mehrten sich, bevölkerten die Einfahrt, den Garten und das Maisfeld. Optisch und olfaktorisch wurde das Haus mit den Hinterlassenschaften von Tieren aufgehübscht. Das Ziegenstalldach verrottete und stürzte ein. Im Sturmkeller unter dem Wohnzimmer starb irgendwas. Aus einer Schote, die Mom als sommerliche Dekoration in eine Vase gestellt hatte, stoben Tausende winziger Grashüpfer hervor; in grünen Wellen krawallten sie durch die Küche. Schimmelkolonien wucherten auf dem uralten Essen in dem grünen Kühlschrank, dessen Tür nicht geöffnet werden durfte, woran sich aber, den regelmäßigen Aasgeruchschwaden nach zu urteilen, niemand hielt. Das Klo funktionierte manchmal. Berge von Klamotten überwucherten die Flure und griffen auf Türschwellen und jede verfügbare Oberfläche über. Das Wasser war so rostig und schwefelhaltig, dass die Schmutzwäsche kaum von der sauberen zu unterscheiden war. Die Asche vom Holzofen und das Nikotin der Mentholzigaretten legten sich auf die von Mom mit eingefrästen Schnörkeln verzierten Fensterscheiben. Der nackte Adam und die nackte Eva auf dem Duschvorhang waren von dem ätzenden Wasser inzwischen zu grotesk degenerierten Gestalten geworden.

Irgendeine Katze war immer rollig, und um sie von ihrem offensichtlichen Plan, die Weltherrschaft zu übernehmen, abzuhalten, wurden sie alle ins Haus gesperrt. Sie schienen einen Pakt geschlossen haben, denn ihr Wehklagen der Unglücklich-Unvermählten stimmten sie immer dann an, wenn Feiertag war oder wir zu einem Familientreffen zu Hause versammelt waren. Sie waren aufdringlicher und anstrengender als die Eustis-Jungen, die im Bus unablässig um die Aufmerksamkeit der Mädchen buhlten. Mark und Luke verwilderten ebenso wie die Katzen und pinkelten zum Spaß auf die Scheune.

Mom hatte die Scheune an Pferdebesitzer aus der Gegend vermietet, die, wie sich herausstellte, aber nicht das nötige Kleingeld hatten, um ihren Tieren ausreichend zu fressen zu geben. Aus Protest knabberten die Pferde an den hölzernen Scheunenbalken und futterten sich so schlussendlich frei. Die Furcht einflößenden Runden, die sie eines Morgens im Galopp ums Haus drehten, machten den Weg zur Bushaltestelle zu einer Heldenreise. Und erst als ich es schließlich dorthin geschafft hatte und der Bus vorfuhr, fiel mir auf, dass ich an einem Fuß einen Slipper aus weißem Leinenstoff trug und am anderen einen Ballerina aus braunem Kunstleder mit Fransen.

Ich beschloss, dass mir das nichts ausmachte. Mir war nicht klar, dass man solche Entscheidungen wieder und immer wieder treffen muss.

Nocturne

Ein roter Sportwagen bremste scharf neben mir ab. Der Fahrer lehnte sich aus dem Fenster. »Um diese Zeit sollten Mädchen nicht mehr allein draußen auf der Hauptstraße unterwegs sein«, sagte er. Schnurrbart, Zigarette.

»Bitte, Sir«, lallte ich, Spucketröpfchen versprühend. Wie kann man nüchtern genug sein, um sein eigenes Lallen zu bemerken, aber zu betrunken, um was dagegen zu tun? »Ich bitte Sie in aller Förmlichkeit, davon abzusehen, sich wie ein idiotischer Neandertaler zu verhalten.« Er musterte meine alberne Brille, das ramponierte Netztop von Kmart, meine in den Hosentaschen geballten Fäuste.

»Miss?«, fragte er. Oh, das konnte ja heiter werden. Niemand in Eustis verwendete je das Wort »Miss«, außer es ging um die örtlich amtierende Schönheitskönigin. Ich kniff die Augen zusammen und reckte das Kinn vor. Aber er sagte nichts mehr und gab einfach Gas.

Ich fand keine Toilette und kam nicht auf die Idee, mich ins Gebüsch zu hocken. Stattdessen ließ ich die nasse Wärme einfach in meine Jeans fluten, während ich auf dem Supermarktparkplatz vor dem Telefonhäuschen stand und mich an unsere Nummer zu erinnern versuchte. Irgendwann gab ich auf und stolperte die Hauptstraße entlang zurück. Ich torkelte an Dolly's Dance Junction vorbei, am Lock-'n'-Roll-Schönheitssalon und am Second-Chance-Trödelladen. Silbriges Mondlicht erhellte die rostigen Stühle in den Vorgärten, die Reifenschaukeln und die verblassten Konföderiertenflaggen. Die Fichten wogten sanft und flüsterten miteinander, als würden sie Geheimnisse austauschen.

Als ich auf Höhe des Rummelplatzes angekommen war, hielt neben mir ein matschverkrustetes Auto. Sheri oder Jeri öffnete die Beifahrertür. »Marie«, rief sie. »Was machst *du* denn hier? Wo ist Stänk?« Man musste ihr zugutehalten, dass sie sich überhaupt dazu herabließ, mit mir zu sprechen, nachdem die Geschichte von der Lesbo-Affäre unserer Moms die Runde gemacht hatte, wie es in so kleinen Orten unvermeidlich war.

»Weg«, sagte ich.

»Habt ihr euch gestritten?«

»Nicht wirklich gestritten. Nur eine Meinungsverschiedenheit, würde ich sagen.« Dass Stänk mich am Flussufer zurückgelassen hatte, weil ich gewisse Dinge nicht tun wollte, behielt ich lieber für mich. Weil ich diese Dinge eigentlich schon tun wollte. Nur nicht mit genau diesem Bauerntrottel in genau diesem Truck in genau diesem Kaff. Ich wollte einfach nur die Augen schließen und geküsst werden und mir vorstellen, dass wir beide jemand anders waren.

»Sicher, dass er nicht zurückkommt?«, fragte Sheri oder Jeri.

»Sicher wie das gottverdammte Amen in der Kirche«, sagte ich.

Sie wandte sich ihrem Freund zu. »Können wir sie nicht mitnehmen?«

»Hmpf«, grunzte er.

Ich kletterte auf den Rücksitz. Warum weinte ich? Ich konnte nicht einmal Traurigkeit spüren. Es schien mir einfach der Situation angemessen. Vielleicht wollte ich sie auch nur von der Tatsache ablenken, dass ich mich eingenässt hatte. Es schien zu funktionieren.

»Was habt ihr alles gesoffen?«, fragte Sheri oder Jeri.

»Keine Ahnung. Ich erinnere mich vage an Pfirsichschnaps.«

»Du muss zusehen, dass du trinkfester wirst«, sagte sie. »Wenn du nix verträgst, will dich kein Schwein.«

»Danke«, sagte ich. »Ich werd's mir merken.«

»Und außerdem bist du zu verkrampft.«

»Fick dich.«

Sie grinste. »Jaja.«

Nachdem sie mich »Unter den schattigen Eichen« abgesetzt hatten, hockte ich in meiner klammen Jeans auf einem der Baumstümpfe, rauchte die Mentholzigaretten von meiner Mutter und tippte die glutheiße Spitze ab und zu auf meinen Arm. Schmerz macht die Dinge einfacher, jede Brandblase ein Souvenir von einem realen Ort. Der Wind frischte auf, und die Bäume über meinem Kopf rauschten; ein einsames Nachthemd drehte auf der Wäscheleine durch wie ein wildes Tier, das so verzweifelt zu entkommen versuchte, dass ich die Wäscheklammern schließlich löste und beobachtete, wie es in den Nachthimmel davonflog.

Kostümwechsel presto

Mom holte mich im Chevy von der Schule ab. Ich rannte die Stufen vor dem Eingang hinunter, so schnell ich konnte. In das Auto zu steigen war immer eine Herausforderung: Es umfasste das Entfernen und die neuerliche Installation des Spanngurts, mit dem die Tür befestigt war. Sobald ich es hineingeschafft hatte, bückte ich mich und tat so, als würde ich mir die Schnürsenkel binden. »Ich durchschaue deine kleine Nummer«, sagte Mom. »Das Auto ist also nicht gut genug für dich?« Sie kannte nicht die ganze Wahrheit, und ich sprach sie nicht aus: Ich schämte mich sowohl für das Auto als auch für die Tatsache, dass ich mich für das Auto schämte. Während der Fahrt zwängte ich mich in meine Strumpfhose und den Ballettanzug, der Geschwindigkeitsalarm kreischte wie wahnsinnig, Felder mit Getreide schossen an uns vorbei. Es sah aus wie Harfensaiten, die gerade gezupft wurden. Entzückte LKW-Fahrer glotzten von oben durch unsere Windschutzscheibe und hupten, während sie an uns vorbeibrausten. Ich würde zu spät zu meinem Job bei Dolly's Dance Junction kommen.

»Interessiert das eigentlich irgendwen, ob du pünktlich bist?«, fragte Mom. »Oder ob du Ballettkleidung trägst?«

Ich musste lachen. Natürlich interessierte das niemanden. Am allerwenigsten Dolly.

Diät-Quartät

»Und so posiert man, wenn man Mode vorführt«, sagte Mrs. Becker. In ihrem Hauswirtschaftslehre-Kurs waren außer mir nur die Flanellmädchen, und wir nähten krummschiefe Kleider für eine Modenschau. Mrs. Becker war früher Model gewesen, was man ihr inzwischen kaum mehr ansah, auch wenn sie uns zeigte, wie man die Hände in die Taille stützte, um seine Sanduhrfigur zu unterstreichen. Eine Modenschau? Vielmehr stellten wir einen Festzug der Fetzen auf die Beine. Außerdem bereiteten wir Götterspeise zu, was mir den Spott meiner naturverbundenen Mutter einbrachte.

Ich folgte einem speziellen Ernährungsplan, den ich Fick-Dich-Diät nannte. An einem Tag frühstückte ich, am nächsten aß ich zu Mittag, am dritten zu Abend, dann setzte ich einen Tag aus, und dann alles wieder von vorn. Zigaretten konnte ich so viele rauchen, wie ich wollte. Ich tat das, weil es mich in eine Art Rausch versetzte und weil es ein heiliges Ritual war, und ich tat es außerdem aus der Vorstellung heraus, dass ich mich dadurch eines Tages in jemand anderen verwandeln würde. Deshalb war die Götterspeise in meinen Augen wirklich ein Werk der Götter. Wer hungert, ist dankbar für jeden Krümel, eine Demut, die manche Menschen ein Leben lang zu erfahren suchen.

Ich fiel im Wohnzimmer in Ohnmacht. Aber was hätte ich tun sollen? Denn bist du nicht dünn, bist du keine echte Tänzerin, und bist du keine echte Tänzerin, sitzt du auf einer braun karierten Couch, schaust vorbeifahrenden LKWs hinterher und rauchst Mentholzigaretten, und zwar für immer.

Briefwechsel

Roanville, Kentucky, 15. Mai 1981
Von S. Swan an M. Higginbottom

Liebe Marie,

ich bin kürzlich deinem Dad begegnet. Er hat mir erzählt, dass er sich Sorgen um dich macht und dass du das Tanzen sehr vermisst. Und ich vermisse dich sehr! Ich habe ein zweites Kind bekommen und könnte wirklich Unterstützung gebrauchen. Du könntest über den Sommer hier wohnen, oder auch länger. Mr. Swan würde dich abholen. Mit einer energiegeladenen, jungen Frau wäre mir auf jeden Fall geholfen. Natürlich bezahle ich dich auch. Und du könntest wieder Tanzstunden im Studio nehmen und geben. Besprich das doch mal mit deiner Mom, und ruf mich an. Dein Dad hat mir schon sein Okay gegeben.

Beste Grüße
Mrs. Swan

Rhythmus der Reue

»Auf keinen Fall. Was wäre ich für eine Mutter, wenn ich dich einfach weggehen ließe?«, sagte Mom.

»Aber du hast Ann aufs College gehen lassen. Und du lässt Matthew mit dem Fahrrad quer durchs ganze Land ziehen, mit seiner Gitarre und sonst so gut wie nichts!«

»Das kannst du nicht vergleichen. Sie sind älter als du. Und außerdem brauche ich dich. Du musst mir hier mit dem Haus und mit den Kleinen helfen, wenn ich bei meinen Kursen bin.«

»Aber Mrs. Swan bezahlt mich, ich kann dir Geld schicken.«

Mom fiel in sich zusammen wie ein drei Tage alter Luftballon. Ihr wurde klar, dass ich kein Nein hinnehmen würde. Oder vielleicht wurde ihr klar, dass man manchmal letzten Endes nur sein eigenes Leben retten kann, und manchmal nicht einmal das.

Während mir also jemand einen Rettungsring zugeworfen hatte, würde Ruthie sich allein über Wasser halten müssen. »Du lässt mich einfach hier zurück?«, fragte sie leise, als ich ihr von meinen Plänen berichtete, nach Roanville zurückzukehren. Sie war gerade im Hof dabei, aus kaputten Stühlen, alten Matratzenfedern und deformierten Weidenästen eine riesige Skulptur zu bauen. Sie hatte wirklich Talent und war von Natur aus ein Magnet für alles, woraus man Kunst machen konnte – all die verlorenen und kläglichen und verstoßenen Objekte von Eustis flogen ihr zu. »Was für ein Mensch würde mich hier einfach untergehen lassen, mit *denen*?«, nuschelte sie und gestikulierte mit einem durchgerosteten Schalldämpfer, den sie gerade auf einem Stück vergammeltem Holz zu balancieren versucht hatte. Diese Frage konnte ich ihr nicht beantworten. Unsere jüngeren Geschwister waren inzwischen so verwildert wie der Ort selbst. Mark und Luke hatten angefangen, einen Baseballschläger durch die Gegend zu schwingen, und da sie keinen Ball hatten, schlugen sie auf statischere Objekte ein, zum Beispiel auf das Haus. Die kleine Gloria war inzwischen vier. Ihren ersten Fluchtversuch hatte sie schon hinter sich und war immerhin bis zum Rummelplatz gekommen.

Ruthie, Mark, Luke und Gloria standen vor dem Haus und schauten mir dabei zu, wie ich meine Taschen über den Schotter hinüber zu Mr. Swans neuem Dodge Minivan schleppte. Ich musste daran denken, wie Dad geschluchzt und um Vergebung gefleht hatte, als er »Unter den schattigen Eichen« verließ, und ich verstand genau, was er empfunden hatte. Ich fühlte mich so schlecht, dass ich beinahe kehrtgemacht und zurück ins Haus gerannt wäre. Mein Mund schmeckte nach metallischer Schuld. Ich hielt inne, gerade lang genug für mein granitenes Herz, um entlang einer unerwarteten Sollbruchstelle zu bersten. Dann ging ich zum Auto und stieg ein. Ich konnte nicht sagen, was für ein Mensch ich war, aber Ruthie würde mir verzeihen. Sie war schon immer ein besserer Mensch gewesen als ich. Eines Tages würde ich es wiedergutmachen.

Letzten Endes.

Hoffte ich.

Moshpit im Müll

Mrs. Swan in diesem Sommer auszuhelfen bedeutete, der üblichen Hässlichkeit meines Lebens zu entfliehen, aber Ferien waren es nicht gerade. Es war harte Arbeit, auf zwei kleine Kinder aufzupassen, und wie Mom das mit sieben bewerkstelligt hatte, war mir ein Rätsel. Ich schlief in Mr. Swans Arbeitszimmer auf einer ausziehbaren Couch, auf der ich traurig-klägliche Träume von Ruthie träumte. Es war nicht still, und es war nicht riesig, und es war nicht meins, und ich fühlte mich nicht *zu Hause*, aber wenigstens war ich nicht zu Hause. »Du hast dir beim Alleinüben hier und da eine falsche Technik angewöhnt«, sagte Sylvia Swan. »Mit den Spitzenschuhen müssen wir noch mal ganz von vorn anfangen.«

Die Monate flossen ineinander, und niemand sagte irgendwas davon, dass ich wieder nach Hause gehen würde, und so erwähnte ich es auch nicht. Mom hatte nicht erwartet, dass ich zurückkommen würde; sie hatte Bescheid gewusst. Sie hatte mir das bitter-süße Geschenk der Unabhängigkeit gemacht. Ich beantragte die Mündigkeit im minderjährigen Alter und schrieb mich an der Dodge County High School ein.

Im Oktober fing ich einen neuen Job an. Ich stand vor dem Morgengrauen auf, so müde, dass ich zwei gefrorene Dosen Orangensaft auf meine Augen pressen musste, damit sie abschwollen. Der Wind zerrte am Kindersitz auf Mrs. Swans Fahrrad, wenn ich zum Kmart radelte, wo ich vor der Schule den Müll auf dem Parkplatz einsammelte. Vier Uhr morgens: Vielleicht war ich der einzige lebende Mensch. Eine Schubkarre und ein alter Besen und die Kälte, die durch meine Klamotten pfiff, sogar durch meine Tanzhose aus Fallschirmstoff, die ich über meiner Jogginghose trug. Ich übte meine *ports de bras* und dehnte mich nach vorn, wenn ich mich nach dem Müll bückte. »Der Job passt super für dich«, sagte Mrs. Swan. Sie bezog sich darauf, dass die Arbeit in meinen Zeitplan unterzubringen war, aber es war schwer, es nicht in den falschen Hals zu kriegen.

»Sehr schlau von dir, dass du schon fürs College sparst«, ergänzte sie.

»Ja, fürs College«, wiederholte ich. Es waren ja nur noch drei Jahre bis dahin. Eine Ewigkeit.

Ich wechselte die Windeln der Kleinen, ich putzte das Studio, und ich half bei den Tanzstunden der jüngeren Schülerinnen aus. Das Leben bei der kultivierten Mrs. Swan verdeutlichte mir erst so richtig, wie verkehrt meine Klamotten waren, und der Kummer, den mir das bereitete, erschien so oberflächlich. Ich stürzte mich voll und ganz in die einzige Art von Eleganz, die ich kannte: den Tanz. In jeder freien Minute schaute ich mir Mrs. Swans Videokassetten von der Ballett-Olympiade an, in der Hoffnung, dass ich mir die Technik der Tänzerinnen durch eine Kombination aus Wunschdenken, Nachahmung und Wiederholung würde aneignen können.

Ich sammelte Müll ein. Ich schickte Geld nach Hause. Ich litt unter Überlebensschuld. Ich fing noch einmal von vorn an. Und noch mal. Ich nahm zu, ich nahm ab, ich nahm wieder zu. Scheitern wurde für mich zur Norm. Ich schaffte es nicht einmal, mir eine ordentliche Essstörung zuzulegen – zumindest keine, die mein Gewicht dauerhaft unterhalb der gelben Linie gehalten hätte.

Es war schräg. Ich war errettet worden, und trotzdem fühlte ich mich haltloser denn je. Ich liebte Mrs. Swan, sie war eine so völlig andere Frau als meine eigene Mutter, und doch hätte ich nicht sagen können, wer von den beiden freier war. Mom war zwar arm und mit einer schweren Last beladen und stur und peinlich, aber zumindest musste sie sich keine Sorgen um Nagellack oder Haarfarbe oder Bleichmittel für die Zähne oder Selbstbräuner machen. Der Begriff

Pediküre bedeutete für sie, sich mit einer Rasierklinge die Hornhaut abzuschaben. Sie war eine Eigenbrötlerin und hatte es längst aufgegeben, *Harper's Bazaar* zu sein. Mrs. Swan dagegen musste sich um den Haushalt und eine Familie kümmern, dazu ein Unternehmen führen und gleichzeitig die neusten Trends in Größe 34 tragen; unermüdlich musste sie gegen krümelnden Lippenstift, Dellen an den Oberschenkeln und herauswachsende Haaransätze kämpfen. Sie waren beide Pionierinnen, jede auf ihre Art. Die eine verfügte über die Freiheit, die mit Geld und Ansehen einhergeht, die andere über die Freiheit, die mit fehlendem Geld und Ansehen einhergeht.

Ich lebte ein Paradox, das ebenso schmerzhaft war wie Chopins manisch-depressive Musik. Ich liebte meine Familie, und ich hatte sie verraten. Ich liebte Ballett, wenn ich es nicht gerade hasste. Ich liebte all das – aber durch eine Glasscheibe. Dunkel. Mit dem Errettetwerden ist das so eine Sache, das ist einem nicht bewusst: Du kannst immer nur diejenige sein, für die deine Retter dich halten, oder du riskierst, wieder fallen gelassen zu werden.

Aber ich hatte einen Schlüssel für das Tanzstudio – ich putzte dort immer noch, und wenn ich an den Wochenendabenden nicht gerade die Swan-Kinder babysittete, ging ich dorthin und tanzte ein wildes Anti-Ballett, einen Solo-Moshpit. So versuchte ich, den Müll von mir abzuschütteln, und es funktionierte, zumindest eine Zeit lang.

So verging eine Ewigkeit.

Praktisches Pizzicato

»Zum Thema College …«, fing mein Vertrauenslehrer von der Dodge County High School an. Ein großer, lieber Mann, der nebenbei einen Hof bewirtschaftete. »Du bist jetzt im vorletzten Schuljahr, und deine Noten sind gut. Ich möchte, dass du dich für dieses Stipendium für junge Künstler bewirbst. Nicht viele von meinen Schülerinnen und Schülern bewerben sich, vor allem nicht in der Kategorie Tanz, und ich glaube, deine Chancen stehen ganz ordentlich. Aber vergiss nicht, dass du dann als Hauptfach etwas Praktisches wählen musst.«

»Etwas Praktisches?« Ich sah ihn an. Kreatives Schreiben vielleicht?

Hound-Dog-Harmonien

»Hound Dog?«

»Ach du heilige Scheiße«, antwortete Misty. Sie stand hinterm Tresen des Old Smoky Barbecue. Sie sah müde aus und älter als ich.

In einer gigantischen Umarmung schlangen wir die Arme umeinander und hüpften im Kreis wie zwei hyperaktive Kleinkinder. Wir hatten unterschiedliche Highschools besucht, und es fühlte sich an, als wäre seit unserer letzten Begegnung eine Dekade verstrichen, obwohl es in Wirklichkeit nicht einmal vier Jahre waren. Aber vier Jahre sind in Kentucky eine lange Zeit, wenn du jung bist.

»Wie geht's deiner Mom? Und Meemaw?«, fragte ich.

»Haben uns verlassen.«

»O nein. Das tut mir so leid«, hauchte ich.

»Wieso leid? Die sind nicht tot, nur nach Florida gezogen. Sind aber nicht allzu glücklich mit den ganzen Moskitos und Schaben da unten. Und mit den anderen Oldies. Spielen alle Golf und halten sich für was Besseres nämlich.«

»Und Darrell?«

»Mit Darrell haben wir nix mehr am Hut. Hat wohl schon immer davon geträumt, ein richtiger Töpfer zu werden. Wollte echte Kunst machen, keine Kloschüsseln. Wohnt jetzt in so ner Künstlerkolonie in Berea.«

»Oh, wow. Und was ist mit … du weiß schon … deinem Elvis-Ding?«

»Ach, Marie, sei nicht albern. Ruhm und Berühmtsein und so, das ist nix für mich. Ich bin schon froh, wenn ich die Schule schaff.« Sie steckte sich eine Zigarette an, genau wie Cindy es früher immer getan hatte. »Darum kümmere ich mich, wenn das Baby da ist.« Sie pustete einen dünnen Rauchfaden aus, und da war sie: Cindy junior.

»Oh, wow, Glückwunsch!«, zwitscherte ich. Mein Herz plumpste mir in die Hose.

»Ach, das kannst du dir sparen. Ist keine große Sache. Ich hab jetzt Meemaws Trailer. Ich bin zufrieden damit, ein Niemand zu sein, und ich liebe Roanville. Hier macht dir niemand was vor, weißt du? Aber du! Aus dir muss was werden. Und aus dir wird was werden. Das war schon immer der Unterschied zwischen uns. Also dann, halt dich ran und verschwinde, okay? Und ich mein nicht den Laden hier.«

»Es war so schön, dich zu sehen«, sagte ich.

Misty grinste und nickte. »Ja. Hier ist dein Hammel. Und, Marie?«

»Hm?«

»Vergiss mich nicht.«

»Das wäre absolut unmöglich.«

Briefwechsel

Paris, Kentucky, 29. März 1984
Von B. Thompson an M. Higginbottom

Liebe Marie,

jede Freundin von Mrs. Swan ist auch eine Freundin von mir, und ich schreibe dir, um dir mitzuteilen, dass du in meinem Studio unterrichten kannst. Du wirst Paris lieben – immerhin steht hier das größte dreistöckige Gebäude der Welt. Mrs. Swan hat dir sicher schon erzählt, dass man die University of Kentucky von uns aus in ungefähr fünfundzwanzig Minuten erreichen kann. Mit dem Bus sind es vierzig Minuten. Bestimmt können wir die Tanzkurse um deinen Stundenplan herum basteln. Und herzlichen Glückwunsch zu deinem Stipendium für junge Künstlerinnen. Ich freue mich schon sehr darauf, dich kennenzulernen. Übrigens ist der Leiter vom Paris Ballet ein Bekannter von mir – falls du dort jetzt oder irgendwann in Zukunft vortanzen möchtest.

Herzlich grüßt
Bitsy Thompson

Chopin in Kentucky

Ich stand auf dem Parkplatz und meditierte über die Kippenstummel und Whiskyflaschen, die Coladosen und Fast-Food-Tüten, über die Ödnis der Reue und Katerstimmung, über den eigenartig intimen Geruch. Nach einer Weile erschien er aufdringlich süß, dunkel und klebrig wie gammelndes Obst. Der Duft haftete an meinen Händen und an meinen Handschuhen wie ein schlechtes Parfüm, und die Erkenntnis, dass er mich an meine jüngeren Geschwister erinnerte, machte mich todtraurig. Von den Schuldgefühlen wurde mir kotzübel, und ich hoffte, dass die Buße, die ich als Müllmädchen tat, wenigstens ein bisschen was wiedergutmachte.

Ich ging hinüber zu dem Schuppen, wo meine Schubkarre und mein Besen standen. Die Zukunft bereitete mir Sorgen, ich wusste nicht, ob ich all dem gewachsen war: dem neuen Job, den Anforderungen am College. Ich war eine Hochstaplerin, Mangelware, gaukelte allen nur vor, ein normaler Mensch mit Grips und Charakterstärke zu sein. Ich fürchtete, Bitsy Thompson könnte den Schwindel aufdecken und Mrs. Swan die Schuld zuschieben. Ich fürchtete, ich würde schlussendlich doch zerbrechen. Vielleicht wäre es besser, zurück nach Eustis zu gehen und mich dort einfach einzufügen.

Der Schlüssel wollte nicht ins Schuppenschloss passen; und als ich genauer hinsah, stellte ich fest, dass das Loch mit Teer zugeschmiert worden war. Wer machte denn so was? Ich schaute mich um, aber da war nichts außer der weitläufigen Einöde.

Ich ging meine Optionen durch: Ich konnte im Selbstmitleid versinken und auf diesen bescheuerten Job scheißen, oder ich konnte auf Kurs bleiben, mich bücken, den Müll mit bloßen Händen auflesen und den Lohn kassieren, der mir helfen würde, Dodge County endlich den Rücken zu kehren. Der Wind pfiff, und das tote Laub tanzte über den Asphalt. Über dem dunklen Winn-Dixie-Schild leuchtete der Mond, spähte hinter den flehenden Ästen eines arthritischen Baumes hervor. Die harsche Frühlingsluft brachte mein Gesicht zum Kribbeln, aber das Blut rauschte geschmolzen durch meine Adern, wärmte und warnte mich, das Surren hinter all meinen Dramen und Träumen. Verzweifelt fragte ich mich, wie ich es schaffen sollte, vor der Schule diesen ganzen Müll einzusammeln. Vielleicht hatte sich auch der Vandale genau das gedacht, genau das bezweckt. Seufzend umrundete ich das Einkaufszentrum und fing an, den Müll aufzuheben und zu den Tonnen hinüberzutragen, die schon fast überquollen.

Und dann wurde die morgendliche Dämmerstille von einem blechernen Gedudel unterbrochen – Abbas »Dancing Queen«. An Dolores' E-Rolli hing noch immer die ausgebleichte amerikanische Flagge. »Howdy!«, trällerte sie. »Toller Morgen, nicht wahr?«

Ich nickte. Es schien ein ganzes Leben zurückzuliegen, dass ich Dolores in genau diesem Einkaufszentrum kennengelernt hatte. Damals hatte sie todkrank ausgesehen. Wie konnte sie immer noch am Leben sein? Ihre Fröhlichkeit war verblüffend und kam mir äußerst ungelegen – machte sie es mir doch unmöglich, mich weiterhin im Selbstmitleid zu suhlen.

»Marie«, sagte ich und streckte ihr die Hand entgegen.

»Ich erinner mich an dich. Hast mir mal geholfen im Kmart, stimmt's?«

»Ja, genau.«

»Ich mach grad meinen Morgenspaziergang«, erklärte sie, und ich wies sie nicht auf die Ironie dieser Bemerkung hin. »Willst du den ganzen Müll von Hand aufsammeln?«

»Eigentlich hab ich eine Schubkarre und einen Besen, aber jemand hat Teer in das Schloss geschmiert, deshalb komm ich nicht an die Sachen ran.«

»Ach du Miste, Schätzchen. Aber das hab ich in zwei Sekunden erledigt. WD-40. Hab immer ne Dose dabei.« Kurz hatte ich die Befürchtung, sie würde mir gleich eröffnen, dass WD-40 auch »für untenrum« nützlich sei, aber sie fuhr fort: »Für wenn sich was am Rolli verkeilt. Teer löst das im Nu. Steig auf!«

Dolores fuhr uns quer über den Parkplatz zur Laderampe. Ich war erst ein einziges Mal getrampt und auf einem Rollstuhl noch nie. Sie fuhr scharf um die Kurve, und ich wäre fast heruntergesegelt. Sie lachte und lachte. »Better to burn out than to fade away, huh huuuh!«, rief sie. Sich gegen ihren Enthusiasmus zu wehren war schlicht unmöglich. Als wir am Schuppen ankamen, sprühte sie das Schloss ein und kratzte den Teer dann sorgfältig mit einem Taschenmesser heraus, das sie aus ihrem ausladenden BH kramte. »Bitte schön, Marie. Und jetzt merk dir eins: Ner Frau, die keine Angst vor ein bisschen Müll hat, wird Gutes widerfahren. Hab nen tollen Tag, okay?«

»Ja, danke, Dolores, ebenso.« Während sie davonfuhr, holte ich die Schubkarre.

Die Sonne ging auf, und ich hatte immer noch den ganzen Parkplatz vor mir. Frenetisch kehrte ich den Abfall zusammen, und dabei wehte mir ungebeten das Prélude Nr. 24 durch den Sinn. Aus dem Augenwinkel nahm ich wahr, dass sich eine schmächtige Gestalt näherte, die mir bekannt vorkam.

»Bist du bereit für das nächste Kapitel deiner Geschichte?«, fragte Chopin.

»Das Leben ist kein Erzählballett, weißt du nicht mehr? Das hast du mir mal gesagt.«

»Das Leben ist kein Ballett, das stimmt. Aber letzten

Endes bleibt uns nichts anderes als unsere Geschichte.« Er bückte sich und hob eine Bud-Light-Dose auf. »Paris also, *oui*?«

»Meine Geschichte ist einfach nur eine Geschichte, keine musikalische Komposition«, sagte ich und stützte mich auf meinen Besen.

»*C'est vrai.* Aber ein Prélude wird sie trotzdem sein.«

»Ein Prélude zu was?«

»Das wird sich zeigen«, antwortete er und warf die Dose in die Schubkarre. »Auf geht's. Legen wir los.«

Dank

Ich kann mich glücklich schätzen, dass ich auf meinem Weg unzählige Helfer*innen, Held*innen, Freund*innen und Unterstützer*innen hatte. Ich schulde so vielen Menschen so viel Dankbarkeit – darunter meiner Mentorin Ariel Gore, die mir geholfen hat, einen Stapel loser Blätter in einen Roman zu verwandeln. Meine Dankbarkeit gegenüber Kevin Duffy und Bluemoose Books, die mir eine Chance gegeben haben, kann ich gar nicht in Worte fassen. Meiner Lektorin Lin Webb danke ich dafür, dass sie so wunderbar ist.

Ich danke Elizabeth Berg für ihr Schreiben und für die sanfte Ermutigung, die sie einer Fremden vor vielen Jahren zuteilwerden ließ. Die Arbeit von Haven Kimmel, die ebenfalls aus dem Mittleren Westen stammt, hat mir neue Perspektiven auf das Schreiben und die Spiritualität eröffnet.

Vielen Dank an meine zahlreichen Testleser*innen: Amy Rodriguez Cooper, Ihre Hoheit Kathy Johnson und den Unnamed Book Club, Barbara Freedman, Ellen Wineberg, Liz Brown, Bonnie Joyce, Leah Ziph-Schatzberg, Jude Heichelbech, Rachel Martin, Eli Helman, Linda Oshman und Julia Strange.

Ewig dankbar werde ich auch meinen fabelhaften Schreiblehrerinnen sein: Karen Brennan, Lisa Borders, Audrey Schulman, Ariel Gore und Alison Moore, um nur einige zu nennen. Ich danke außerdem Jack Gantos für die Inspiration und die amüsanten Tutorials. Karen Carothers, Joy Johnson und Eileen Shores: Euch verdanke ich mein Leben. Meine Mutter Ana Weill hat mich inspiriert, zu schreiben und ein kreatives Leben zu führen, wofür ich ihr unermesslich dankbar bin. Vielen Dank an euch, meine Leser*innen.

Und meiner geliebten Frau und besten Freundin Iris Keren: danke, dass du an mich glaubst.

Über die Autorin

Elizabeth Heichelbech war selbst professionelle Tänzerin, nun arbeitet sie als Lehrerin, Künstlerin und Autorin. Neben *Chopin in Kentucky*, ihrem ersten Roman, hat sie Kurzgeschichten, Gedichte und Bühnenstücke veröffentlicht. Sie lebt mit ihrer Frau und ihrer Katze in Waltham bei Boston.

Über die Übersetzerin

Lena Riebl, geboren 1994, studierte in Düsseldorf, Leipzig und Athens, Ohio, Amerikanistik und Literaturübersetzen. Heute lebt sie als Lektorin und Übersetzerin in Frankfurt am Main.

Neil Smith

Jones

Roman

Aus dem Englischen von Brigitte Walitzek

304 Seiten. Gebunden.

ISBN: 978-3-89561-169-8

Abi und Eli Jones sind auf besondere Weise miteinander verbunden. Ihre Kindheit in den Siebzigerjahren ist geprägt von ihren verkorksten Eltern: ihrem Vater Pal, sanft, aber alkoholkrank, und der Mutter Joy, zwanghaft und aufbrausend. Die Familie schlägt nirgendwo Wurzeln, sondern zieht immer dorthin, wo Pal Arbeit findet. Das schweißt die Geschwister zusammen, doch Eli erkennt bald, dass er sich von seiner Familie lossagen muss, wenn er überleben will. Von da an versuchen Abi und Eli Jones getrennt voneinander, ihren Weg ins Erwachsenenleben zu finden: beim Entdecken ihrer sexuellen Identität, beim Experimentieren mit Drogen und Alkohol – und mithilfe des rettenden Potenzials der Kunst.

Neil Smith erzählt aufrüttelnd, berührend und bei aller Tragik doch witzig und sprachlich verspielt über ein Geschwisterpaar, das versucht, dem Horror namens Familie zu entkommen.

»Ein Roman über Schönheit und Gewalt, über Bindung und Verlust. *Jones* entpuppt sich als einzigartiges Meisterwerk, eine wahrhaft kraftvolle erzählerische Leistung.« *Toronto Star*

»Zugleich herzzerreißend und urkomisch, erschütternd und brillant. Dieser Roman ist der Grund, warum wir Literatur lesen.« *Winnipeg Free Press*

»Jones ist eine schillernde Hommage an die Kraft der Fantasie und der literarischen Kreativität – und ein starkes Zeugnis von Widerstandsfähigkeit.« *Le Devoir*

»Mit Feingefühl und finsterem Witz.« *Brigitte*

»*Jones* hat mir den Boden unter den Füßen weggerissen.« *Silvi Feist / Emotion*

Lilli Polansky

Gratulieren müsst ihr mir nicht

Roman

272 Seiten. Gebunden mit Schutzumschlag.

ISBN: 978-3-89561-159-9

Alles fängt mit einer bleiernen Müdigkeit an. Doch Lilli hat keine Zeit, müde zu sein. Seit sie denken kann, muss sie sich mehr anstrengen als andere. Zu Hause, weil sie und ihre Mutter zu zweit zurechtkommen müssen. In Freundschaften, weil sie nie so richtig dazugehört. In der Schule, weil sie immer die Zahlen verdreht. Jetzt, wo Lilli kurz vor der Matura steht, kann sie ihre Müdigkeit nur ignorieren. Bis zum Zusammenbruch. Lillis Herz, stellt sich heraus, schlägt nicht schnell genug, sie benötigt einen Herzschrittmacher. Bislang hatten Lillis Probleme alle mit dem Leben zu tun. Plötzlich muss sie ums Überleben kämpfen ... Als reichte das nicht, trennt sich kurz vor der Operation ihr Freund von ihr. Und ein gebrochenes Herz kann auch ein Herzschrittmacher nicht heilen.

Ein ergreifender Debütroman voller Humor über eine junge Frau, die, während sie gerade erst ins Leben findet, dem Tod ins Auge blicken muss. Und die sich härter und früher als die meisten Menschen mit der Frage konfrontiert sieht, was am Ende wirklich zählt.

»[Lilli Polanskys] Geschichte ist eine vom Überleben. Sie ist wütend und traurig. Und trotz all der Schwere an manchen Stellen dieses Romans lustig – auch wenn einem das Lachen manchmal im Hals stecken bleibt.« *Leonie Bellina / Münchner Merkur*

»Lilli Polansky hat [...] beim Schreiben alles richtig gemacht. [...] Beeindruckend, wie sehr sie sich dabei dem Kern ihrer Persönlichkeit nähert, ohne auf dieser Suche zu Worthülsen oder Klischees zu greifen [...]« *APA*

»Es ist eine junge Literatur, die lebensklug, schön, humorvoll, beängstigend und ergreifend ist. Der Roman erinnert an die Werke von Caroline Wahl, nicht nur durch das Spiel mit Zahlen, sondern durch die Lebenssuche und die enorme Kraft.«
Hauke Harder / Leseschatz